U0007578

GOBOOKS
& SITAK
GROUP©

劍尋千山

——第二部 上卷——

墨書白 著

問心之劫

《劍尋千山》宗門勢力圖

北境

天劍宗爲北境第一大宗門。

定離海

西境

玉成宗原屬合歡宮，但因合歡宮式微，玉成宗轉投鳴鸞宮。宗門流變請參照內文。

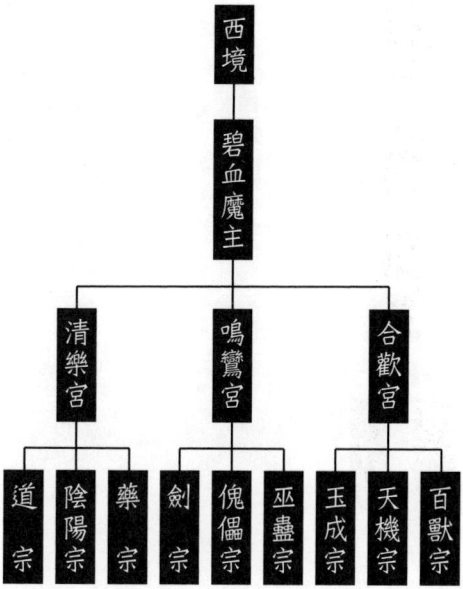

目錄
CONTENTS

第一章　回歸合歡宮　007
第二章　兩百年前　038
第三章　夢醒　084
第四章　生辰　116
第五章　滅宗　143
第六章　坦誠　167
第七章　碧血魔主　189
第八章　生死臺　211
第九章　托孤　241
第十章　魘靈　266
第十一章　問心劫　294

第一章　回歸合歡宮

他的動作熟練流暢，但又在細節處有那麼幾分生澀。

相比山洞那次的莽撞，這次他有了足夠的耐心，更關注在她身上。

她在夜裡模模糊糊，看著窗外樹影搖曳，不由得想，他這人怎麼學什麼都這麼快。

這兩百年他真的只在異界修行？他們問心劍不是沒有情欲嗎？他是怎麼回事？

等後面她嗓子有些啞，伸手想去取水，他按著她，低低出聲：「我來。」

說著，他去取了水，俯下身來，給她一邊餵水一邊動作的時候，她忍不住開始琢磨，同樣都是修劍，她現下還是二十歲的身體，怎麼感覺差距這麼大？是問心劍修煉方式和她不一樣嗎？他身體素質是不是太好了些？

她想著不免有些可惜，自己現在金丹完好，要是在畫外，就可以運轉雙修功法更進一步了。

兩人折騰一夜，確切的說是謝長寂單方面折騰，花向晚則經歷了「高興、配合、討價還價、澈底躺平」幾個階段後，開始明白，狗男人都一樣。

修問心劍也沒用。

她一直到隱約看到天光才睡，入睡前，謝長寂想抱她，她立刻按住他的手，啞著聲道：「睡吧，你還年輕，別折騰了。」

謝長寂動作頓了頓，隨後只道：「我只是抱抱妳。」

「這句話你重複三次了！」

謝長寂：「……」

他沒說話，過了一會兒，花向晚便睡了過去，謝長寂看著晨光落進來，落到她的臉上，他笑了笑，伸出手將人抱進懷裡，輕聲道：「這次是真的。」

兩人睡到正午，等出門後發現狐眠和秦憫生已經回來了。

他們做了午飯，花向晚和謝長寂起床時正好趕上，狐眠見他們醒了，招呼著道：「喲，醒了，趕緊來試試我的手藝。」

聽到是狐眠動手，花向晚有些驚奇，她帶著謝長寂坐下，看了一桌菜和一碗飄著青菜的麵條，挑了挑眉：「這麵條是妳煮的吧？」

「有得吃就行妳還挑。」狐眠從大碗裡撈了麵條進小碗，「哐」一下砸在桌上，指揮著花向晚：「來，吃。」

花向晚從來沒吃過狐眠做的飯，抱著試一試的心態，往嘴裡塞了一口。

一碗麵條，她料想不會出太大岔子，所以那一口塞得毫無防備，結果放進嘴裡那一瞬間，一股苦鹹帶著些許嗆鼻的辣直衝頭頂，花向晚一口嗆了出來，急促咳嗽著，指著桌面：「水……」

謝長寂趕緊把水端來，給她餵了進去。

狐眠看著她的反應，臉色不太好看，等花向晚好不容易緩過來，她咳紅了臉，激動道：「妳實話和我說，是不是下毒了？」

「我沒啊，有這麼難吃嗎？」狐眠不理解，把麵條撈出來，看了旁邊面色平靜的秦憫生一眼，往嘴裡塞著麵條嘀咕：「憫生吃了一大……咳咳咳……」

話沒說完，她自己也急促咳嗽起來。

秦憫生似乎早有預料，拍背餵水行雲流水，狐眠反應過來後，抬起頭，含著眼淚看著秦憫生，握住秦憫生的手：「憫生，你受苦了！」

秦憫生神色冷漠，只道：「還好吧。」

「還有我，」花向晚提醒狐眠，「受苦的還有我！」

「妳不重要。」狐眠回頭看她一眼，「不在我的關注範圍。」

這話說得花向晚心頭微哽，謝長寂給她添了米飯，扒出一個安全範圍，精準指出秦憫生做的菜，告知花向晚：「妳吃這邊的菜就可以了。」

四個人一頓飯吃完，狐眠拉了花向晚單獨商量，同花向晚說起去處：「我不想讓宮裡太多人知道我沒了眼睛，咱們宮裡人護短，到時候肯定對憫生有意見，我打算去搞兩顆琉璃珠煉成假眼，等外面的人看不出來，我再回去。」

「琉璃珠難得，」花向晚疑惑，「妳哪兒來的材料？」

「逸塵走的時候給我的，」狐眠從袖子裡拿出兩顆琉璃珠，嘆了口氣，「逸塵就是身分太低、資質太差了些，若他不是阿晚買回來的奴僕，宮主估計就同意他和阿晚的婚事了，也不至於拖到阿晚去雲萊喜歡那個姓謝的。那個姓謝的叫什麼來著……」

狐眠皺起眉頭，有些疑惑：「奇了怪了，我去年才去雲萊看了那小子一眼，怎麼轉頭連名字跟臉都忘了……」

聽到這話，花向晚動作頓了頓，她突然反應過來，狐眠當年是見過謝長寂的。

就像沈逸塵一樣。

可奇怪的是，沈逸塵記得謝長寂，現下狐眠卻不記得。

思考了一下兩人之間的區別，唯一的解釋只能是，狐眠是真實的魂魄入畫，而沈逸塵，卻只是這畫中不斷演化出來的人。

這也會影響對謝長寂的記憶嗎？

花向晚想不明白，只打算等出了畫卷之後，再問清楚。

「不過還好，」狐眠自顧自說著，「那小子我見了，頂尖的苗子，天劍宗怕是不肯放人，但晚晚要是能同他雙修，那可是大有裨益，成為西境最年輕渡劫修士指日可待。」

狐眠越說越高興：「到時候咱們合歡宮又多一位渡劫修士，等宮主日後飛升，咱們還是西境第一宗門。」

花向晚聽著狐眠的話，笑著不出聲。

狐眠這才意識到花向晚一直不說話，轉頭看她：「妳怎麼不說話？接下來打算帶妳那『弟弟』去哪兒啊？」

「妳留在這兒，我也沒什麼地方好去，」花向晚舉起杯子，「就陪妳囉。」

「好呀，」狐眠高興起來，伸手搭在她肩上，「咱們師姐妹一起在這裡過神仙日子，順便讓謝長寂多做飯。」

狐眠壓低聲：「他做飯比憫生好吃。」

「知道了。」花向晚瞥她一眼。

同狐眠定下之後的日程，花向晚回去告知了謝長寂，謝長寂聽了，也只是點點頭：「我聽妳安排。」

四人在斷腸村住下來，狐眠無事，便帶著花向晚釀酒。

「我現在釀酒，埋下來，等我和憫生訂婚，這酒也差不多了。」

花向晚看著狐眠滿眼溫和釀下的酒，好久，才低低應聲：「嗯。」

狐眠釀好酒，秦憫生便帶著她去旁邊的山上祭拜他母親，他們把酒埋在他母親的墓前，秦憫生帶著狐眠下山。

當天晚上，四人吃著飯，喝著酒，聊著天，秦憫生說起他母親。

「她是一個凡人。」他說起她，「她本來是斷腸村一位村民，被家裡人賣了，進了巫蠱宗當女奴。後來遇到了那個畜生，他酒後失德，讓我母親懷上了我。」

秦憫生聲音很淡：「巫蠱宗注重血脈，他們堅信只有最優秀的血脈才能生下最好的孩子，他們不可能讓一個凡人生子，我母親知道，就帶著我逃了。小時候我在斷腸村長大，我母親沒有丈夫，她未婚產子，村裡人都看不起她，孩子也經常打我，打著打著，我不知道怎麼，就領悟了靈力的存在，有一次有個男人想欺負我母親，我那時九歲，」秦憫生比劃了一下，「我就把他殺了。我娘怕我出事，帶著我連夜逃離了這個地方，後來她意識到，我是修士血脈，註定是要修道的，她輾轉反側，找到一個散修，求對方收我為徒。那就是我師父，他其實一生最多也就到築基，看我是三靈根，便領著我入門，可我十八歲就築基了，他沒什麼好教的，就讓我去附近的宗門看看。」

花向晚聽著秦憫生的話，撐著頭吃著花生米：「後來呢？」

「這裡最近最大的宗門就是巫蠱宗，我上門去看，剛好遇到他們宗門大比，這是我第一次看見大宗門的比試。」

十八歲的他遙遙看著人群中的獲勝者，眾人景仰、豔羨、歡呼，他突然對這樣的世界，生出無盡嚮往。

「等我回來，告訴我娘，她那時身體不好，聽我說了，就很難過。」

「那時我一直努力，想進入巫蠱宗，她攔我，卻攔不住，等她走的時候，才告訴我，說我是巫蠱宗一位修士的兒子，我本該踏入修仙大門，那天我看到的人生，本來就是我該有的。不過我娘再三告誡我，說修士、凡人血脈不同，雲泥有別，讓我不要去認親。可我不聽，我想盡辦法找到我那個爹，然後告知他我的身分。我本來以為沒什麼不同，可他聽到我母親是個凡人，立刻就讓人將我打了出去。他說讓我這種賤種活下來，是他天大的恩德。我問他，我只是凡人所生，為何就是賤種。他說，因為凡人所生之子，永遠無法走到高處。」

秦憫生冷笑：「我生來卑賤，縱使能靠自己修到渡劫，巫蠱宗也看不起我。」

「所以，你想報復他們。」花向晚聽明白，「而你的報復手段，就是成為巫蠱宗頂端的人。他們說你卑賤，你就要讓這個最卑賤的人，成為巫蠱宗真正的執掌者？」

「過去的確這麼想。」秦憫生笑笑，他看了旁邊打盹的狐眠一眼，目光中帶著幾分柔和。「但現在，我有家了。」

沒有家的時候，執著於年少時幻想中的歸屬。

秦憫生似乎有些醉了，面上笑容多了一些，他看著旁邊的狐眠，緩慢地說著：「她不覺得凡人血脈卑劣，也不覺得我低賤，日後我隨她回合歡宮，我們成親，有孩子，我和過去，便澈底告別了。」

花向晚聽著，她盯著秦憫生的表情，看不出半點虛假。

等了一會兒後，她轉頭吩咐謝長寂：「他醉了，扶他回房吧。」

謝長寂點點頭，兩人一起將狐眠和秦憫生送回房間。回來時走在長廊上，冷風吹來，謝長寂握住她的手。

花向晚看見他似乎有些發呆，不由得詢問：「想什麼呢？」

「我在想，」謝長寂回頭看她，「我們日後也會有孩子嗎？」

花向晚一愣，就見謝長寂似乎很認真想著這些問題：「還有，生孩子會不會很疼？小孩子會不會很難養？我的脾氣能不能當好父親？」

他拉著她，緩步走在長廊上，好像自己真的很快就要當爹的樣子。

「你……」

花向晚聽著他的話，本來想告訴他這個問題想太多。

可回頭看見他眼底落著的碎光，她突然意識到，說這些的時候，他其實很高興。

他的情緒一貫內斂，能有這樣的神色，已是極為不易。

她突然有些開不了口，想想這不過是個幻境，為什麼又要去破壞這片刻的歡喜呢？

他見她不說話，抬眼看她：「我什麼？」

「哦，我就是想，」花向晚輕咳了一聲，「你應該會是個好父親。」

「我們會有孩子？」他克制著眼底的情緒，眼裡盈滿了燈火落下的暖光。

花向晚不敢直視他，扭過頭去，輕咳了一聲：「或許吧。」

聽到這話的瞬間，他突然迎了上來，將她抱進懷中。

夜晚有些冷，寒風吹過來，他壓低聲：「晚晚。」

他說：「我很高興。」

無論是真假，哪怕是騙他，她願意哄他，他就覺得很高興。

那天晚上睡下，他們做了很多次。

半夜裡下了雨，花向晚趴在窗口，和他一起看著雨落下來，打在院中盛開的桃花之上，他擁抱著她，含著她的耳垂，喘息著問她冷不冷，她突然覺得外面的雨景很漂亮。

她一點都不冷。

她平靜地看著外面桃花落滿庭院。

閉眼就是一個夏秋。

四個人在斷腸村過了大半年，花向晚幾乎忘記自己是來做什麼的。

等到十月深秋，狐眠終於造出了和普通人一模一樣的眼睛，她和秦憫生各自安上，根本看不出區別。

但她還想再住一段時間，也就沒提回宮之事。然而沒過幾天，她便收到了合歡宮的傳信。

收到傳信當日，花向晚和謝長寂去山裡砍了些竹子回來，想在院子裡搭個養花的棚子，一進來就看見狐眠緊皺著眉頭，神色不善。

花向晚直覺有異，走上前去：「怎麼了？」

狐眠抿緊唇，放下信來，只道：「咱們得回宮了。」

花向晚一愣，狐眠抬頭，看著花向晚，神色有些發沉：「逸塵……去了。」

聽到這話，花向晚站在原地不動。

好久後，她才冷靜下來，努力偽裝成晚秋應有的反應：「怎麼回事？」

「不清楚，」狐眠搖頭，只道：「好像是雲萊出事，阿晚讓人把沈逸塵的屍體先送了回來，讓宮裡冰存。她自己還留在那邊，說封印好魘靈就回來。」

狐眠說著，面上帶著幾分擔心：「現下誰都聯繫不到她，宮主讓我先回去，如果不行，我去雲萊接她。只是若她都出了事……」

狐眠捏著傳音玉牌，似是有些不敢想：「我怕也……幫不了什麼。」

花向晚明白狐眠的意思，當年若是單純論武力，莫說合歡宮，西境青年一代怕都找不出幾個可以和她匹敵之人。

她嘆了口氣，安撫狐眠：「師姐，妳別多想，先回去吧。」

「那妳呢？」狐眠抬頭。

花向晚遲疑片刻，隨後道：「我也隨妳回去。」

「好。」狐眠點頭：「妳去收拾東西，明日出發。」

兩人商量好，便各自回去收拾東西。

花向晚進了屋，謝長寂便跟著進來，開口詢問：「要收拾什麼？」

花向晚不說話。

晚秋這個身分在合歡宮地位太低，後續的事情幾乎接觸不到，她要回到自己的身分，才方便後續行事。

她算了算時間，現在自己應該已經從雲萊回來，沒幾日就會回到合歡宮。

她思索片刻，從乾坤袋中掏出溯光鏡。

溯光鏡中是狐眠畫的畫，畫上人動來動去，隱約可以看到她的畫根據他們的行為動作，自動演變成新的畫面。

花向晚握著溯光鏡，閉眼感受了一下，便感覺到靈力運轉，轉頭同謝長寂開口：「我得回到我自己的身分。」

「花向晚的身分？」謝長寂立刻明白。

花向晚點了點頭：「不錯，我現在應該在定離海，你拿著這個傳音符，往定離海走。」

花向晚迅速寫了一個傳音符，遞給謝長寂：「等我上岸後，你便來找我。」

「好。」謝長寂接過傳音符。

花向晚看著他，有些糾結：「不過狐眠見過你，到時候你要怎麼跟著我回合歡宮……」

「妳可以用溯光鏡任意變換身分。」

謝長寂提醒她，走上前，花向晚不明白他在說什麼，就看他指尖凝出靈力，抬手點在溯光鏡上，輕輕抹去了畫面上那個「謝長寂」的小人。

「那為何不能用溯光鏡，改變他人呢？」

畫面上「謝長寂」的小人被抹去，謝長寂感覺著指尖的靈力波動，抬眼看她：「我本來也不是存在在這裡的人，不是麼？」

花向晚聽著這話，眉頭微皺，她想了想，點頭道：「你等會兒出去試試，如果狐眠不認識你，你就用這個身分找我，如果她認識，到時候我們再編一個身分。」

「好。」謝長寂應聲。

花向晚取出溯光鏡，閉上眼睛：「我去了。」

說著，她眼前浮現出無數畫面碎片，她看見海中有一個小人，正趴在劍上，漂泊在海上。

她立刻朝著那個畫面飛去，等睜開眼睛，便見滔天巨浪打了過來。

她渾身都在疼，看見海浪，趕緊用馭水訣壓了下來。

當年她從雲萊回來的時候，是個純純的劍修，法術只沾過皮毛，渡過定離海時吃了不少苦頭。

現下她雖然還是當年那具剛獻祭一個「分身」的身體，但法術卻刻在腦子裡。

她緩了口氣，用了馭獸訣，沒多久，下方出現一頭鯊魚。花向晚低頭看了鯊魚一眼，招手道：「過來。」

鯊魚很是乖巧，將她從水裡托起，她拍了拍鯊魚腦袋：「往西境去。」

鯊魚掉了方向，聽她的話往西境游了過去，花向晚盤腿坐在鯊魚上，用神識探了一下位置，給謝長寂傳了消息：「現下安全，速來找我，帶點吃的。」

謝長寂收拾好東西，回頭看了床上在花向晚消失時出現的「晚秋」一眼，戴上斗笠，背著包裹走了出去。

到了門口，身後傳來一聲大喚：「喂！」

謝長寂回頭，就看狐眠帶著秦憫生站在長廊上，警惕地看著他：「你是誰？在我家做什麼？」

謝長寂動作一頓，便知之前有關於「十七歲謝長寂」的記憶，在狐眠等人腦海中已全部消失。

他朝著狐眠點了點頭，輕聲道：「找人，走錯了，抱歉。」

說著，他便轉身離開。

走到街上，他收到花向晚的消息，立刻馭劍趕往定離海。

他琢磨著方才觸碰溯光鏡的感覺。

溯光鏡對他有感應，他也能操控溯光鏡，也就是說，其實不只花向晚可以選擇自己的身分，他也可以。

或許，之前那個什麼都不記得、十七歲根本沒見過花向晚的謝長寂——就是他自己選擇的身分。

花向晚總和他強調，他出去後就什麼都不記得，而他在花向晚的認知中，是這個世界的入畫者，也就是說入畫者不會有記憶，可花向晚和他都能操縱溯光鏡，也就是，他出去，也會有現在畫卷中的記憶。

想到這一點，謝長寂眼神軟了許多，他抬眼往前，加快速度趕往定離海。

花向晚坐在鯊魚上，一路和謝長寂釣魚聊天，熬了三天，終於到了岸上。

兩百年前，她傷痕累累被海水沖到岸邊，昏迷了不知道多久才醒過來，她的傳音玉牌丟在海裡，只能自己想盡辦法爬回合歡宮，剛到宮門口，就昏死過去。

如今在畫裡早有準備，她從鯊魚身上跳下來，一上岸就看見等在岸邊的謝長寂。

謝長寂看著她，那身衣服是兩百年前他最後一次見她時穿的白衣，現下破破爛爛，經歷風吹日曬，看上去風塵僕僕。

花向晚見他，挑眉一笑：「喲，來這麼早？」

謝長寂沒說話，他垂下眼眸，壓下心中那點酸澀和惶恐。

他走上前，來到她面前，抬手握住她皸裂的手，低頭看著上面的傷痕，啞聲開口：「拉到妳了。」

花向晚有些茫然：「啊？」

謝長寂沒說話，他看著面前的人帶著血痕的手。

他不敢告訴她，兩百年無數次幻境裡，她穿著這一身白衣墜落而下時，他都想拉住她。

但沒有一次成功過。

直到此刻，他終於抓住她了。

「直接回合歡宮嗎？」他壓著心中奔湧的情緒，抬眼看她。

花向晚笑起來：「好。」

謝長寂看出她身上有傷，知道那是封印魘靈留下的，但他沒多問，只拉過她，用靈力環過她周身，等她身體舒服下來後，取了自己在路上買的糕點，遞給花向晚，召出飛劍：「走吧。」

謝長寂馭劍，花向晚盤腿坐在劍後方吃點心。

馭劍行了幾天，終於到了合歡宮門口，兩人隔了老遠，便看兩個衣衫上印著合歡花印的修士朝著謝長寂馭劍而來，堵在謝長寂面前。

這兩個修士一個看上去年長些，另一個則還是少年模樣，看上去有幾分羞澀。

「這位道友，」年長修士開口，言語客氣，卻十分強硬，「合歡宗地界，非本宗弟子不允馭劍。若道友前來拜訪，還請卸劍入宮。」

聽到這話，謝長寂不動，他神色平靜，只道：「我是合歡宮的人。」

「合歡宮的人？」兩個修士有些茫然，花向晚背對著謝長寂盤腿坐在劍上，終於出聲。

「靈東、靈北，」花向晚回頭，露出自己那張風塵僕僕的臉，「我都不認識了？」

看見花向晚，靈東、靈北一愣，片刻後，靈東睜大眼，忙道：「少主！」

「我回宮了。」花向晚由謝長寂攙扶著起身：「通知一下宮裡，開城門吧。」

「是，那這位……」靈東轉頭看向謝長寂。

謝長寂沒等花向晚說話，便開口：「我是跟著花少主回來成婚的。」

「啊？」靈東、靈北齊齊震驚出聲。

花向晚瞬間回頭，就看謝長寂平靜道：「天劍宗弟子謝長寂，勞煩通報。」

這話出來，連花向晚都被震住了。

靈東、靈北驚愣片刻後，靈東才露出理解的表情，點頭道：「天劍宗啊……」

合歡宮夢寐以求的雙修宗門，少主真棒！

反應過來之後，靈東、靈北鎮定下來，看著花向晚的眼神帶著幾分崇拜，靈北立刻道：

「我這就去通報！」

說著，靈北化作一道流光衝回去。

靈東留下來，忍不住打量謝長寂，花向晚礙著靈東在，不好多說什麼，只道：「走吧。」

三人慢慢行往宮門，靈東想多和謝長寂說說話，忍不住一直打聽：「謝道君幾歲啊？」

「應該是二十一。」

「哦，那和我們少主同歲。」靈東忽視了個那個「應該」，接著追問，「您幾月的？」

謝長寂看了花向晚一眼，他現下要偽裝什麼都不記得，自然不可能記得生日這種事。

花向晚翻了個白眼，沒好氣地回答：「正月。」

「那比少主大三個月。」靈東說著，又開始盤問，「您家裡幾口人？是天劍宗長大的嗎？是內門弟子還是外門？是……」

「靈東。」花向晚打斷他，「到了」

靈東回頭一看，的確到了宮門前。

他頗為遺憾，上前道：「人到了。」

聽到這話，宮門緩緩打開，花向晚站在宮門前，看見宮門打開後，密密麻麻站了一大堆人。

為首的是一個紮著馬尾的黑衣女子，腰上掛劍，看上去不過二十出頭，卻已是化神修為。

她身後站著一對青年男女和一個黑衣少年，情侶中男人銀衣藍紋，女人藍衣銀紋，他們手拉手站在一起，女子肚子微微凸起，明顯已經有了月份。

旁邊的黑衣少年也生得頗為英俊，腰上掛著短刀，紅繩繫髮，雙眼明亮。

後面是密密麻麻上百位青年，都探頭探腦往前看。

謝長寂認真看了一下，此時的合歡宮和未來不太一樣，廣場上沒有他之前見過的一排旗幟，所有東西看上去都十分嶄新精緻。

花向晚看著這些人，眼睛控制不住紅了起來。

站在首位的黑衣女子見狀便笑起來：「怎麼，去了一趟雲萊，妳學會多愁善感了？」

「師父……」花向晚哽咽出聲，說著，她雙膝跪下在眾人面前行了個大禮，所有人愣了愣，就聽花向晚啞聲開口，「弟子花向晚，平安歸來。」

「這……妳這是幹嘛？」黑衣少年被她嚇到，趕緊上前攙扶她：「阿晚，妳在雲萊是不是受什麼委屈了？」

「是啊，」藍衣女子也走上來，面上帶著幾分擔憂，扶著她道：「阿晚，是誰傷了妳，妳說，師姐為妳報仇。」

「阿晚受傷了？」

「誰？誰動的手？」

聽見花向晚受傷，所有人激動起來。

花向晚搖搖頭，只道：「沒什麼，二師兄、大師姐，我是封印魘靈時把修煉出的那個分身獻祭了，沒受什麼傷。」

修煉出「分身」是合歡宮祕術，多一個「分身」等於多出一條命，花向晚獻祭了一個分身，修為必定大跌，大家心知肚明，倒也沒多說。

「先回去休養吧，」黑衣女子開口，嘆了口氣道：「此次妳辛苦了。」

說著，黑衣女子抬頭看向旁邊的謝長寂，遲疑了片刻，才道：「這位小友……你是……」

「他是我朋友！」這次花向晚沒給謝長寂胡說八道的機會，立刻開口。

謝長寂乖巧點頭，恭敬道：「晚輩天劍宗弟子謝長寂，見過前輩。」

不需要多說，「天劍宗」三個字就讓眾人變了眼神。

黑衣少年忍不住一巴掌拍在花向晚肩頭，擠眉弄眼：「阿晚可以啊！說讓妳搞回來妳就真搞回來了？」

「不錯，」花向晚的師父滿意點頭，「二十一歲骨齡已元嬰，距離化神一步之遙，劍意純正，心智堅定，你這樣的苗子，難得。」

「師父，」一直沉默著的銀衣青年開口，「讓他們先進去吧。」

說著，銀衣青年走到謝長寂身側，溫和道：「這位道友，請。」

說話時，謝長寂便感覺化神期威壓迎面而來，他神色不動，平靜道：「請。」

花向晚看銀衣青年走過去，頗為擔心：「大師兄不會做什麼吧？」

「妳這就擔心上了？」藍衣女子笑起來，扶著她安撫：「放心吧，大師兄心裡有數呢。」

「頂多斷幾根骨頭，」黑衣少年加油添醋，「別心疼。」

花向晚不說話，回頭看了被眾人包圍著的謝長寂一眼。

大家湧上去，嘰嘰喳喳問著問題，大師兄的威壓一直沒撤，謝長寂神色鎮定如常，平靜地回答眾人所有問題。

花向晚被大師姐扶回房間，仔細問診之後，給她開方子：「獻祭一個分身不是小事，妳要慢慢養。」

花向晚不說話，她看著大師姐的肚子，溫和道：「幾個月了？」

大師姐笑了笑，面容溫和：「七個月了。」

「想好名字了嗎？」

聽到這話，大師姐低頭，目光帶著幾分期盼：「靈東、靈西、靈南、靈北，聞風說，還差一個靈南，給他們東南西北湊個數。」

「哪能這麼草率？」花向晚笑起來。

大師姐將藥方遞給旁邊的侍從：「我也這麼說，所以還在和他想呢，妳師兄說，東南西北都有守衛，合歡宮這才安穩。別說我了，倒是妳，」大師姐眼中笑容淡了幾分，「逸塵他……」

花向晚聽到沈逸塵的名字，垂下眼眸，只問：「人在哪兒？」

「按照妳的吩咐，」大師姐沉聲，「冰河下面。」

「知道了，」花向晚點頭，「一會兒我去看。」

大師姐沒再說話，過了一會兒後，她嘆了口氣：「早些休息吧。」

「謝長寂呢？」花向晚見謝長寂還不回來，有些擔心。

大師姐笑了笑：「被妳師兄們扣下了，要去看逸塵……」大師姐抿了抿唇，「趕緊去吧。」

說著，她便收拾東西，起身離開。

花向晚洗漱過後，披上衣服，熟門熟路到了冰河。

和兩百年後比起來，此時的冰河還不算冷，她站在冰面上，能清楚看到冰河之下平靜睡著的人。

他換了衣服，遮住胸口剖心所造成的刀痕。

她低頭看著冰河裡的人，輕聲開口：「逸塵，我帶謝長寂回來了。」

說著，她半蹲下身，摸上冰面：「你別怕，很快，你也會回來。」

冰面下的人被冰遮著，看不清容貌。靈力從她手上蔓延，冰面一層一層結起來，澈底遮掩了他的容貌。

她在冰河待了很久，等到半夜，才提著燈回來。老遠就看見長廊上謝長寂被她二師兄扛著，走得踉踉蹌蹌。

花向晚提著燈上前，看著完全睡過去的謝長寂，有些震驚，忍不住抬頭看向二師兄望秀，皺起眉頭：「你們喝得也太多了吧？」

「哪兒多了……」望秀有些心虛，「就一人一杯。」

「你們一百多個人！」

花向晚瞪他一眼，伸手把人從望秀手裡撈回來。

「嘖嘖，」望秀看著她把人扶進去，靠在門邊嘲諷，「妳還沒嫁出去呢，就這麼護著人了？」

「趕緊走吧你！」花向晚從旁邊抓了個枕頭砸過去。

望秀往旁邊一躲，急道：「我就說妳該早點嫁出去，找個人管管妳！」

「滾！」

花向晚這次直接扔了個法球，望秀不敢多待，關上大門跑了。

望秀一走，終於安靜下來。

花向晚回頭看了床上躺著的謝長寂一眼，她有些無奈，給謝長寂餵了醒酒藥，又打了水給謝長寂擦臉，她聽他一直迷迷糊糊喃喃什麼，她湊過去，就聽謝長寂唸著：「師父，白竹悅。」

「大師兄，簫聞風。」

「大師姐，琴吟雨。」

「二師兄，程望秀。」

「二師姐……」

花向晚一愣，這才發現他是在背所有人的名字。

她呆呆地看著謝長寂，就看他緩緩張開眼睛，他看著花向晚，似乎分不清夢境還是現實。

過了片刻後，他伸手抱住她，低喃：「我都會記得的。」

花向晚不知道為什麼，覺得有些難受，她就聽謝長寂一直低語：「對不起……對不起……」

她不知道他在對不起什麼。

但是她從這聲音裡聽出痛苦，她抱住他，拍了拍他的背：「好了，沒什麼對不起，睡吧。」

然而謝長寂只是一直搖頭，反反覆覆地說：「對不起。」

花向晚無奈，她放下床簾，和謝長寂躺在一起，聽他說了許久，終於慢慢睡了過去。

他習慣性翻身將她抱進懷裡，抱著她，他終於安穩了。

兩人睡了一夜，等第二天醒過來，師父白竹悅便讓人請他們過去。

花向晚領著謝長寂一起去見白竹悅，白竹悅老早就等在茶廳，見兩人來了，她笑了笑：「來了？」

花向晚同謝長寂一起上前，謝長寂恭敬道：「前輩。」

「聽說昨晚聞風帶著人給你灌酒，你還好吧？」白竹悅看了謝長寂一眼，眼中有些幸災樂禍。

謝長寂神色平穩：「眾位師兄熱情好客，是長寂酒量太淺。」

「阿晚，妳先等著。」

白竹悅讓花向晚出去，花向晚遲疑片刻，站起身來，給謝長寂一個「不要亂說話」的眼神，便走了出去。

白竹悅看花向晚出門，她低下頭，給謝長寂倒茶：「你修的不是多情劍吧？」

「晚輩問心劍弟子。」

「問心劍……」白竹悅神色很淡，「你當真願意來西境嗎？」

「我已為晚晚轉道。」

這話讓白竹悅動作一頓，她抬起頭，眉頭微皺：「你知道你在說什麼嗎？」

「知道。」謝長寂聲音平穩：「我來西境之前便已與長輩說明情況，此番來西境，已身無牽掛。所以師父不用擔心，」謝長寂抬眼，「我雖修問心劍，但對晚晚之心，天地可鑑。」

「此事阿晚知道嗎？」

「還不知，我怕她有負擔。」

聽到這話，白竹悅不言，她低頭喝茶，想了一會兒後，慢慢道：「你們年輕人我也不懂，喜歡就好。阿晚母親還在閉關，等她出關後再見你。」

「是。」

「你先去休息，我同阿晚聊聊。」

「是。」

謝長寂出了門口，將花向晚叫了進去，白竹悅和花向晚把雲萊的情況大致瞭解了一下，便皺起眉頭：「所以，妳的意思是，魘靈雖然封印了，但一分為二，一半落入了靈虛祕境，另一半不知所蹤。」

「不錯。」

「但妳看上去並不擔心。」白竹悅說出她的不對，花向晚一頓，白竹悅審視著她：「阿晚，妳有事沒告訴我。」

「師父……」花向晚低下頭，她捏起拳頭，遲疑著：「我……」

「不能說？」白竹悅了然。

花向晚抿緊唇，只道：「我可以說，但是我不知道會發生什麼影響。」

聽到這話，白竹悅想了想，點了點頭：「那我也不問，順其自然吧。等妳母親出來，妳就帶謝長寂去看看。哦，妳見過他長輩了嗎？」

「見過了。」聽白竹悅說起謝長寂，花向晚放心很多。

白竹悅笑起來：「不錯啊，讓妳去拐人，就拐個這麼好的，好好用。」

白竹悅拍了拍花向晚的肩：「妳這個雙修道侶，就算不談感情，也很值得。多用用，步入渡劫指日可待。哦，以前好像沒教妳太多雙修祕法，狐眠那個半吊子天天教妳些不正經的，要不讓吟雨……」

「不用了，」明白白竹悅要說什麼，花向晚趕緊抬手，「不勞煩大師姐，我自行學習，夠用了！」

白竹悅聽到這話，便笑出聲來，和花向晚閒聊起來。

她雖然已經快七百歲，但和花向晚交談向來像朋友，兩人閒聊了一下午，花向晚聽到外面人群喧鬧，後聽琴吟雨敲門：「師父，狐眠回來了。」

「回來了？」

白竹悅笑起來，放下杯子，正要說什麼，又聽琴吟雨道：「也帶了一個劍修回來。」

聽到這話，白竹悅挑眉，轉頭看向花向晚：「妳們是不是約好的？」

「這哪兒能約好？」花向晚搖頭，站起身來，伸手去挽白竹悅：「走，我們一起去看看。」

白竹悅領著花向晚和琴吟雨走出去，才到廣場，就看謝長寂和秦憫生被一干弟子堵在練武場。

眾人輪流和他們比試著，旁人大聲叫好。

花向晚走過去，狐眠回頭，看見她，趕緊上前：「師妹！」

「師姐。」花向晚笑笑。

狐眠伸手握住她，猶豫片刻，才道：「妳……妳沒事吧？」

「我能有什麼事？」花向晚笑起來，抬手指向謝長寂：「妳看，我把人帶回來了。」

狐眠聽到這話，點點頭，似是放心，隨後道：「逸塵……我們會想辦法的。」

「我知道。」

眾人聊著天，抬頭看著擂臺上的青年打打鬧鬧。

秦憫生和謝長寂被他們車輪戰，打了一下午，兩個人都掛了彩，各自被領了回去。

花向晚帶著謝長寂回房，給他上藥，一面上藥一面安慰他：「我師兄們也是想領教一下天劍宗的劍法，你別見怪。」

「我明白。」謝長寂點頭。

但其實他知道，這不過是一群師兄想試試他。就像當年天劍宗一個小師妹要嫁到宗外，多情劍一脈上去差點把人打死。

那時他不明白，昆虛子跟給他解釋，是因為不放心。想要試一試這個人能不能給小師妹安穩的生活，所以這個人不能輸，不然就是無能，但也不能贏得太好看，不然大家臉面掛不住。

但這些東西他不會告訴花向晚，他沉默著讓花向晚上了藥，等到處理好傷口，就傳來狐眠的消息，說她請大家吃飯，讓所有人去一趟。

狐眠訂了上等酒樓，花向晚和謝長寂過去的時候，就看酒樓已經坐滿，兩人進來，狐眠招呼著：「阿晚，來這邊。」

花向晚和謝長寂擠進主桌，狐眠吆喝大家一起吃喝，酒過三巡，狐眠站起來，大聲道：「今天請眾位師兄師姐師弟師妹吃飯，其實是有一件事兒，我想跟大家說一下。」

聽著她的話，所有人看過來，狐眠笑了笑，轉頭看向旁邊的秦憫生：「我，狐眠，打算嫁人了！」

這話一出，在場所有人起鬨起來，狐眠抬手，讓大家安靜下來：「今天我同大家說一聲，按照咱們宮裡規矩，我先擺一個定親宴，再擺喜宴，定親宴我和憫生看好日子了，下個月，十一月十三，大家通知好宮人，全都回來，好好慶祝一下！」

「好。」蕭聞風發話，應聲道：「大傢伙聽好了嗎？各支把自己門下弟子都叫回來，給咱們狐眠長臉。」

「謝大師兄。」狐眠聽蕭聞風發話，趕緊道謝。

蕭聞風嗤笑，轉頭看向花向晚：「阿晚，妳呢？定什麼時候？」

「再說吧，」花向晚端著酒，「我還得等我娘出關呢。」

「也是，」琴吟雨笑起來，「其他人的婚事隨意，阿晚的婚事可是宮主親自盯著。」

「那狐眠定親宴一事，誰來操辦？」蕭聞風看了周邊一眼。

花向晚立刻舉手：「我來。」

兩百年前就是她來辦，這次，依舊讓她來。

「好！」狐眠高興道：「阿晚，交給妳我放心，師姐敬妳一杯。」

花向晚點頭，舉杯和狐眠對飲。

定下訂婚宴的事情，合歡宮就忙了起來，定親這件事不像成婚那樣要邀請許多外人，但合歡宮上下人也不少，吃飯喝酒等細節都要一一掌管。

上一世花向晚在病中，沒有仔細排查，許多事都是讓其他人經手，這次她親自來，從食材選料到瓷器一一檢查。

秦憫生則交給了謝長寂，由謝長寂負責盯著。

等到定親前七日，謝長寂突然趕回來，告知花向晚：「秦憫生要走。」

「去哪兒？」花向晚立刻回頭。

「說要去斷腸村取半年前埋下的酒。」

花向晚聽到這話，皺起眉頭，隨後道：「你跟著他去。」

「好。」謝長寂說著，花向晚有些不放心，現在他只是元嬰，單獨出去始終有些危險。

她想了想將溯光鏡取出來，交到謝長寂手中。

「溯光鏡你帶上，如果遇到危險，可以利用此物逃生。這個世界是由溯光鏡所操控的世界，到迫不得已，你可以開啟它離開這裡。」說著，她抿緊唇：「活著最重要。」

「我明白。」謝長寂點頭，轉身準備離開，突然就聽窗外傳來兩緩三急的敲窗聲。

謝長寂轉頭看過去，花向晚面色平淡，只道：「趕緊去吧。」

謝長寂遲疑片刻，又看了窗戶一眼，終於還是離開。

等謝長寂出門，花向晚才走到窗戶邊，打開窗戶，就看一隻黑色烏鴉在邊上蹦躂，歪了歪頭：「妳從雲萊帶回來的那個男人呢？我千里迢迢從鳴鸞宮趕過來，可不是為了見妳的。」

「走了。」花向晚轉身走進屋子，漫不經心：「趕緊去找妳的望秀，妳來一趟可不容易。」

「可不是嗎。」烏鴉從窗戶上跳下來，化作一個妙齡女子，她打量一下周遭，嘆了口氣：「可惜來晚了，我被又派到邊境去了，下次來看我們家望秀，不知道是啥時候。」

花向晚不說話，給自己倒茶。

秦雲裳坐到她旁邊，想了想：「那個……沈逸塵的事情……」

「知道就別提了。」花向晚打斷她，催促她道：「趕緊去見望秀，情郎可比姐妹重要。」

「瞧妳這話說的，」秦雲裳撐著下巴，「日後我和望秀成了親，天天都可以見，姐妹可就不一樣了，妳要是被拐跑了，我可是見一眼少一眼。」

「放心吧，拐不跑。」花向晚喝著水：「咱們日後的日子，長著呢。」

「好吧，」秦雲裳直起身，「知道妳還好，我就不和妳聊了，我時間緊，去見見望秀就得走了。」

「嗯。」

「我和望秀說好了，等妳娘閉關出來，他就上門提親，以後咱們就能經常見面，不像現在這樣偷偷摸摸的。鳴鸞宮那鬼地方我真是受夠了。」

「知道了，」花向晚低頭看著地面，「趕緊去吧。」

「好嘞。」

秦雲裳從起身，從窗戶跳了出去。

花向晚看著她的背影隱於月色，抬起杯子，將杯子裡的涼水喝完。

謝長寂在不遠處，看著秦雲裳離開。

他腦海中閃過他還是「謝無霜」時，最初和花向晚相見，秦雲裳刺殺花向晚的時刻。

他微微皺眉。

但片刻後，他便不願多想，悄無聲息從屋簷躍下，追著秦憫生的蹤跡，離開了合歡宮。

第二章　兩百年前

謝長寂跟了秦憫生三日，每天給花向晚傳音通知情況。

其實也沒什麼好說，秦憫生一路上什麼都沒做，他日夜兼程趕路，要在訂婚宴之前將酒取回來。

三日後，秦憫生終於到了他母親墳前，謝長寂給花向晚傳了信，便跟著秦憫生上山。

他不遠不近跟在秦憫生身後，秦憫生到了他母親的墳前，簡單除了草，便從墳前將酒挖了出來，放進乾坤袋中。

他開了一壇，倒了一半給他母親，隨後低聲開口：「娘，孩兒要成婚了，就是上次妳見過的那個姑娘，我想妳應該喜歡。」

「日後，巫蠱宗我不執著了，名利血脈，高低貴賤，我都不多想了。」

「娘，妳不必掛念我，輪迴道上，放心走吧。」

說著，他舉起酒罈，給自己灌了一口酒。

就是這一刻，謝長寂察覺周邊有簌簌之聲，同時莫名的危險感襲來，他立刻給自己加固了用於隱匿的結界。

修士的直覺十分敏銳，雖然他現在在幻境中的修為回到兩百年前，只是元嬰，但是多年打磨出來與天道共鳴的直覺，卻依舊精準。

他察覺危險不久，秦憫生也立刻意識到不對，冷聲開口：「誰！」

話音剛落，一隻金蟲從旁邊猛地襲來，秦憫生拔劍回身，斬下金蟲。

頃刻之間，林中蛇蟲如浪潮而來，秦憫生一劍橫掃過去，劈出一條道路，便立刻試圖馭劍出去。

然而腳下泥土裡一隻手破土而出，一把拽住他的腳踝，秦憫生一劍斬下那隻手臂，手飛出去，卻不見一滴血，反而是一具具腐屍破土而出。

巫蠱宗可利用蠱蟲控制屍體，但控屍一術只有巫蠱宗高階修士能做到，而同時控制住這麼多屍體的……

「巫楚！」

秦憫生瞬間反應過來，此番竟是巫蠱宗宗主、他的親生父親親自來了！

巫楚乃化神期巔峰，與他雲泥之別，他絕不可能是巫楚的對手。

而他出聲的瞬間，從泥土中爬出的腐屍直接衝了出來！

這些腐屍動作極快，雖然都只是築基期的修為，但他們根本沒有神智，不懼痛苦，人數一多，密密麻麻撲過來，竟將秦憫生困了起來。

謝長寂藏在樹上，悄無聲息抬手放在劍上，直覺有更大的危險潛伏在周邊。

秦憫生在林中被團團圍住，他像一隻走到窮途末路的雄獅，和鬣狗拼命撕扯，謝長寂察覺他的靈力開始衰弱，手中長劍也慢了下來，一個破綻，一隻金蟲猛地飛出，直衝秦憫生眉心！

秦憫生睜大眼，只覺額間一陣劇痛，隨即一股麻意在全身散開，他腳下一軟，再也支撐不住，跪倒在地。

這時腐屍和毒蟲蛇蟻終於安靜下來，一個個寬袍戴著厚重髮髻的人從密林中現身。

秦憫生全身使不上半點力氣，他喘息著，抬頭看向周遭，一眼就鎖在了走在最前方的男人身上，咬牙出聲：「巫楚。」

男人神色平靜，他沒有走到他旁邊，反而是領著眾人側身，所有人微微躬身，蛇蟲讓出道來，似是在等待著誰出現。

風越發寒冷，夾著枯葉從秦憫生髮間捲過，他冷聲開口：「你們想做什麼？」

「答應過的事。」林間傳來青年溫和的聲音：「你忘了嗎？」

這聲音傳來，帶來無形的威壓，壓在秦憫生身上。

風中隱約傳來血氣，秦憫生直覺危險，捏緊了劍，他知道對方在說什麼，他唯一答應過卻反悔的事，只有接近狐眠。

「我早已說過，這事兒我不做了。」秦憫生低低喘息著，掙扎著想要起身：「你們把我殺了吧！」

「跟了這麼久，」青年的聲音越來越近，眾人遠遠看見一頂小轎，從林中漫步而來，「狐眠只看上你一個人，你怎麼可以死呢？」

「你生於卑賤之軀，難道就不想爬到萬人之上？你被辱罵、被嘲笑，你母親一生因凡人身分幾經痛苦，你就不想證明一下，螻蟻亦可為雄鷹？」

「放開我！」

秦憫生掙扎，小轎已緩緩停在他面前。

「秦憫生，感情算不得什麼。」

白的近乎透明的指尖從雲紗轎簾中探出，謝長寂感覺周邊靈氣突然劇烈震盪起來，天上風雲變色，電閃雷鳴，似是有什麼規則被人澈底扭轉破壞，一道光芒從青年指尖籠罩在秦憫生身上，秦憫生感覺魂魄彷彿被澈底撕裂開來，他忍不住痛呼出聲，奮力掙扎，然而金蟲和巨大的實力差距狠狠壓制著他，他像螻蟻一般在地面扭曲抗爭。

謝長寂平靜地注視著秦憫生的魂魄被眼前的人活生生撕扯開來，隨後一道白光從他頭頂浮起，輕飄飄落入青年手中。

而這時，秦憫生的神色慢慢平靜下來，他臉色慘白，目光卻十分冷靜。

青年的聲音溫和而冰冷：「愛過的人會不愛，恨過的人會相守，唯有強大，才是永恆。」

秦憫生不說話，青年再問：「我再給你一次機會，放棄狐眠，配合我們，你得到巫蠱宗繼承資格，未來，你可能成為九宗宗主之一，於西境呼風喚雨，一人之下萬人之上。又或者——」

青年輕笑：「為一個女人，死在這裡。」

秦憫生聽著這話，抬眼看向青年手中的白光：「你對我做了什麼？」

「我只是，取走你一魄。喜、怒、哀、懼、愛、惡、欲，」青年張開手，隱約可見那白光之中，是一個小人，「七魄之中，唯『愛』之一魄，我已為你清掃。」

秦憫生不說話，他盯著那一魄，好久，終於開口：「你們想要我做什麼？」

「此毒名為『極樂』，服用後如重醉，神智不清，靈力阻塞，你定親宴當日，想辦法讓合歡宮中人食下。」

「都已經下毒了，」秦憫生嘲諷，「直接用劇毒不好嗎？」

「毒性越大，越容易被察覺。」青年倒也不惱，耐心回應：「有琴吟雨在，天下沒有她驗不出的毒。但這『極樂』為藥宗新創，它不是毒，只是烈酒，並無毒性。」

「你們到底想做什麼？」秦憫生盯著轎子，「你又是誰？」

青年沒說話，巫楚抬眼，冷聲訓斥：「豎子！不得無禮。」

「各有所圖。」青年似乎不覺冒犯，聲音中帶著幾分笑：「合歡宮強盛至此，修士修為精純，何不作為養料，以供眾人呢？」

西境直接掠奪其他修士的修為之事，過去並不少見，但合歡宮強盛以來，一直力絕此事，已經多年未曾公開有過。

聽到這話，秦憫生便明白了他們的意思，他冷著臉：「你們想吃了他們？」

青年沒有回話，他似乎凝視著一個方向，謝長寂頓覺不對，就是那一剎，一條透明的青龍從轎中猛地撲了出來，朝著謝長寂咆哮而去！

謝長寂毫不猶豫拔劍，凝結所有修為朝著青龍狠狠一劈！

劍光和青龍對轟在一起，靈力震盪開去，所有人都被逼得立刻開了結界。

遠高於謝長寂的渡劫期修為將他猛地擊飛，謝長寂剛落地便立刻知道對方實力，毫不戀戰，瞬間化作一道法光消失。

「追。」轎中青年冷聲開口：「我擊碎了他的傳音玉牌，他聯繫不上人，調人過來，堵死回合歡宮的路，直接殺了他。」

「是。」巫楚立刻回應。

轎中青年抬手將秦憫生的一魄往秦憫生的方向一推：「秦憫生，這一魄本座還你，如何選擇，本座也由你。」

柔和的白光落在秦憫生手中，他接過白光，轎子被人抬起，青年語氣平和：「是生是死，你自己選。」

秦憫生沒說話，他跪在地上，手裡握著那一道白光。

等所有人都轉身，他終於開口：「為什麼不直接操控我？」

聽到這話，青年笑起來：「你可知，這世上唯一不能操控的，就是人心？」

秦憫生抬眼看向軟轎，軟轎朝著遠處走去。

「我可以操控你的身體，但若你不是秦憫生，狐眠又怎會不知？」

「只有你是秦憫生，才能騙得了她。」

說著，所有人都跟隨軟轎離開。

等周邊空蕩蕩一片，眾人彷彿不曾出現時，秦憫生腦海中劃過無數畫面。

年少受人欺辱，修道無門，十八歲仰望天之驕子，滿心豔羨。

他許諾過自己，終有一日要走到高處，要受人認可，要功成名就。

過往那些憎怨憤恨湧上來，明明他記得狐眠，記得他們所有經歷的事，記得山盟海誓，也記得自己說過「未來我就有一個家」，可不知道為什麼，這些記憶卻毫無情緒波瀾。

他捏起那一魄，好久後，取出一個小木盒，他將那一魄放進木盒，埋在母親墳墓旁。

然後他捏著極樂，站起身來，往合歡宮的方向行去。

他往合歡宮趕時，花向晚也在嘗試聯繫謝長寂。

謝長寂傳最後一個消息後，便再無音訊，一開始她沒在意，她事情多，每日忙碌著訂婚宴的準備，還要一一排查過去的人，不可能時時刻刻同他說話。

但等晚上她還聯繫不上時，便知道情況不妙。

只是她已經把溯光鏡給了謝長寂，如果謝長寂真的生死攸關，那他肯定會開啟溯光鏡，這樣一來，她或許也沒辦法待在這裡，這個世界會立刻崩塌。

可現在她沒有感知到任何溯光鏡開啟的消息，那謝長寂……或許還沒到斷臂求生的程度。

她心中不安，想了想，便暗中讓人出去找人，隨後又拿紙片剪了幾隻蝴蝶，將蝴蝶在謝長寂穿過的衣服上一抹，紙片蝴蝶便成了真的蝴蝶。

蝴蝶在她手中振翅，她遲疑片刻，終於出聲。

「若是安全，就別回來了，到斷腸村等我。」

很快合歡宮就會成為人間煉獄，他回來反而危險。

說完，她抬手往外一推，蝴蝶便振翅飛出去。

這是尋人用的蝴蝶，但只能送信，不能回信。

她不知道能不能找到謝長寂，這個口信能不能傳達到，可這是她如今唯一能做的事。

她每日用各種法術尋找謝長寂的蹤跡，隨著時間推移，她心中不安越深，等到三天後，訂婚宴前一夜，花向晚突然聽到宮裡鬧起來，她趕忙起身，到了門口，就看狐眠拉著秦憫生走了進來，秦憫生手中提著酒，狐眠正低頭檢查酒罈，深吸了一口氣，高興道：「是我釀的那個味兒！」

花向晚不說話，她盯著眼前的秦憫生，對方和平日一樣，看上去沒太大改變，正低頭看著狐眠，察覺她的目光，秦憫生抬起頭來，似是疑惑：「花少主？」

「嗯？」狐眠聽秦憫生說話，也抬起頭，看著花向晚，頗為好奇：「阿晚？妳怎麼在這兒？」

「哦，」花向晚笑起來，面上有些疲憊，「我聽見外面有人來，還想是不是長寂回來了。」

謝長寂失蹤這件事大家都知道，狐眠也有些擔心，只道：「妳放心，望秀已經派人在找了，他不會出事的。」

「我想也是。」花向晚點點頭，隨後看著秦憫生：「不過，長寂是在秦道友離宮那一夜一併不見的，不知秦道友是否見過？」

「沒有。」秦憫生搖頭，只道：「當夜我是一人出宮。」

「這樣，」花向晚有些惋惜，「叨擾了。」

花向晚聽了秦憫生的話，轉身離開，她聽著身後狐眠高興地說著自己的酒有多好，走到房中。

等做完能做的，她站在空蕩蕩的房間，看著不會回應的玉牌，熟悉的孤寂感湧了上來。

這一年和謝長寂相伴太久，她竟然忘了，一個人原來是這種感覺。

她靜靜看著，過了許久，終於還是披了一件外衣，提著燈走向後院冰河。

她習慣性停在冰河上，看著冰河下看不清容貌的人影，內心平靜下來，她看了一會兒，輕聲道：「逸塵，秦憫生回來了，明日就是狐眠師姐的訂婚宴，很快，我就會知道我想知道的事情。」

冰下的人不會回應，花向晚笑了笑：「到頭來，好像還是你在這裡。」

本來以為，入了畫，在幻境之中，便會有所不同。

以為他能陪著她走完最後這一段路。

但上天似乎總在開這種玩笑，總有不得已的理由，告知她，這是只能她自己走完的一生。

「也好，」她垂下眼眸，「他不在，也好。」

不然習慣了有人在身邊，或許就捨不得了。

她在冰面站了一會兒，終於轉過身，回到自己屋中，拉上被子。

而這時，謝長寂殺了最後一個追上來的人，終於力竭，他躺在一個小丘上，低低喘息著。

血流得太多，讓他有些暈眩，他閉著眼睛，緩了一會兒，才轉頭看向合歡宮的方向。

巫蠱宗一路增派人手，把他逼得離合歡宮越來越遠，如今他要回去，還有好幾日路程。

他靠在小丘上喘息，一隻蝴蝶翩飛而來。

這是十一月中旬，根本不該有蝴蝶存在，謝長寂感覺到熟悉的靈力，他抬起手，蝴蝶就落在他手上。

感知到他的瞬間，蝴蝶傳來女聲：「若是安全，就別回來了，到斷腸村等我。」

音落，蝴蝶化作毫無生命的紙片，飄落在地。

聽到這聲安排，謝長寂緩了緩，閉上眼睛，過了片刻，他咬牙撕開衣衫，快速包紮好傷口，重新起身。

兩百年前，他已經不在過一次了。

花向晚一覺醒來，靈北便抱著一大堆文牒走了進來，忙道：「少主，這是今天的菜譜，您再核對一遍……」

「這是今日坐席位子，您再看看……」

「這是今日各處人手安排……」

花向晚聽著，點頭將文牒拉過來，一一核對。

等做完這些，她起身，去盯細節。

到了黃昏開席，合歡宮幾萬弟子齊聚廣場，高階弟子在大殿，低階弟子露天開宴。花向晚站在高處，看著燈火絢爛的合歡宮盛景，神色平靜。

後來合歡宮再也沒有這種盛況，宗門凋零，雖為三宮，但弟子不過幾千，甚至還比不上陰陽宗、巫蠱宗這樣的大宗門。

她靜靜地看了一會兒，琴吟雨由蕭聞風攙扶著走進來，見花向晚站在大殿長廊，有些奇怪：「阿晚不進去嗎？」

「師兄、師姐，」花向晚笑著回頭，「我不是在等大家嗎？你們先入座。」

「妳也別太忙，」琴吟雨走上前，給花向晚整理了一下衣服，神色溫柔，「身體為重，今晚少喝些酒。」

「知道。」花向晚說著，轉頭看旁邊的蕭聞風：「大師兄，帶師姐進去吧。」

蕭聞風點點頭，扶著琴吟雨，進門之前，又看了花向晚一眼，只道：「若明日還沒有謝長寂的消息，我出去找。」

花向晚一愣，隨後便笑了起來，蕭聞風慣來是這樣的，雖然話說得不多，卻會把每個人放在心裡。

她點了點頭，只道：「謝師兄。」

合歡宮內門弟子一共一百零三人，基本都在元嬰期以上，這也是合歡宮的未來和支柱。

這些人陸陸續續進了大殿，還有二十人留在外宮，領著人巡查守衛，要等夜裡換班才能過來。

人都來得差不多了，程望秀才姍姍而來，花向晚看了他一眼，挑眉道：「二師兄，你也來得太晚了。」

「唉，」程望秀擺手，「還不是秦雲裳話多。她不是被輪到邊境去守關了嗎，現下和我說感覺不太對，問她什麼不對又說不上來，就拖著我說話。」

說著，程望秀似乎想到什麼，輕咳了一聲：「那個……宮主……什麼時候出關妳知道嗎？」

「做什麼？」花向晚看他一眼，知道他有話要說。

程望秀面上有些不好意思，轉頭和花向晚並肩站著，支支吾吾：「就……鳴鸞宮這些年和咱們關係不好，雲裳每次都來得偷偷摸摸的，我和她也……也好幾年了是吧，現在狐眠都有著落了……我就想宮主出面，」程望秀轉頭，朝著花向晚擠眉弄眼，「幫我說說。」

「當初雲裳還在合歡宮求學我就讓你直接向我娘說，讓她留下來，現在知道後悔了？」花向晚瞥他一眼。

程望秀有些不好意思，摸摸鼻子：「她那時年紀還小，我……我不也是想讓她多看看。我活了幾百歲，什麼樣的人物都見過了，她見過幾個人？」

程望秀說著，語氣裡帶著些不安：「要是和我早早結成道侶，後面又見到了其他人，」他低聲嘀咕，「還不如沒在一起過呢。」

「現在她年紀也不大，」花向晚聽不明白，「你又覺得可以了？」

「幾年前我是這麼想，現在……現在我改主意了，」程望秀語氣篤定，他轉頭看她，「管她未來如何，我總得試試不是？」

花向晚聽著，片刻後，她輕笑一聲：「行，等我娘出來，我同她說。」

「行嘞。」程望秀放下心來，擺手：「那我走了。」

程望秀進了大殿，花向晚看了看時間，也差不多到時候了，便轉頭走了進去。

一進殿裡，大家已經自己先熱鬧著聊起來。

高處坐著白竹悅，花向晚到她旁邊下面一點的位子落座，讓旁人宣布宴席開始，白竹悅率先舉酒，宣布了狐眠和秦憫生的婚訊，兩人站起來朝眾人行禮。

之後大家便輪流給兩人祝酒，酒過三巡，狐眠站起來，高興道：「諸位，半年前我親手釀了一批酒，就想著今日和大傢伙一起喝了它！來！」

狐眠取了酒罈，同秦憫生一起上前，給所有人倒酒：「來試試我的手藝。」

眾人不疑有他，花向晚坐在高處，看著狐眠高高興興給大家一碗一碗倒酒。

等到她面前時，琴吟雨開口：「阿晚就不必了，她身上還有傷。」

「喲，」狐眠笑起來，「可惜了，妳嘗不到我手藝。」

「還是給一碗吧，」花向晚端起酒碗，笑著開口，「喝幾口，無妨。」

「豪氣！」

狐眠給她倒了酒，花向晚看著晶瑩的酒水，面色平淡，等狐眠走後，她低頭抿了一口。

二十一歲的時候，她不擅長用毒，可後來在藥宗，跟著薛子丹學了許久，薛子丹的手藝，她一口就嘗了出來。

極樂，不是毒，而是一種無色無味的酒。

只是對於修士而言太過烈性，會造成修士靈力運轉不暢。

沈逸塵是頂尖的醫者，薛子丹則是煉毒的天才。

用的不是毒，琴吟雨察覺不出來，倒也正常。

花向晚放下酒碗，看著大家熱熱鬧鬧，鬧騰半夜，大家醉得厲害，花向晚招呼弟子進來，扶著人離開。

在場沒喝酒的就她和琴吟雨，蕭聞風醉得厲害，琴吟雨過去照看，花向晚便一個人提著燈，又去了冰河。

一切和記憶中沒有兩樣，到了子時，只聽「轟」的一聲巨響，一道天雷從天而降，直直劈在合歡宮最高的雲浮塔上！

花向晚的母親就在雲浮塔閉關，這一下地動山搖，所有人仰頭看去，隨後就見天雷一道道劈下來！

花向晚靜靜仰頭看著天雷，身邊是冰河下的沈逸塵相伴，沒一會兒，琴吟雨便帶著人跑了過來。

「阿晚，」琴吟雨輕喘著粗氣，「宮主突破，怕是要渡劫了。」

「嗯，」花向晚點頭，只道：「讓諸位師兄師姐去布陣，師父呢？」

「白長老已經趕過去護法，但渡劫期的天雷……」琴吟雨抿唇，「我們怕也幫不了什麼。」

花染顏雖然不是魔主，卻是西境多年來的第一高手，碧血神君當年上位，也是在花染顏許可之下，兩人從未正式交手。

她的天雷，合歡宮無人能幫，西境怕也沒人能做什麼。

花向晚仰頭看著雲浮塔，白竹悅應該帶著其他弟子趕到，開了結界之後，天雷的動靜便不再影響旁邊人。

琴吟雨見她平靜，受她感染，慢慢冷靜下來。等意識到自己居然在師妹的引導下平復，她忍不住笑起來：「去雲萊這三年，妳磨煉了不少。」

花向晚聽這話，轉頭看過去，琴吟雨眼中帶著幾分心疼：「以前妳師兄常說，妳脾氣太傲，沒有受過什麼打磨，日後繼承合歡宮，怕妳壓不住。如今在雲萊，也不知妳遇到了什麼，倒是有些少宮主的樣子，宮主也就放心了。」

「人總會長大嘛。」花向晚輕笑：「以前總是你們替我撐著，是我不懂事。」

「妳不懂事，妳大師兄其實也高興。」琴吟雨搖搖頭，面上溫和，「聞風以前同我說，盼著妳懂事，但又希望妳別懂事。人一輩子，長大總得付出代價。」

花向晚聽著琴吟雨的話，喉頭微哽，她想說些什麼，就感覺地面微微震動。

這種震動彷彿大軍來襲，琴吟雨直覺不對，隨後就聽城樓上傳來鼓聲。

這是召集弟子集結之聲，花向晚立刻抬手劃開傳音玉牌，就聽靈東急道：「少主，十里之外，有大批魔獸朝著合歡宮過來了！」

「有多少？」花向晚冷靜詢問。

「數不清，」靈東語氣急迫，「至少十萬。」

聽到這話，琴吟雨睜大了眼。

魔獸是在西境邊境的異族，他們沒有人這樣的神智，純粹是獸類，但十分凶猛。邊境早就以大量法陣修築高牆設防，而且層層關卡，如此多數量的魔獸，怎麼可能悄無聲息直接來到合歡宮宮門十里之外？

「讓狐眠過去，將現在還清醒的弟子都召集起來，法修都到城樓上集結，體修全部到城外。」花向晚直接下令：「我這就過來。」

「阿晚！」聽到花向晚的話，琴吟雨一把抓住她，急道：「現下還清醒的弟子最多不過金丹期，妳讓他們直接去城門外他們不一定……」

琴吟雨不忍心將後面的話說出來，花向晚平靜抬眼，只道：「法修很難一下誅殺所有魔獸，不能讓他們靠近城門，他們一旦靠近城牆，對法修是極大的威脅。師姐，妳現在想辦法叫醒醉了的師兄、師姐，同時通知合歡宮後面主城的普通人立刻離開。」

說完，花向晚便拉開琴吟雨的手，轉身朝著城牆馭劍過去。

一到城門，她便看見弟子已經結陣在城門前，法修在高處，遠處獸群狂奔而來，越來越近，巨大的如鳥的獸類緩慢振翅，跟隨著獸群而來。

狐眠安排好人，見花向晚過來，立刻道：「沿路駐點弟子呢？就算邊境的人不通知我們，我們自己的人呢？怎麼一點通知都沒有？」

「現下說這些沒有意義。」花向晚從乾坤袋中將尋情抽了出來，狐眠一愣，就看花向晚冷靜道：「我帶弟子守住城門，妳保證城樓上弟子靈氣不要用到枯竭，影響金丹運轉。」

說著，花向晚便往前去，狐眠一把抓住她，大喝：「妳回去！」

花向晚回頭，就看狐眠似是反應過來：「妳是少宮主，衝在最前面算什麼事？去聯繫各宗各門，立刻求援。」

花向晚不說話，狐眠甩出鞭子，情緒稍作鎮定，認真道：「我下去。」

說著，她二話不說，從城樓上縱身躍下。

花向晚提著尋情，想起當年也是這樣。

只是那時她還不知道結果，所以她覺得狐眠說的沒錯，她當務之急是求援，是叫醒所有精銳弟子，是等待她母親成功飛升，在前往上界之前，救合歡宮於水火。

那時候她充滿希望，覺得有無數人能救她。

她抿緊唇，悄無聲息捏起拳頭，看著魔獸越來越近，眼看著到達法修能夠攻擊的範圍，她立刻抬手，提高了聲：「動手！」

話音剛落，無數法陣瞬間展開，那些魔獸一頭頭狠狠撞在法陣之上，法陣中千萬火球轟然而下，落到獸群後方炸開。

與此同時，飛在高空中的鳥獸朝著城樓俯衝而來，火焰從牠們嘴中噴射橫掃向合歡宮，花向晚身邊高階弟子足尖一點，便躍到高處，同那些飛獸打鬥起來。

花向晚一面觀察著局勢，一面聯繫各宗。

面對這些沒有神智的東西，法修守到清晨，終於還是有漏網之魚衝破法陣，守在城門前的弟子立刻湧上，斬殺這些單獨突破進來的獸類。

天一點點亮起來，一條白骨龍狠狠撞在結界之上，一瞬之間，結界裂開一條大縫，花向晚正要拔劍，就看一道法光從合歡宮後方猛地轟來，在白骨龍第二次襲擊之前，將白骨龍猛地轟飛開去！

法光落在結界之上，結界立刻被修補好，花向晚抬頭看去，就見蕭聞風立在高處，平靜道：「狐眠。」

戰場上廝殺著的狐眠回頭，就看蕭聞風看著她，聲音微冷：「妳和阿晚回去找妳二師姐，她有事要和妳們商量，這裡我來。」

說著，蕭聞風抬手一揮，滔天一般的火焰朝著獸群猛地襲去。

這是最精純的三昧真火，只有修煉到頂尖的純火系修士才能擁有，獸群瞬間哀嚎出聲，蕭聞風催促：「走。」

狐眠不再停留，足尖一點躍上城門，同花向晚一起趕回後院。

靈北等在後面，見他們過來，便立刻領著她們去了大殿。

「二師姐什麼事？」狐眠喘息著，抬手抹了一把臉上的血。

靈北抿唇搖頭，什麼都不說。

花向晚什麼都沒問，因為她什麼都知道。

三人走到大殿，狐眠急急打開殿門，只是剛一打開，刀風迎面而來，狐眠未來得及閃躲，就被利刃猛地架在脖子上！

狐眠驚得往後一退，抵在門上，就看程望秀舉著雙刀，神色中全是恨意。

「二師兄？」狐眠愣愣地開口。

花向晚走進門來，看著程望秀的動作，抬手按住他的刀，淡道：「二師兄，先說事。」

「是不是妳！」程望秀不理會花向晚，死死盯著狐眠。

狐眠滿臉茫然：「什麼？」

「還裝！」程望秀激動道：「是不是妳在酒裡……」

「望秀！」琴吟雨叫住程望秀。

程望秀捏緊了刀，花向晚拉開他，可他就是盯著狐眠，狐眠滿臉茫然，看了大殿一眼，就見所有內門弟子都在此處，有的還暈著，有的打坐，花向晚轉頭看向琴吟雨，平靜道：「二師姐，怎麼回事？」

「昨晚吃的東西有毒。」琴吟雨聲音微冷：「現下所有內門弟子靈力無法運轉，修為低的甚至還在昏迷。阿晚，昨夜的飲食都是妳負責。」

「是。」花向晚平靜道：「也都交給二師姐驗過。」

「可狐眠的酒水我沒驗，妳交給了藥堂的弟子，什麼理由？」

「狐眠師姐酒水給得太晚，妳懷著孕，我怕妳辛苦。」

花向晚垂下眼眸，說著這些話，她莫名覺得有些難受。

雖然她清楚知道，薛子丹的極樂，就算給琴吟雨驗她也驗不出來，可她還是忍不住想，萬一呢？萬一，琴吟雨驗得出來呢？

她怎麼會覺得，狐眠給的，就一定沒問題呢？

「妳們是說酒有問題？」狐眠終於聽明白，滿臉震驚：「不可能，這酒是我親手所釀，是憫生交給我，我給妳們倒的，沒有第三……」

話沒說完，她突然意識到什麼，旁邊程望秀冷著聲：「秦憫生呢？」

狐眠呆呆回頭，她看著面帶嘲諷的程望秀，對方又問了一遍：「秦憫生呢？」

狐眠意識到什麼，猛地轉身，琴吟雨叫住她：「不用找了，他不見了。」

狐眠愣在原地，她下意識喃喃：「不可能的……」

「有什麼不可能？」聽著狐眠的話，程望秀激動起來，「外門弟子都沒事，只有喝了妳的酒的內門弟子出事，妳還說不可能？狐眠妳瞎了眼！妳是不是和他串通好了？妳是不是為了男人連師門都不要……」

「我沒有！」狐眠猛地出聲，她捏著拳頭，一隻眼微紅，她盯著程望秀，只道：「不可能是他，我這就去找他。」

說著，她拿出傳音玉牌，一次次傳音。

而對方了無音訊。

只有斷腸村墳頭，一縷柔光，消無聲息從土壤中漂浮而出。

琴吟雨閉上眼睛，嘆了口氣：「我叫妳們過來，就是想和妳們商議，現下我們有三條路。其一，我幫著眾位師兄弟妹恢復，但我不確定能恢復到什麼程度，他們能上就上，熬到救援，但，死傷不知。其二，澈查此事，找到解藥，再讓內門弟子上去，等到救援。這樣一來，外門弟子……怕是死傷慘重。最後一條路，」琴吟雨看著眾人，抿了抿唇，「棄宮離開。」

如果此時棄宮逃走，這裡的內門弟子或許都能保全性命，但外門弟子絕對來不及逃脫，而花向晚母親的天劫也必定被打擾，難以飛升，最重要的是，合歡宮之後，一座又一座凡人城池，必然遭難。

以這些獸類遷徙的速度，沒有任何城池能夠及時逃難。

在場眾人沒有說話，琴吟雨低下頭：「現下，宮主渡劫，白長老也在雲浮塔上，另外三位長老在外，我和你們大師兄的意思是，你們願意留下的留下，不願意留下的，帶著想走的弟子離開。」

說著，琴吟雨抬頭：「你們意下如何？」

沒有人應答，片刻後，程望秀直接道：「師姐，我先去城樓了，妳幫其他弟子吧。」

說著，他轉身離開。

琴吟雨看向狐眠，狐眠稍稍冷靜，她提著鞭子，咬牙道：「我也不知道秦憫生在哪裡，我去守城，只要我還活著，一定會把他抓回來，給大家一個交代。」

說完，她跪在地上，給眾人叩了三個響頭，起身走了出去。

琴吟雨看向花向晚，花向晚平靜道：「合歡宮不能棄宮，找到秦憫生的機率太小，若師姐這裡不需要我幫忙，我就去城樓了。」

說著，她跟著走出去。

回到城樓後，她拔出劍，從城樓一躍而下，揮劍砍向獸群。

和記憶裡一樣，接下來是無盡的廝殺與揮砍，這些魔獸根本不像以前在邊境見過的那樣，他們彷彿受了什麼刺激，異常凶猛，每一隻都是金丹期以上，要好幾個外門弟子才能圍剿一隻。

花向晚不斷揮劍在獸群中砍殺，慢慢忘了，這是幻境。

她好像回到當年，和師兄姐弟們奮戰在前，周邊全是獸類嚎叫，漫天血液飛濺。

她不知道過了多久，雲浮塔上，渡劫期法光猛地轟了出來！

那道法光帶著威壓，一瞬之間橫掃獸群，一隻隻魔獸在法光中灰飛煙滅，有人激動出聲：「是宮主！」

說著，所有人回頭看向雲浮塔，就看見塔頂天雷漸消。

高處蕭聞風臉上帶著一分喜色，所有弟子歡喜起來：「宮主！宮主渡劫成功出關了！」

花向晚遙遙看著遠處，有些恍惚。

她回頭看了遠處退縮著的人群一眼，清楚知道，不是，不是渡劫成功。

這才是開始。

她微微閉眼。

「花向晚。」雲浮塔上，她母親冰冷的聲音傳來：「妳過來。」

「少主，」靈北站在她旁邊，喘息著回頭，「宮主讓妳過去。」

花向晚點點頭，她看著所有人滿臉喜色，提著劍轉身。

等路過趕上城樓的琴吟雨時，看著對方滿臉欣喜之色，她步子微頓。

她遲疑片刻，終於道：「師姐。」

琴吟雨回頭，花向晚帶著幾分不忍：「妳休息吧，別上城樓了。」

「不礙事，」琴吟雨擺手，「我雖然是醫修，也沒這麼脆弱。」

說著，琴吟雨轉身急切地往城樓趕去。

花向晚捏著拳，她深吸了一口氣，像當年一樣走向雲浮塔。

那時她很急切，她馭劍過去，奔跑著上了塔頂。

可這一次，她每一步都走得很艱難，她像是走在刀刃上，每一道臺階，每一次抬頭，都有痛楚劇烈傳來。

等她走到雲浮塔時，她整個人有些控制不住情緒，她推開塔門，就看花染顏坐在法陣中間。

她滿頭白髮，神色平靜，白竹悅跪趴在地上，低低喘息，明顯受了很重的傷。

花向晚和花染顏平靜對視，過了片刻，花向晚沙啞出聲：「母親。」

「回來了。」花染顏笑起來。

花向晚眼中盈起眼淚，又叫了一聲：「母親。」

說著，她走上前，來到花染顏面前，半蹲下身，遙望著兩百年前的人。

花染顏笑了笑，溫和道：「如妳所見，我渡劫不成，無法飛升了。」

「沒事。」花向晚安慰著面前的人，「我給您找靈丹妙藥續命，我們還有時間，再來一次。」

「沒有時間了。」花染顏搖頭，「我已在天雷中看見未來。」

花向晚動作一頓，花染顏平靜開口：「這是天道給我的一線生機，合歡宮註定要覆滅，成他人魚肉，我的修為也會被一個人吸食，而那個人對妳有所圖，他不會殺妳，未來修真界生靈塗炭，合歡宮，萬劫不復。而妳——」

花染顏抬頭，看著她，微微皺眉：「阿晚，我看不見妳。」

她看到了整個合歡宮，獨獨看不見花向晚。

要麼花向晚已死，要麼……花向晚脫離天道。

花向晚聽著花染顏的話，勉強維持著笑容：「所以，母親打算做什麼？」

「方才我已經在所有內門弟子魂魄上打上魂印，若日後他們身死，妳可以尋著魂印，將他們的魂魄找回來。」

說著，花染顏神色中帶著幾分憐憫：「而我的修為不能給那個人，所以，」花染顏抬眼，將花向晚的手拉到自己腹間，「我的修為，妳取走吧。」

一個修士大多有百年千年的壽命，維繫這樣漫長的壽命，基本靠靈力修為。一旦修為盡散，便是壽命盡時。

花向晚看著面前的人，明明已經經歷過一次。

明明已經在當年跪地乞求，嚎啕大哭過一次。

明明已經質問過一次，有沒有其他辦法，她不想，她不要。

她可以和合歡宮一起埋在土裡，可她不想親手殺了最重要的人。

「妳讓我殺了妳。」花向晚一開口，眼淚就落了下來。

花染顏不說話，她只是看著她。

「妳是合歡宮的少宮主。」她提醒她，一字一句：「妳肩負著整個合歡宮的興盛榮辱，殺了我，又如何？」

花向晚不動，她的手微微打顫，面前的人看著她：「修道之路本就有捨有得，修士千萬年壽命，得道飛升，若非異於常人之堅定，上天又為何要予妳天厚不同？動手。」

花向晚說不出話，眼淚撲簌，低啞出聲：「娘……」

聽到這個稱呼，花染顏眼眶微紅，她眼前的花向晚好像還是小時候的模樣。

她牽著自己的手，軟軟地喊「娘」。

這是凡間的稱呼，她是少宮主，不該這麼叫她，她不知道花向晚是從哪裡學的，便冷眼糾正：「叫母親。」

可小孩子還是固執地繼續叫：「娘。」

從小到大，她每次求她做什麼，就叫她「娘」。

她總心軟，可這一次，她堅持：「動手啊！」

花向晚呼吸急促起來，她知道這是幻影，知道這是過去。

她已經動過一次手了，那時她哭著將手插入對方腹間，握住那顆金丹。

她一輩子記得那種觸感，也記得當時的痛苦與噁心。

她太清楚了，以至於此刻她根本不敢將指尖往前一點點。

然而花染顏死死抓著她，猶如命運死死抓著她。

她的手拼命顫抖，眼淚模糊了眼前。

旁邊的白竹悅也開口，聲音有些急切：「阿晚，別耽擱了，快些動手吧！」

她與花染顏僵持不下時，謝長寂終於趕到合歡宮。

他馭劍到高處，便看見魔獸浪潮一般湧向合歡宮，密密麻麻，猶如當年百宗共犯天劍宗的時刻。

他一眼就看出此處不對，隱約有詭異的靈力流轉，似乎在操控這些魔獸，便清楚周邊一定有其他修士在布陣幫助這些魔獸。

可他來不及管，急急俯衝下去，落到合歡宮前，狐眠正大聲詢問著程望秀：「這些東西怎麼回事？怎麼又來了？他們不要命了嗎！」

「晚晚呢？」謝長寂踉蹌著衝進人群，一把抓住狐眠。

狐眠看見謝長寂就是一愣，謝長寂大喝：「花向晚呢！」

「雲浮塔，」狐眠反應過來，抬手指了遠處，「宮主叫她……」

話沒說完，她就看這個青年馭劍疾馳而去。

雲浮塔有結界禁止馭劍。

他只能從一樓一路往上攀爬，高塔臺階旋轉而上，白光從上方漏下來，他身上帶著傷，血一路沿著臺階而落，上方傳來爭吵聲，他離花向晚越來越近。

「娘……」

「動手啊！」

「母親……」

「阿晚，」白竹悅勸說著，「動手吧，妳母親修為給妳比給其他人要好。」

「有什麼捨不得？花向晚，動手……」

話沒說完，門口「砰」的一聲響，所有人一起回頭，就看見光芒傾貫而入，一位青年站在門口，喘著粗氣看向房中的花向晚。

他髮冠歪斜，身上帶血，滿臉風霜，一身狼狽，似是連夜趕來。

他的劍早已砍出豁口，逆光站在門口，看著房內三人。

花向晚臉上全是眼淚，她的手被花染顏抓著，愣愣地看著站在門前的人。

「謝長寂？」白竹悅最先反應過來，她撐著自己起身：「你……」

謝長寂沒說話，他徑直走進房中，如落塵的神佛，斬開凡人與仙界的天關，於罡風中颳過一身血肉，帶著光與救贖而臨。

他疾步走到花向晚身前，一把拽開花向晚的手，將她猛地抱進懷中。

花向晚僵直了身子，呆呆地靠在他懷中，聽他沙啞出聲：「過去了。」

「謝長寂，」白竹悅喘息著，「此事乃我合歡宮內務，你……」

「這是幻境，」謝長寂根本不理會白竹悅，只啞著聲告訴花向晚，「不想經歷，就不要再經歷一次了。」

這是幻境，這已經過去兩百年了。

她可以不再經歷一次，可以有新的選擇，可以擺脫過去的桎梏，走向全新的結局。

她感覺空氣重新灌入肺腔，她像是從葬人的冰河中攀爬而出，疼痛和冷驟然襲來，一直壓在身體中的情緒猛地爆發。

她顫抖起來，忍不住死死抓住謝長寂。

「謝長寂……」她的聲音在抖，像是回到兩百年前那一刻，而這一次謝長寂來了，他抱著她，聽她顫抖著、啞著聲、語氣中滿是惶恐：「我把我娘殺了……」

聽著之前的話，看著面前的場景，他還有什麼不明了？

他閉上眼睛，感受到她所有的情緒。

過去他永遠在觀望，他能理解，卻不能體會。而此時此刻，他感覺自己的心臟和花向晚連在一起，她的每一個字都是他眼前的畫面。

「我剖了她的金丹……吸食了她的修為……她死了……是我親手殺了她……」

他抱緊這個人，感覺對方蜷縮起來，她抓緊他的袖子，哽咽出聲：「是我殺了她。」

這話出來，在場所有人愣住，花向晚一聲一聲加大了聲音，嚎啕出聲：「是我殺了她！殺了她！」

「我殺了她啊……」

花向晚趴在謝長寂臂彎，哭得喘不上氣。

「我拿了她的修為……可我卻成不了她，我什麼都攔不住，兩百年我伏低做小，我什麼都只能忍。」

「她說這是合歡宮唯一的生機，她本來可以飛升，可以離開，可她留了下來。」

「可哪裡來的生機？都死了！人都死了！只有我活下來算什麼生機！」

「阿晚……」

花染顏聽著這些話，喃喃出聲，花向晚抬起頭，看著不遠處的母親。

花染顏神色平靜，她似是明白所有的事情，只答：「於我而言，妳活著，就是生機。」

這是當年花染顏沒告訴她的話。

花向晚猛地睜大眼。

她呆呆地看著花染顏，花染顏卻抬眸看向謝長寂：「一切已經發生過了？」

謝長寂恭敬低頭：「是，這只是一個幻境，事情已經發生過一次，她如您所願。合歡宮留存下來，她當上少宮主，我與她成婚，一切都很好。」

「日後，你會陪著她？」花染顏看著謝長寂，似在審視。

謝長寂應聲：「是，我會一直陪著她。」

「那就好。」

花染顏笑起來，她轉過頭，看著旁邊愣愣地看著自己的花向晚，好久後，她伸出手，抱了抱花向晚。

「幻境不可沉溺太久，容易動搖心智。」花染顏聲音溫和，「該做什麼去做什麼，走吧，一會兒那人過來，妳在幻境中或許也會有危險。」

真人若死於幻境，亦會喪命。

說著，花染顏放開花向晚，抬眼看向謝長寂：「帶她走吧。」

謝長寂點頭，他伸手去拉花向晚，然而花向晚卻突然驚醒，她瘋了一般拽著花染顏：「我不走，讓我留下來，我永遠留在這裡，娘我不走……我不想走……」

死在這裡也比獨生兩百年要好。

白竹悅見狀，上前拉她：「阿晚，不要任性，聽妳母親的。」

「我不要！」花向晚掙開白竹悅，撲過去，死死抓著花染顏：「娘，讓我留下來，讓我留在這裡……讓我和妳一起死。」

「阿晚……」花染顏眼眶微紅，看著撲到自己懷裡的孩子，看著她滿臉是淚地祈求，她抬起手，抹過她的眼淚：「我已經死了，可妳還活著。」

花向晚呆呆地看著花染顏，花染顏又提醒了一遍：「妳活著。」

花向晚沒說話，外面喊殺聲不斷，花染顏看著謝長寂：「走吧。」

謝長寂垂眸，他伸出手，將她打橫抱起，往外走去。

花向晚的目光穿過他的肩頭，看著花染顏和白竹悅站在原地目送她。

等謝長寂走出大殿，她眼前的兩人終於消失，她靠在謝長寂懷中，有些茫然。

她感覺他帶著她一步一步遠離過去，等走到臺階之下，終於開口。

這次她的語氣平靜許多，帶著疲憊，「我當年親手殺了她。」

「不是妳殺了她，」謝長寂語氣溫和，「是她把她的愛和所有給了妳。」

說著，他抱著她走出雲浮塔大門，光線驟然落入眼中，刺得她微微瞇眼。

「晚晚，」謝長寂的聲音柔軟，灑在她心上，「妳娘愛妳。」

她要妳活下來，不僅僅因為妳是少宮主，妳要負擔這個合歡宮。

還因為，她愛妳。

花向晚聽到這話，感覺像溫水浸泡她已經被冷得緊縮的心臟。

那是她當年沒有的感覺。她不由得想，如果當年他在，那一段時光是不是就不會這麼難熬？

清風拂過，她於陽光中微微仰頭。

青年滿身帶傷，卻猶如高山一般巍峨安定的身影倒映入她的眼。

她忍不住開口：「如果當年你在，也會帶我走嗎？」

「會。」謝長寂聽到這話，他聲音微澀：「如果我在，只要我活著，就不會讓妳走到這一步。」

當年的謝長寂拼死守住了天劍宗。

他也會拼死守護花向晚。

只要他活著。

花向晚看著他，她沒說話，過了好久，她伸出手，挽住他的脖子，輕輕抱住他。

「你來就好了。」

他來就好了，可他沒來。

謝長寂忍不住將懷中的人抱緊幾分，克制著內心的酸澀，低低應聲：「我在就好了。」

兩人相擁片刻，謝長寂想起正事：「我跟著秦憫生到了他母親墳前，他被巫蠱宗的人抓住，巫蠱宗帶了一個很強的人過來，對方將秦憫生的愛魄抽走，他沒有了對人世間美好之情的理解，如今只有三魂六魄，所以答應在酒水中投毒。我被對方發現，一路追殺。」

「我不是讓你不要回來嗎？」花向晚笑起來。

謝長寂誠實應答：「可我想回來。」

說著，謝長寂抬眼：「開溯光鏡離開嗎？」

花向晚已經平靜下來，她靠著他不說話，過了好久，她才出聲。

「我還有一件事要知道，等我知道了，我們就走。」

「好。」

「這一次，」花向晚閉上眼睛，「你陪著我。」

「我們改變了這麼多事，還能看到真正的過去嗎？」

「該知道的已經知道，剩下的，」花向晚輕聲開口，「一定會知道。」

只要合歡宮依舊是覆滅的結局，她就一定會知道。

兩人沒有開溯光鏡，直接趕往城樓。

剛到城樓，花向晚就看見蕭聞風被一隻巨獸一爪按在地上。

琴吟雨見狀，挺著肚子從城樓一躍而下，急喝出聲：「聞風！」

花向晚一把抓住琴吟雨，謝長寂拔劍一躍而下，長劍從那隻巨獸身上貫穿，將巨獸劈成兩半，而後他回身扛起蕭聞風，足尖一點便急奔回城樓。

琴吟雨立刻上來，謝長寂和花向晚一對眼，便明白了她的意思：「妳照顧人，我過去。」

蕭聞風雖然被搶回來，卻受了致命傷，琴吟雨用靈力想堵住蕭聞風的傷口，眼淚不斷落下，花向晚看著喘息著的蕭聞風，他看著花向晚，似是想說什麼。

花向晚明白他的意思，她握住蕭聞風的手，冷靜開口：「師兄，我在。」

「照顧……照顧……」

「我知道。」花向晚點頭，「我會照顧你們的孩子。」

聽到這話，蕭聞風目光微頓，花向晚給他注入靈力，只問：「師兄，你為何會被偷襲。」

上一世，她從雲浮塔下來時，蕭聞風已亡故，他在戰場直接被撕成兩半，琴吟雨親眼所見，怒急攻心，臨時早產。

她不明白，以蕭聞風的修為，怎麼會死得這麼容易。

蕭聞風得了靈力，他喘息著：「有……有修士……在幫忙……」

這裡不僅是魔獸，還有修士埋伏在周邊。

「哪個宗門？」

「清樂宮……」

音修干擾心智，也難怪其他人察覺不出來。

花向晚點點頭：「我知道了。」

「吟雨……」蕭聞風感覺生命力逐漸衰竭，他轉過頭，喘息著看著琴吟雨：「走吧。」

他滿眼哀求：「帶著孩子，走……」

琴吟雨不說話，她拼命搖頭，努力給蕭聞風輸送靈力。

蕭聞風的目光慢慢黯淡，他眼皮不斷顫動，似是掙扎，琴吟雨感知到什麼，死死抓住他的手，彷彿想抓住面前即將離開的人：「不要走，聞風，你不能留下我，不要走！」

然而不管她怎麼哭求，面前的人還是慢慢閉上了眼睛。

琴吟雨急促喘息起來，沒一會兒，她突然感覺腹間劇痛。

她驚慌抬頭，花向晚握住她的手，冷靜道：「我知道，我立刻讓藥堂弟子過來。」

「不……」琴吟雨閉上眼睛，她喘息著，「我不需要，讓藥堂弟子照顧傷患。」

花向晚動作一頓，琴吟雨緩了緩，只道：「把我帶到城樓去，妳不必管我，去救人，救一個算一個！」

「好。」

花向晚抱著琴吟雨去了城樓房中，她一直很平靜，等把琴吟雨放到床上，花向晚的玉牌亮起來。

她劃開玉牌，裡面響起秦雲裳刻意壓低的聲音：「花向晚，妳帶著望秀快走。合歡宮別守了，魔獸不會完的。」

「為什麼？」花向晚反問。

秦雲裳咬牙：「妳知道我現在在哪裡嗎？我在邊境，他們把邊境的法陣全破壞了，現在沿路把魔獸往合歡宮的方向趕，沒人會增援也沒人會管你們，跑吧！」

花向晚不說話，秦雲裳似乎明白什麼，她紅了眼，聲音帶啞：「花向晚你們別犯軸。妳把望秀打昏了給我帶走！之後我保你們，能活下來就活著！」

「我會和他說。」

「花向晚……」

「雲裳，」花向晚打斷她，「我們的宗門在這裡。」

聽到這話，秦雲裳許久不言，她似是抬手，狠狠砸了什麼東西。

她緩了好久，聲音裡帶著抖：「我可能很快會調回來，到時候不要怪我。」

「我知道。」花向晚笑起來：「雲裳，妳說過，妳會當上鳴鸞宮主，所以妳得好好活著。妳放心，之後不管妳做什麼——妳永遠是我朋友。之後不要再聯繫，妳和合歡宮，從此沒有任何關係了。」

說著，花向晚切斷了傳音。

琴吟雨看著她，她喘息著，朝著花向晚伸出手：「阿晚……」

「師姐。」花向晚抬起手，握住琴吟雨。

琴吟雨眼中帶著眼淚：「妳到底是誰？」

「我是阿晚。」

琴吟雨搖頭：「妳不是阿晚，三年……妳不會變這麼多。」

花向晚聽著這話，紅著眼：「師姐，不是三年，是兩百年。」

琴吟雨愣愣地看著她，花向晚笑起來：「師姐，這裡是過去，一切已經過去兩百年了。我回來看看你們。」

「兩百年……」琴吟雨茫然，「那……我死了嗎？」

花向晚不說話，琴吟雨遲疑著，低頭看向自己腹間：「那這個孩子……」

「她活得很好。」花向晚笑起來，神色溫柔：「妳把靈力都給了她，合歡宮那時太亂了，她又早產，身體不好。我將她暫時滋養在水中，等我有能力保護她了，才讓她出世。她很厲害的，十幾歲就快元嬰了，脾氣又大，話又多，比我活得還快活。」

「這樣啊……」聽到這話，琴吟雨放下心來，她喘息著：「那她……她的名字……」

「叫靈南。」花向晚溫和開口：「蕭靈南。」

「蕭靈南……」

琴吟雨眼中浮現幾分溫和，她閉上眼睛，輕輕笑起來。

知道真相，她不再催花向晚，她們在屋中，她細細問著花向晚之後的事。

外面廝殺聲震天，她生了兩天，終於在把修為都給這個孩子後，精疲力盡閉上眼睛。

她閉眼的消息傳出去，程望秀和謝長寂都趕了回來。花向晚已經處理好屍體，程望秀進來，他通紅著眼，看著花向晚手中抱著的孩子，還有些不敢置信，他張了張口，想說什麼，花向晚便打斷他：「雲裳想讓你走。」

程望秀動作一頓，花向晚看著他：「你走了，她會想辦法保住你，你走吧。」

程望秀不說話，他看著花向晚懷中的嬰兒，好久後，他笑起來。

「我走個屁。告訴秦雲裳，」他扭頭，「老子沒喜歡過她，程望秀就是個騙子，找下一個吧。」

說著，程望秀提著已經砍出豁口的雙刀，又走了出去。

謝長寂走到她面前，低頭看著她懷中的孩子。

看了一會兒後，他輕聲詢問：「是靈南嗎？」

花向晚聞言一頓，抬眼看他，見謝長寂看著孩子，神色溫和。

好久後，她收回目光，低下頭，應了一聲。

「嗯。」花向晚抬手摸了摸嬰孩的臉頰，「是這個孩子。」

說著，花向晚找了一個琉璃瓶，將這個還在睡覺的孩子放了進去，隨後封進合歡宮地宮。

等回來時，他們就聽到白竹悅和花染顏死在雲浮塔的消息。

兩人修為盡失，現場沒有留下一點痕跡。

兩人查看了雲浮塔，謝長寂冷靜分析著：「對方並不想把合歡宮趕盡殺絕，他想留下誰，所以吸取了妳母親和師父的修為，卻始終沒有露面。」

花向晚不說話。

謝長寂扭頭：「妳還想知道的是什麼？」

「其實，當年我沒守到最後，」花向晚看著空蕩蕩的雲浮塔，「當時我昏了過去。等我醒來後，已經被溫少清救了，後來我回去找合歡宮人的屍體，一具都沒有了。」

謝長寂動作一頓，他眉頭微皺：「我聽那些人說，他們想要合歡宮弟子的修為。」

「吸取修為也會留下屍體，我只是想找他們，讓他們，入土為安。」

花向晚的神色有些冷淡，謝長寂看著她，他敏銳地察覺什麼，卻沒有多言。

後面的時日，就是苦守。

沒有增援，沒有了長輩，只有一個個弟子抬回來。

程望秀在半月後也被送回來，內門弟子除了花向晚和狐眠，幾乎沒有剩下任何人。

魔獸好像無窮無盡，他們一直死守到最後一刻。

花向晚如期倒下，黃土被血沁滿，帶著黏膩的血腥氣。合歡宮宮旗獵獵，她睜著眼，看見謝長寂站在她前面。

他一身白衣早就被血浸成紅色，分不清到底是他身上的傷還是敵人的血，一襲血色早就沒了過去的樣子，宛若殺神臨世，不帶半點仙者氣息。

他手中的劍早已換了無數把，這一把也已滿是豁口，沒有問心劍，用不了問心劍最後一式，他和她當年，無甚區別。

看著他狼狽又堅毅的背影，花向晚終於意識到，如果再來一次，如果還有機會，她不會讓謝長寂過來。

其實不是沒有埋怨過，她是人，在她聽說他一劍滅宗，聽說他守住了天劍宗，聽說他一人屠盡一界時，她也會僥倖地想——如果他在這裡，如果他在就好了。

而此時此刻，這種僥倖灰飛湮滅，她看著前方的人，莫名就想同他說一句。

回去吧。

回到死生之界，高坐神壇，庇護蒼生。

沒有問心劍，用不了最後一式的謝長寂，守不住天劍宗，也守不住合歡宮，他來這裡，只是陪她一起沉淪在這無盡地獄裡。

她不希望他真的來，在這場幻境裡，他曾經來過，知道他願意來，她的心就滿了。

她希望他過得好，希望他永遠不要體會她的人生。

她看著狐眠也倒下，維持著神智清醒，悄無聲息將一道法印打到旁邊弟子的身體上。

她在每一個人身上都留下了法印，這樣她就可以清晰知道，這些屍體去了哪裡。

一切如記憶中一樣，唯一的區別只在於，多了一個不肯讓步的謝長寂。

他始終守在她前方，始終沒有倒下，等到最後一隻魔獸斬盡，他才猛地跪倒在地。

周邊是漫漫黃沙，血早已浸染整片土地，他喘息著，過了一會兒，就感覺周邊有人出現。

一個個修士悄無聲息出現在平原之上，謝長寂緩慢抬頭，前方的人，有些他認識，有些不認識。

秦風烈、秦雲衣、溫容、溫少清、巫楚、巫媚、冥惑……

兩宮九宗，幾乎每一個門派都來了人，他一一記下這些人的面容，直到最後，人群中走出一個青年。

他抬起頭，看見神色平靜的秦憫生，他冷淡地看著他，只道：「讓開。」

謝長寂不動，秦憫生猛地拔劍，周邊無數法光一起襲來，花向晚再也不能偽裝，一把抓住謝長寂，化作一道華光，猛地躥了出去！

就是這一刻，人群中突然衝出一個虛影，扛起狐眠，朝著另一個方向一路狂奔。

秦憫生意識到那是什麼，驟然睜大眼睛，眾人想要去追，然而突然想起什麼，所有人停下來，互相對視一眼，都沒動靜。

花向晚和謝長寂逃入密林之中，意識到沒有人追來，兩人才緩了口氣。

「剛才是誰？」謝長寂喘息著出聲，花向晚在每個人身上都留了法印，可以看到他們周邊，狐眠也不例外。

花向晚皺著眉頭用法印看了一圈，隨後有些錯愕，抬眼看向謝長寂：「是秦憫生。」

聽到這話，謝長寂也是一愣。

片刻後，花向晚立刻道：「去追。」

說著，她調轉了方向，朝著秦憫生帶著狐眠逃開的方向趕過去。

她一面趕，一面從法印中看見許多人圍在她師門眾人身體旁邊，他們像是貪婪進食的惡獸，饑不擇食吸食著這些亡人殘存的修為。

沒有人願意離開，所以沒有人追他們。

兩人很快追到秦憫生，秦憫生已經力竭，他坐在狐眠身邊，低低喘著粗氣。

他的身體接近透明，只是一道柔光。花向晚和謝長寂看著他，好久後，謝長寂才出聲：「你只是一魄？」

秦憫生聞言，他緩緩抬頭，看著兩人：「是。」

三魂七魄向來共存，一魄獨立成人，聞所未聞。

花向晚覺得有些不可思議，她皺起眉頭：「你怎麼能成人形呢？」

「我不知道，」秦憫生搖頭，「可我知道眠眠會出事，所以我想來救她，如今我已沒有餘力，好在你們趕來了。」

秦憫生抬頭，虛弱笑了笑：「有你們在，我也就放心了。」

「那你呢？」花向晚看著面前的人，有些不明白。

秦憫生轉頭，他看著狐眠，神色溫柔。

過了一會兒，他終於開口：「我欠她一隻眼睛，便還了她吧。」

他抬手撫向她的眼睛，取出裡面的琉璃珠，將它放在狐眠手中：「日後我是她的眼睛，我陪她看過千山萬水，永生永世，再也不分離。」

說著，秦憫生眼中滿是圓滿，他想了想，抬起頭：「還有，能否拜託二位一件事？」

「什麼？」

「告訴狐眠，巫生不是秦憫生，」秦憫生低喃，「巫生心中無愛，他不懂人世之美，人情之善，可我懂。她沒有喜歡錯人，秦憫生，」他低下頭，吻在她眼睛上，「愛她到最後一刻。」

說著，他的身形慢慢消失，化作一顆眼珠，凝在狐眠眼眶之中。

而這一刻，花向晚從法印中看到，另一邊的巫生在眾人吸食完合歡宮眾人修為之後，朝著巫楚恭敬道：「父親，這些屍體都是頂好的煉屍材料，父親不如求一求魔主，將屍體留給巫蠱宗？」

「此事我早已和魔主說過，等他們吸完修為，」巫楚淡淡地看了旁邊的人一眼，冷淡道：「你帶人把屍體抬回去。」

「是。」巫生從一具屍體旁邊恭敬離開。

巫楚臉色瞬間變冷：「什麼東西！」

花向晚看著巫生帶著人將屍體一具一具運走，送到巫蠱宗，等到半夜，她確認好屍體最終地點，終於出聲：「回去吧。」

謝長寂點了點頭，他取出溯光鏡，交給花向晚。

兩人握著鏡子，花向晚突然出聲：「其實你想起來了吧？」

「嗯。」謝長寂應聲。

花向晚看著他，好久後，她笑起來：「其實有時候，我會羨慕你。」

「羨慕什麼？」

「我聽說，修問心劍，會讓人所有感情變得遲鈍，痛也好，愛也好，都會變得無足輕重。如果我修問心劍，這兩百年，」花向晚抬頭，「或許就沒這麼難過了。」

謝長寂沒有說話，他垂眸靜了好久，終於道：「出去吧。」

花向晚笑笑，將靈力注入溯光鏡，溯光鏡亮起來，兩人一起墜落而下。

黑暗的虛空星光點點，花向晚手上一偏，溯光鏡照到謝長寂身上，一時之間，虛空中頓時出現無數幻影。

白雪中被昆虛子撿回去的嬰孩；五歲尚不能完整說話的孩童；十八歲悄悄跟在她和沈逸塵身後、在她回頭時假作偶遇轉頭的少年；成婚當日，跟著昆虛子去死生之界時，詢問要如何正式舉辦婚禮的青年……

然後是她不在的兩百年，他種下滿山桃花；他用幻夢蝶一次次沉溺幻境，又一次次清醒；他去異界殺了無數邪魔，剖開他們的五臟六腑，然後拼湊出一塊衣角、一顆珍珠；他每日一粒絕情丹，每日誦念清心咒，每日渴求著，如果問心劍再進一步，他就能遠離這樣的絕望和痛苦。

她愣愣地看著這幾近瘋魔的謝長寂，直到最後，他化作謝無霜的模樣，再次出現在她面前。

花向晚睜大眼，看向對面眼中帶著幾分驚慌的謝長寂。

「謝長寂……」

她不可思議地出聲，謝長寂聞言，反而放鬆下來，他看著她，目光微動。

「一樣的。」他啞聲開口。

就算修問心劍，從她離開時，這人間便是煉獄。

並無不同。

一樣的。

第三章　夢醒

眼前的碎片消失，花向晚和謝長寂一起墜落而下，謝長寂下意識抬手將她一攬，便護著她跌到地上。

這是謝長寂入畫時的山洞，畫卷還鋪在一旁，花向晚一落地，便感覺身上劇痛，她好似把幻境裡的傷也帶了出來。

「你還……」

謝長寂剛出聲，還沒來得及扶花向晚，便看花向晚抓著溯光鏡朝著旁邊滾開。

花向晚抬頭，看向旁邊同樣帶傷的謝長寂，還沒來得及說什麼，就看畫面一亮，狐眠也摔到地上。

兩人對視一眼，花向晚做了決定，緩了口氣道：「先療傷。」

謝長寂見花向晚隻字不提幻境裡看到的東西，他也沒了勇氣，只點點頭：「好。」

說著，花向晚先上前檢查狐眠的狀態，確認狐眠沒有大礙，給她吃了顆藥後，便坐到一旁，簡單吃過藥，開始調息。

她直覺謝長寂在看她，可是她心頭太亂，根本不敢睜眼。

她腦子裡亂作一團，唯一慶幸的是，對於畫中的一切，謝長寂應該都不記得，這樣一來，她也少了幾分面對的尷尬。

她滿腦子是最後看見的那些畫面，就算是個傻子也明白了。

謝長寂是謝無霜。

而謝無霜，他有一個喜歡的人。

他為她入魔，為他偏執。當初她還勸過他來著……

一想到過去發生的事情，花向晚簡直想找個地洞鑽進去。

她就說自己的計畫天衣無縫，明明該和沈修文成親後全身而退，怎麼謝長寂會突然天劫，天劫就算了，還突然搶師姪的婚，這是他一個問心劍主、一個上君該做的事情嗎？

可若他是謝無霜，這一切就順理成章了。

但他是謝無霜的話……她做了什麼啊！

她居然當著謝長寂的面，用同樣的手段，勾引他的「徒弟」和師姪，還都被他看在眼裡！

而且，如果他是謝無霜，他其實知道所有細節，當初……他真的沒有察覺嗎？

但既然他一開始就知道，時至今日也沒提及什麼，應當是……沒有察覺。

意識到這點，花向晚稍稍舒了口氣。

而謝長寂一直注視著她，見她平靜的樣子，便知道她打算將這件事遮蓋過去。

她或許還以為他什麼不記得，想假裝一切都沒發生。

甚至於，她可能想遠離他。

他自己清楚，幻境裡花向晚給的所有寬容和放縱，只是因為那是幻境。

她想要一個人陪，而他剛好在。

可她不想要他的感情。

她對於自己回應不了的感情，都異常果斷，而她早已不喜歡他了。

這個認知讓他有些難受。

他抿緊唇，猶豫了許久後，想起幻境裡花向晚教過他的，鼓足勇氣張口：「晚……」

「憫生……」

他才出聲，旁邊的狐眠就呻吟起來。花向晚立刻睜眼，趕緊衝了過去。

「師姐！」花向晚急急開口：「妳還好吧？」

狐眠有些茫然地睜眼，她看了花向晚片刻，隨後猛地意識到什麼，驟然坐起，一把抓住花向晚。

「如何？」狐眠焦急地看著她，急切詢問：「到底怎麼回事？」

花向晚頓了頓，她看著狐眠的神色，抿了抿唇，狐眠見她的模樣，眼中帶著了然：「是秦憫生下的毒？」

花向晚遲疑片刻，她想了想，最終還是搖頭：「不是秦憫生。」

狐眠一愣，就聽花向晚同她解釋：「是巫生假扮成秦憫生的樣子，訂婚宴那日回來的，不是秦憫生。」

「不是他……」狐眠喃喃，她鬆了口氣，坐到地上，忍不住笑了起來，眼中盈滿眼淚，喃喃出聲，「不是他……」

如果不是秦憫生，那就不是她信錯了人。

她苦苦自責自罰兩百年，終於有了結果。

「那他呢？」狐眠緩了片刻，隨後想起來，高興地抬頭看向花向晚：「秦憫生呢？我昏迷之前見過他一面，他去了哪裡？」

花向晚沒說話，她看著狐眠的左眼。

狐眠疑惑：「怎麼了？」

「他在這裡。」花向晚抬起手，指向狐眠的左眼，「他為了護妳而死，死前將自己化作妳的眼珠，一直陪在妳身邊。」

聽到這話，狐眠愣愣地看著花向晚。

「他已經死了。」

「死了？」狐眠不敢置信。

花向晚低下頭，不肯看狐眠，只道：「嗯。」

「不可能。」狐眠笑起來，她轉頭像什麼事都沒發生一般，將畫卷卷起來，又把溯光鏡放進自己懷中，搖著頭道：「他怎麼可能死？妳不用同我開玩笑了，他肯定是到哪裡躲起來不肯見我……」

她說著，左眼莫名酸澀，一滴眼淚悄然落下。

她愣在原地，花向晚低聲道：「師姐，別騙自己。」

狐眠不說話，站在原地，謝長寂走到花向晚身後，看了花向晚身上的傷一眼，提醒道：「先離開這裡，找個地方休養吧。」

花向晚聽到這話，這才反應過來三人都是傷患，她點了點頭，溫和道：「師姐，我們先去休息，路上我同妳慢慢說。」

狐眠反應不過來，花向晚扶著她走山洞。

謝長寂從乾坤袋中取了一個車廂，花向晚把小白召出來拉車，準備好後，三人上了馬車，花向晚和狐眠坐在車廂中，謝長寂坐在車外。

花向晚半真半假和狐眠說起幻境中的事，起初倒是真的，但等說到後來，便開始撒謊：「謝長寂跟著他去了斷腸村，他被巫蠱宗的人控制住，搶了他的記憶，巫生假扮成他回到合歡宮，在酒中下毒。後來便是妳我知道的那樣，合歡宮出事，妳我守到最後，妳昏迷前，他拼死從巫蠱宗中逃了出來，將妳救下，那些人忙著吸食合歡宮人殘餘的修為，不肯去追，所以讓妳和他有了逃脫的機會。可跑到一半，他傷勢太重，自知回天乏力，便自己化作一隻眼睛。他說，他成為妳的眼睛，日後陪妳走過千山萬水。他還讓我轉告妳——」

花向晚看著她，狐眠抬眼，花向晚笑了笑：「秦憫生到最後一刻都愛著妳，妳沒信錯人。」

狐眠沒說話，眼淚落了下來。

她低下頭，啞聲道：「我知道的……如果是秦憫生……他不會的……是我不好，是我當初不夠謹慎，害了所有人……」

「若說不夠謹慎，應該是我。」花向晚安慰她：「畢竟當時負責檢查的是我，我才是少宮主。當年他們用的毒是薛子丹造出的極樂，薛子丹是個製毒天才，逸塵不在，宮裡沒有人能檢查出來的。」

「薛子丹？」聽到這話，狐眠抬頭，微微皺眉，「可我聽說妳和薛子丹……」

說到這裡，狐眠聲音頓住，她突然意識到馬車外坐著謝長寂，她一時有些不好發問，只道：「那，妳是不是很早就知道此事？」

「我只知道當年的毒出自薛子丹之手。」花向晚輕笑：「所以我們最後分開了。」

這話落在謝長寂耳裡，他忍不住抓緊了韁繩。

小白意識到謝長寂的情緒波動，扭頭看了謝長寂一眼，一雙眼帶著些憐憫。

狐眠沒有出聲，她想了想，只道：「那他們的屍體呢？」

「巫蠱宗。」花向晚聲音很淡，轉頭看向狐眠：「他們拿來煉屍。」

越是修為高深的修士，死後屍身用來煉成被人驅使的屍體就越強大。

只是煉製過程極其複雜，這些修士不易操控，隨時可能反撲。

這麼多年沒見巫蠱宗動手，可能就是還未成功。

狐眠抿緊唇，立刻道：「我去把他們弄出來。」

花向晚沒出聲，她似是思索著什麼，慢慢開口：「不急。」

「妳說得是，」聽到這話，狐眠捏起拳頭，逼著自己克制情緒，「現下合歡宮實力不濟，若是讓他們發現我們知道了這些屍體的去向，他們怕是會擔心我們報復而對我們……」

「我說不急，是說，讓妳養好傷。」花向晚聽著狐眠的話，看向狐眠，神色異常冷靜，「我和妳一起去。」

「可合歡宮……」

「師姐，」花向晚目光中滿是篤定，「我不是白白活了兩百年。」

這話讓狐眠愣住，花向晚轉過頭，淡道：「不說我了，說說妳吧，當初怎麼跑出去的？又怎麼成了玉成宗的弟子？」

聽花向晚轉了話題，狐眠便知這是花向晚不想談的事情，她思索著花向晚的話，面上順著花向晚的話題往下聊下去：「當初我醒過來，發現自己被救了，後來我到處躲藏，遇到了幾個玉成宗的底層弟子，他們當年被我救過，便將我改頭換面收留在玉成宗，我從最低階弟子開始做起，一直到現在……」

兩人說著話，慢慢到了最近的城鎮。

謝長寂找了一家客棧，他安排好住房，出來通知兩個人下車。

花向晚由他攙扶著走下馬車，剛落地，就聽旁邊響起青年玩味的聲音：「喲，花少主。」

三人一同看去，就見旁邊站著個青年。

青年生得極為好看，桃花眼微微上挑，眼波流轉，眼角一顆淚痣，一看就是個風流的人物。

花向晚愣了愣，青年張開扇子：「怎麼，不認識我了？」

「薛子丹？」花向晚反應過來，隨後驟然想起，薛子丹之前一直是以雲清許的身分出現，之前謝長寂去救「雲清許」，可他回來時，「雲清許」卻沒有回來。

在畫裡一年，她竟連這事兒都忘了。

現下薛子丹以本來的身分出現，必然是「雲清許」出了什麼事，她想了想，立刻笑起來：「沒想到在這裡遇到你。」

「我也沒想到啊。」薛子丹看了三人一眼，謝長寂平靜地打量著他，似是一條打量著獵物的白蟒。

薛子丹輕笑起來：「相逢不如偶遇，剛好三位都受了傷，不如讓我看看？」

「不必……」

「好啊。」

花向晚和謝長寂同時開口，謝長寂微微皺眉，轉頭看向花向晚，他想說什麼，薛子丹已經道：「走吧，狐眠師姐看上去傷勢不妙，趕緊吧。」

花向晚毫不猶豫跟著薛子丹往前，謝長寂忍不住一把抓住她，花向晚疑惑回頭，就聽謝長寂提醒：「那還是薛子丹。」

妹妹給她下毒兩百次，給合歡宮提供了毒藥，當年和她一拍兩散的薛子丹。

花向晚聽他提醒，倒不甚在意，只拍了拍他的手道：「放心，我有數。」

說著，她便跟著薛子丹往前，狐眠跟在兩人後面，看了謝長寂一眼，略帶幾分同情：「你別多想，阿晚有分寸的。」

謝長寂不說話，他緩了一會兒，才跟著進去。

進屋之後，薛子丹先給花向晚和狐眠看診，隨後「刷刷」寫了兩個藥方，遞給謝長寂，熟練地吆喝道：「勞煩抓藥。」

聽到這話，謝長寂動作頓了頓，他將目光看向花向晚，在看見花向晚身上的傷後，他遲疑片刻，點了點頭。

等謝長寂離開，薛子丹為狐眠施針，她傷勢重些，體內有瘀血堵塞。

等做完這些，狐眠有些疲憊，躺在床上沉沉睡下，花向晚看了他一眼，起身道：「隔壁說去。」

「狐眠師姐，好好休息。」

薛子丹漫不經心起身，跟著花向晚到了隔壁，花向晚見他進屋，立刻回頭，快速發問：「你怎麼突然用雲清許的身分過來？還有，你遇到秦雲裳了？巫蠱宗的情況你清楚嗎？

你……」

「別這麼著急，」薛子丹慢悠悠坐到屋中，給自己倒了茶，「一個問題一個問題來。不過在此之前，我想問問，」薛子丹面上帶笑，「謝長寂是怎麼和妳說雲清許和巫媚的事的？」

花向晚一愣，她不明白薛子丹為什麼會問這個問題，但她也沒有遮掩，誠實道：「我還沒問。」

「那妳去問問。」薛子丹面上帶著看好戲的神色。

花向晚皺眉：「你什麼意思？」

「沒什麼。」薛子丹雲淡風輕，卻是換了另一個話題，只道：「秦雲裳遇到我，讓我轉告妳，前些時日，秦雲衣救了冥惑，之後冥惑回到陰陽宗。」

「然後？」花向晚挑眉。

薛子丹笑了笑，「他把陰陽宗幾個長老的修為都吸食乾淨，馬上就要突破，成為西境新一位渡劫修士。」

「所以呢？」花向晚已經明白薛子丹的意思，卻還是想問清楚。

薛子丹撐著頭，慢悠悠道：「他若成為渡劫修士，秦雲衣還捨得了他嗎？一條渡劫期的好狗可不好找。溫容要殺他，秦雲衣要保他，若鳴鸞宮、清樂宮撕破臉鬥起來，這不是妳最好的機會？」

花向晚沒應聲，她坐到一邊，從旁邊桌上拿起茶杯，神色平穩，只道：「籌碼還不夠。」

「那妳還想做什麼？」

「這不是你該管的事了。」花向晚抬眼看他，「回去吧。」

「我都出來了，還回去做什麼？」薛子丹漫不經心玩弄著手中紙扇，想了想，轉頭看花向晚，有些好奇：「話說，我有個私人問題想問妳。」

花向晚抬眼，就看薛子丹湊過來：「妳說，若有一日，妳發現謝長寂其實根本不是什麼朗月君子，和妳我並無區別，妳當如何？」

「不可能。」花向晚果斷否決。

薛子丹微笑：「如果呢？」

花向晚抬眼看他，薛子丹站起身，慢慢悠悠：「妳好好想想，若有一日，妳發現謝長寂是把好刀，」薛子丹說著，抬手在扇面輕輕一彈，「妳是用，還是不用？」

花向晚不說話，外面傳來腳步聲，兩人回過頭去，就看謝長寂提著藥出現在門口。

薛子丹湊上來，笑著道：「要不要我給妳包紮傷口？」

「滾。」花向晚知道他的爛脾氣，立刻出聲驅趕。

薛子丹笑咪咪站起身，朝著謝長寂行了個禮：「哦，忘了打招呼，久聞不如見面，見過謝道君。」

謝長寂不說話，靜靜地看著他，薛子丹繼續道：「之前阿晚就同我說過你，說謝道君人如朗月，品性高潔，所以她心生仰慕，今日一見，果然名不虛傳，與我等西境雜修截然不同。」

「還有事嗎？」謝長寂冷淡地開口。

薛子丹笑笑：「沒了。」

說著，他轉頭看了花向晚一眼：「我說的話妳好好考量，先走了。」

薛子丹從大門跨步而去，似乎十分高興。

謝長寂彷彿什麼都沒發生一般走進屋來，關上大門。他拉著她坐在床上，從旁邊打了水，抬手給她擦乾淨手心和臉上的血。

花向晚直覺他不是很高興，忐忑地打量著他，好久後，才遲疑著詢問：「那個……之前忘了問你，雲清許呢？」

聽到這個問題，謝長寂動作一頓。

他不敢看花向晚，低著頭，緩聲道：「沒救回來，被巫媚殺了。」

「這樣。」花向晚點點頭：「那巫媚呢？」

「死了。」

「死了？」花向晚頗為震驚，「誰殺的？」

「我殺的。」

「你為何殺他們？」花向晚聽這話，緊皺眉頭，急道：「你可知你殺了他們，若讓人知道，就是把天劍宗捲入此事？你……」

花向晚聲音頓住，她看著面前低著頭的青年，一時竟什麼都罵不出來。

謝長寂沉默著，過了一會兒，他緩聲道：「是他們先動的手。」

不是他主動殺人。

聽著這個解釋，花向晚稍稍放心，她沉默許久，才道：「謝長寂，如果不是為了自己，西境的事你不要碰。」

謝長寂聽著，並不作答。

花向晚低著頭，抿了抿唇：「你早晚得回去的。」

謝長寂動作一頓。

還是這句。

哪怕知道他是謝無霜，知道他的心意，她還是堅信，他要回去。

或者說，她希望他回去。

她根本不想要清衡上君謝長寂。

她只想要不負責的感情，沒有未來的陪伴。

謝長寂不說話，他克制著情緒，為花向晚擦乾淨手和臉，只淡道：「我替妳清洗傷口。」

他想做點什麼，迫切地做點什麼。

他不喜歡現在的感覺，不想要這種被拒絕的情緒。

他想回到幻境裡，想看她毫無保留的時刻。

他找了藉口，然而一聽這話，花向晚莫名有些緊張。

以前她一直覺得，謝長寂無欲無求，可是在幻境裡過了一年，又看到那些過去……

她突然覺得，面前的是個人。

是個男人。

她趕忙道：「不用，我自己來就好。」

說著，她站起身，自己往淨室走。

謝長寂看她抗拒，他微微閉眼。

他覺得心裡有些難受，花向晚教過她。

這是憤怒、是委屈、是酸楚。

如果不曾得到過，他或許還會忍耐，然而經歷過那半年，他發現，他有些忍不了。

他看著面前往淨室走去的女子，徑直出聲：「妳怕什麼？」

怕謝長寂喜歡妳？

他喜歡她是洪水猛獸嗎？他喜歡她是溺水毒藥嗎？

花向晚被驟然提問，僵在原地。

她不想讓謝長寂發現自己的異樣，只能含糊著：「我……我沒怕。只是覺得傷口位置隱祕，不方便你看。」

若放在以前，謝長寂不會多說什麼。

她說完便放心想要往前，然而還沒提步，她就聽見謝長寂的聲音。

「若我不方便，還有誰方便？」

花向晚一愣。

隨後她就看見謝長寂走過來，他停在她面前，垂眸看著花向晚的眼睛。

他比她高出許多，低頭看她時，影子將她整個人攏在陰暗裡。

她感覺鼻尖都是他的氣息，明明他沒做什麼，就莫名總覺得好似要做點什麼。

她緊張地扭過頭去，面前的人便徑直伸出手，平靜又熟練地拉開她的腰帶。

這個動作讓花向晚愣住，然而對方卻做得神色坦蕩從容。

腰帶在指尖解開，衣衫散落，他抬手拉在她的衣衫上，一件一件褪開，聲音中沒有半點欲望，顯得異常冷靜克制：「我是妳丈夫，妳受了傷，我為妳清洗包紮傷口，這有什麼不合適？」

隨著他的動作，她春光盡顯，她感覺有種異樣的情緒升騰起來。

她有點太熟悉他了。

她努力克制著情緒，讓自己顯得很冷靜，彷彿是一場無聲的拉鋸，雙方僵持對峙，誰都不肯輸，只道：「那你幫我清理後背就好，前面我自己可以。」

「都一樣。」

面前的青年低下頭，他的呼吸噴塗在她皮膚上，神色清明如常，他用帕子細細擦過她的傷口，傷口的疼和酥麻一起傳過來，花向晚忍不住暗暗咬在唇上。

而面前的人專心致志，清洗傷口，撒藥，用繃帶纏繞。

他的指尖會不經意輕觸在她身上，氣息隨著她的動作遊走，帶著疑問：「兩百年前我就娶了妳，我們已經在一起，我每天陪著妳，抱著妳，照顧妳，我有什麼做的不好嗎？」

他說著，緩慢抬頭，看向她的眼睛。

「我說過了，」花向晚沒敢看他，他的眼睛很漂亮，尤其是這種時候，總會讓人覺得像海一樣，看一眼就陷進去，她目視前方，淡道：「兩百年前已經結束了，沒必要總提這事兒。」

「那現在呢？」他直起身來，將繃帶放在一邊，低頭看她，「我有什麼做得不好？」

說著，他將手穿過她的腰，像是抱著一般，抬手給她穿上衣服。

「有什麼做的不好的，我都可以改。」

他動作很慢，一件又一件往上拉起。

「妳要君子坦蕩，我可以有。」

他拉上她的單衫。

「妳要七情六欲，我也可以有。」

又拉上她的外衫。

「妳要什麼我都可以學。」謝長寂猛地攬住她的腰，將她微微提起，他低下頭，湊到她面前，一瞬間他們好像還在幻境裡，他整個人像蛇一樣緊緊纏繞著她。

清清冷冷的聲音，像是命令，又似是請求。

「離薛子丹遠點，別躲了。」

他的臉離她很近，呼吸噴吐在她臉上。

她看著面前的青年，清楚知道他話裡的意思。

以前她總安慰自己這是謝長寂的占有欲，和情愛無關，可如今她怎麼都沒辦法把自己騙過去。

她想說點強硬的話，例如質問他憑什麼管她，又或者是這些事與他無關，可不知道為什麼，她張了張口，卻始終說不出口。

她的心跳得飛快，整個人又亂又慌。

她從來沒見過這麼執拗要結果的謝長寂，可偏生這個結果她自己也不知道是什麼。

謝長寂盯著她，觀察著她的神色，只道：「有這麼難嗎？」

「我……我去看看師姐。」

她伸手推開他，慌亂地往門外走。

謝長寂站在原地，他知道自己不該追問下去，可看著她逃一樣的背影，他卻沒忍住。

終歸她已經知道了，他再瞞也沒什麼意義。

「妳到底在躲什麼？」

花向晚沒理他，繼續往前，還沒走到門邊，就聽謝長寂在身後發問：「我喜歡妳，讓妳這麼害怕？」

這話讓花向晚動作僵住。

他怎麼知道她已經知道他喜歡她？

「明明在幻境裡好好的，明明妳想要我陪在身邊。」

聽著這些，她驚訝地回頭，就看謝長寂站在不遠處，燈火落在他如玉的面容上，他眼中帶著幾分不解：「為什麼要這麼躲我？」

「你……」花向晚震驚地看著他，好久後，才反應過來：「你記得？」

謝長寂聽到這話，莫名有些想笑。

從頭到尾，她做好了出來就忘了的打算。

她沒想過他會記得，所以才肯放肆。

可他偏生記得。

他平靜地看著她：「我記得。」

他一面說，一面朝著她走過來，「是妳讓我叫妳姐姐。」

花向晚一聽這話，感覺整個人都炸了。

她的臉瞬間通紅，謝長寂卻渾然不覺。

「我記得妳教我什麼是喜歡，什麼是愛。」

說著，他走到她面前，她察覺他靠近，忍不住退了一步。

可他卻沒有半點退步的意思，步步緊逼。

「我記得妳問我如果合歡宮沒出事我們會是什麼樣子，記得妳讓我陪妳。」

「我記得我們一起送沈逸塵離開，記得煙花下接吻，記得我們兩在小巷裡做……」

花向晚聽到這裡，沒等他說話，抬手一把捂住他的嘴，急道：「別說了！」

謝長寂平靜地看著她，清潤的眼裡一派坦然，似乎完全沒意識到自己說的話有什麼不對。

花向晚不敢看他，暗暗咬牙。

這就是白紙的可怕之處，他根本沒有羞恥心這種說法，於他而言這大概和經文道法沒什麼不同。

他看著她，花向晚的手貼在他唇上，帶著她的溫度和氣息，讓他方才酸澀焦慮的內心稍作緩解。

他看著面前不敢直視自己的人，等過了一會兒，花向晚緩過來，才慢慢放手，故作鎮定道：「你別說了，我記得。」

「那這樣的時光不好嗎？」謝長寂不解：「我陪著妳，妳很高興。」

花向晚沉默下來，過了一會兒，她低聲道：「謝長寂，人一輩子不是只有高興不高興，幻境裡我可以不考慮未來……」

「那妳現在需要考慮什麼未來？」

謝長寂打斷她，花向晚一怔，她突然清醒幾分。

她看著面前的人，像是一盆水澆在頭頂，內心冷卻下來，抬眼看向面前執著的青年。

察覺花向晚的情緒變化，謝長寂皺起眉頭。

「妳到底瞞著我什麼？」他敏銳地發問。

這話讓花向晚的心懸起來，她下意識在袖下捏起拳頭。

「謝長寂，」她笑了笑，「其實幻境裡的好不代表什麼，那只是我太孤獨了。我想要的只是一個人陪著，可這個人，」花向晚說得認真，「不一定是謝長寂。」

聽到這話，謝長寂覺得有什麼銳利的東西劃過胸口。

幻境裡她只有謝長寂一個選擇，所以她選了他。

可現在她不是只有他一個人。

之前的溫少清、雲清許，現在的薛子丹，未來或許還會有很多他認識不認識的人。

她在西境的兩百年，有太多選擇。

他盯著花向晚，說不出話。

花向晚看著他的神色，有些不忍心，她垂下眼眸，好心提醒：「你來西境的時候，我就和昆虛子說得很清楚，如果你對我是愧疚，是因我死而產生的偏執，我可以幫你。你要來西境尋找魑靈，我也可以助你。唯獨感情一事，」花向晚聲音帶澀，「抱歉，我沒有多餘的心力。」

「我可以不需要妳的回應。」

「可你想要。」花向晚抬眼，「就像我當年，我也說過，我喜歡你與你無關，不需要你的回應，但久了，我還是會傷心。因你的情誼獲利就是獲利，而你想要的價碼我給不起，就是欠了你。」

「我無所謂。」謝長寂盯著她，他克制著情緒，努力讓步：「我沒有什麼要的，只要讓我留在妳身邊，讓我一個人陪著妳就好。」

花向晚一時語塞，她靜靜地看著他，過了一會兒後，她扭過頭，沒有接下去，只道：「你先睡吧，我去隔壁開個房。」

打從來到西境，他們就沒有分房睡過，聽到她要去另外開房，謝長寂心頭哽得發疼。

看著她拉開門，他終於出聲叫住她，找了一個一直用著的理由：「不必如此，妳一個人危險，我陪著妳。」

「不用了，」花向晚背對他，語氣平淡，「你既然都記得，那你應該知道我沒這麼弱，我畢竟吸食了一個渡劫期修士的修為在身，只是不方便用，但自保無虞。」

說著，她又要走，謝長寂馬上道：「那妳幫我把傷口清理一下。」

花向晚動作頓住，她回過頭，便見謝長寂轉頭看向旁邊，似是有些不自然：「我也受傷了。」

她猶豫片刻，想了想，點了點頭：「好。」

「我想先清洗一下。」

「傷口不宜碰水。」

「太髒了。」

謝長寂堅持，花向晚想起他一貫愛潔，傷口對於他來講早已是家常便飯，或許乾淨比這重要更多。

她點了點頭，便道：「那我等你。」

謝長寂應了一聲，走進淨室，花向晚回到桌邊，坐在椅子上，給自己倒了茶，坐著等著謝長寂。

她沒想到謝長寂居然都記得。

既然他記得，她再拿什麼沒感覺搪塞他，怕是糊弄不過去。

可她又不能應下來。

她是沒有未來的人，不能留他同自己一起陷在這裡。

而且，他執念的是當年從懸崖上跳下去的晚晚，可她早就不是那個人了。

她靜靜等在外面，謝長寂在淨室中平靜地拉開衣衫，從乾坤袋中取了匕首，乾脆俐落順著身上已有的傷口劃了下去。

他咬著牙壓著所有聲音，將每一道傷口劃到深可見骨，等做完這一切，他顫抖著將匕首用水清洗，放回乾坤袋中。

花向晚聽著裡面沉默了一會兒，似是在脫衣服，隨後水聲響起，隔了沒多久，謝長寂換了一身白色廣袖單衫，從房間中走出來。

他長髮散披，單衫露出他的鎖骨和半個胸膛，水珠順著脖頸一路滑落到衣衫之中，明明生著一張高山白雪的臉，卻在這一刻彰顯出一種莫名誘人的魅力來。

他的傷口碰了水，明顯被刺激到，鮮血從衣衫上浸透出來，像一朵朵豔麗的梅花，盛放在白衫之上。

花向晚看見血色，便微微皺眉，朝他招手道：「過來吧。」

謝長寂走到她面前，跪坐下來，花向晚拿了藥過去，看著面前的人平靜地褪下衣衫。

他身上是一道又一道傷疤，看見那血肉模糊的傷口，花向晚愣了。

一開始看見血色她就知道這些傷口應當很深，但沒想到深到這種程度，好幾個傷口都能見到白骨，而且上面都帶著凌厲的劍氣，一時半會兒根本無法癒合。

花向晚不由得皺起眉頭，抬眼看他：「這麼重的傷怎麼不早說？」

謝長寂低垂著頭，輕聲道：「妳和狐眠師姐看診更重要。」

「我們又沒什麼大事，」花向晚抿唇，壓住心中不滿，拿了藥來給他塗抹上，忍不住道：「日後不能這麼忍著。」

謝長寂低著頭，語氣溫和許多：「嗯。」

「要不我還是把薛子丹叫過來……」

看著這麼嚴重的傷口，花向晚還是不放心，正要起身，就被謝長寂拉住：「不必。」

他語氣很冷：「他過來，就不用治了，總歸會好的。」

這話帶著些孩子氣，花向晚不由得被氣笑了：「謝長寂你十七歲嗎？」

謝長寂不說話，但神色卻是半點也不讓。

花向晚緩了一會兒，搖了搖頭，只能認命地幫他把傷口換上藥，等做好這一切，她低聲道：「好了，我先走，你有事叫我。」

謝長寂應聲，他沒再留人，靜靜跪坐在地上。

花向晚提步出去，走到門口時，忍不住回頭看了一眼，就看謝長寂還坐在原地，全然沒有要入睡的樣子。

她遲疑片刻，提醒他：「你早些歇息，不要折騰了。」

「好。」謝長寂聲音平穩。

花向晚逼著自己挪開眼，回頭去正堂找小二重新開了一間房。

她開好房回來時，看見謝長寂房間燈已經熄下，她心裡稍稍放心了一些，等自己一個人躺下，她不知道怎麼，就是無法入眠。

輾轉反側，都忍不住琢磨，謝長寂到底睡沒，他傷勢這麼重，會不會出什麼問題？

以他的能力，應當是不會有什麼事，可現在他明顯狀態不對。

他已經走火入魔，天劫時到底出了什麼事，他現在到底是什麼實力，是不是外強中乾，根本不是她想像中那麼強？

她左思右想，直到最後，不再猶豫，乾脆坐起身來，決定去謝長寂房裡看看，確定他沒出事就好。

她悄悄下樓，跑到謝長寂門口，用了隱匿咒躡手躡腳到了窗邊。

謝長寂房間設了結界，她看不到什麼，只能是悄悄推開窗戶，就看房間裡什麼人都沒有。

她皺了皺眉，感覺不到謝長寂的氣息，她心裡有些不安，便大著膽子從窗戶翻了進去，朝著床上走去。

床上似乎有人，又似乎沒有。

她就看看他的情況。

她安慰著自己，緊張地走到床邊，等掀起床簾發現床上什麼人都沒有。

花向晚一愣，隨後就聽謝長寂的聲音在身後響起：「妳來找我？」

這聲音把花向晚嚇了一跳，她猛地回頭，發現謝長寂近在咫尺。

她下意識退了一步，全然忘了床就在後面，被床一絆失重往後仰去。

謝長寂抬手一攬，扶著她的腰跟著她一起倒在床上，順勢就去了她腳上的鞋，不等她反應，抱著她往床上一滾，便把她堵在裡側。

兩人面對面挨得很近，謝長寂眼裡帶著克制著的溫和笑意。

花向晚心跳得飛快，有種做賊被抓的心虛感，她忍不住往後縮了縮，緊張地解釋：「我……我就是來看看你，怕你高熱什麼的。」

「嗯。」謝長寂看著她，沒有多說什麼讓她下不來臺的話，只問，「不如留下照看？」

「你沒事就我走了。」一聽這話，花向晚快速反應過來，起身想跑。

謝長寂一把將她扯回來，翻身壓在身下，撐起自己半截身子，低頭看她：「我有事。」

「你看著挺好的。」花向晚不服氣。

話剛說完，一滴血就落在花向晚臉上。

花向晚一愣，她怔怔抬眼，就聽謝長寂平靜道：「傷口裂了。」

猜是剛才弄裂的，花向晚一時有些不敢亂動了。

看著她的樣子，謝長寂微微低頭，埋在她頸間，輕聲道：「妳不在我睡不著。」

「你以前也不睡，」花向晚睜著眼看床帳，「你都打坐。」

「現在我得睡覺。」

聽著這話，花向晚倒也沒反駁。

他這個狀態，好好睡覺休息，比打坐有用得多。

她睜著眼，好久後，嘆了口氣，認命道：「算了，睡吧。」

謝長寂沒說話，他壓在她身上不動。

花向晚推了推他：「滾開。」

謝長寂從她身上翻身下去，花向晚背對著他，拉上被子，閉眼道：「有事叫我。」

謝長寂沒出聲，過了一會兒，他從背後抱住她。

「晚晚，」謝長寂聲音很輕，「妳回來，我很高興。」

花向晚不說話，她睜著眼睛看著夜裡，過了一會兒，她輕聲道：「謝長寂，我不是當年的晚晚了。」

「我知道。」

「其實你一點都不瞭解我，」花向晚被他抱著，「你愛的、執迷不悟的，其實都是兩百年前那個人。」

「花向晚，」他連名帶姓叫著她的名字，似乎在區分什麼，「我從來都知道我要什麼。」

過去他知道，現在亦如是。

他愛一個人愛得慢，想一件事想得慢，可每一分感情，每一個決定，都是他用漫長時光去理解做出的。

花向晚不說話，她被這個人抱著，感覺溫暖將她裹挾，人都變得軟弱起來。

「不，」她看著前方，語氣平靜，「你不知道。」

你甚至連真正的花向晚是什麼樣，她做過什麼、她要做什麼都不知道，又談什麼清楚知道？

只是這些話她不想再說，她太過疲憊，閉上眼睛，打算將一切推到日後再說。

兩人睡了一夜，等到第二日醒來，謝長寂還在她旁邊，他抱著她，像在幻境裡相處的日子。

他們在斷腸村那半年，她每天早上睜眼，都是在謝長寂懷裡。她一瞬間有些恍惚，身後的人感覺她醒過來，迷迷糊糊熟練的將她抱緊，眼都沒睜，幾乎是無意識去親吻她的脖頸，一路沿著往下，啞著聲道：「要麼？」

「等等！」

花向晚猛地反應過來，她一把抓住對方熟練拉腰帶的手，驟然清醒。

謝長寂迷濛睜眼，看著花向晚神色不定，片刻後，他還沒反應過來，就被人狠狠從床上一腳踹了下去。

「滾下去！」

對方吼完，一把拉上床簾。

謝長寂摔到地上，疼痛襲來，才反應過來發生了什麼，他甩了甩腦袋，抬手捂住自己額頭，低聲道：「抱歉，我習慣……」

「滾出去！」

這話被急急打斷，花向晚似乎更怒。

謝長寂有些無奈，也不知道該說什麼，只能撐著自己起身，去旁邊取了衣服，守在門口。

花向晚在床簾中微微喘息，這些亂七八糟的事情讓她頭疼，但更讓她痛苦的事，她都不知道這事兒要怪誰。

怪謝長寂嗎？

是她拖著他在幻境裡這麼待了半年，是她自己昨晚不放心回來。

怪來怪去只能怪自己。

色迷心竅腦子不清！

要是她知道出來他還記得，要是她知道他是謝無霜，要是她知道……

她深吸了一口氣，讓自己儘量冷靜下來，沒一會兒，就看傳音玉牌亮起。她感應到上面的氣息，面色一凜，看了門外一眼，她提聲道：「謝長寂。」

「嗯。」

「你去煮碗麵。」

「好。」

謝長寂沒有多問，便提步離開。

等謝長寂一走，花向晚立刻設了結界，劃開傳音玉牌。

「花少主，」玉牌中，清亮的女聲響起來，「聽說妳和巫蠱宗那邊起了衝突，現下如何啊？」

「直接說事兒吧。」花向晚聽著對方不著邊際的問話，立刻直入主題。

對方聽她口吻，語氣也鄭重許多：「好吧，我是來告訴妳，秦雲衣已經拿到第二塊血令了。」

「這麼快？」花向晚挑眉。

對方輕聲一笑：「她做事妳不知道？鳴鸞宮法寶眾多，她直接去搶就是，魔主血令應該是五塊，她拿到第三塊之後，估計馬上就要找上妳，妳好自為之。」

「冥惑什麼時候突破？」花向晚問了個與此無關的話題。

對方一愣，隨後很快反應過來，只道：「最多五日，妳想做什麼？」

花向晚沒說話，她沉默片刻後，輕聲道：「雲裳，師兄師姐們的屍體，我可能找到了。」

聽到這話，秦雲裳呼吸一頓，很快她的聲音傳來，帶著竭力克制著的冷靜：「在哪裡？」

「巫蠱宗。」花向晚推測：「當年應該是魔主將他們賞賜給巫蠱宗煉屍。」

「煉屍……」秦雲裳喃喃出聲，片刻後，她笑起來，咬牙出聲：「他們也敢！」

「差不多到時候了。」花向晚看著床帳上的雲紋，「我的筋脈已經恢復，妳幫我盯著溫容和冥惑的去向。」

「妳想怎麼做？」

聞言，花向晚沉默。

過了片刻，她輕描淡寫：「滅宗。」

「會不會太早了一點？」秦雲裳皺眉：「現下清樂宮和鳴鸞宮還未澈底翻臉，妳要是被發現……」

「四日後我會把謝長寂支開，到時候妳幫我盯著人，妳放心，如果被發現了，」花向晚無意識啃著手指，「我就提前召出那東西。」

「謝長寂在，」秦雲裳聽到這話，提醒她，「妳不要找死。」

「沒事。」花向晚垂下眼眸，「在這之前，我會想辦法，把他趕出西境。」

「要是趕不走呢？」

聽到這話，花向晚沒有出聲。

秦雲裳嘆了口氣：「花向晚，別為了個男人把大家逼上絕路。」

「妳放心，」花向晚啃咬手指的動作急了些，但她的語氣十分冷靜，安撫著秦雲裳，「如果他對計畫產生任何威脅，我親自動手。」

秦雲裳終於不再說話，過了片刻後，她出聲：「阿晚我不是逼妳，妳也別逼自己。」

「我知道。」花向晚舒了口氣：「妳保護好自己，四日後見吧。」

秦雲裳應了聲，花向晚將玉牌通信切斷，在床帳中抱著自己緩了很久，聽見外面傳來腳步聲。

她舒了口氣，抬起頭來，又恢復平日的模樣，漫不經心掀開床簾。

謝長寂端著麵條走回來，花向晚看了他一眼，這才想起來：「那個……傷還好吧？我那腳是不是太重了？」

「一點小傷，無礙的。」

謝長寂說著，走到她面前，半蹲下身，替她將鞋穿上。

花向晚垂眸看著眼前的人，他在晨光下帶著暖意，像一塊會發光的玉石，看得人心都暖了起來。

「謝長寂。」她突然開口，謝長寂仰頭看她。

「那個……我是說，假如，」她看著謝長寂的眼睛，「假如有一天，你發現我和你想得不一樣，比如我是個很壞很壞的人。」

花向晚遲疑著：「你會怎麼樣？」

謝長寂不說話，好久，他反問：「如果是我呢？」

「什麼？」

「如果有一天，妳發現我和妳想得不一樣，是個很壞很壞的人呢？」

花向晚愣了愣，片刻後，她笑起來：「不會有這麼一天。」

「是吧。」

謝長寂垂眸，站起身來：「洗漱後去吃麵吧。」

花向晚點頭，她站起身，跟著謝長寂走到桌邊，剛坐下，就聽謝長寂開口：「說起來，妳逃婚那天也是讓我煮麵。」

花向晚動作一頓，就看謝長寂靜靜地看她，眼中全是了然：「剛才又幹什麼了？」

花向晚聞言，一口麵嗆在口中。

她急促咳嗽起來，謝長寂溫和地拍著她的背：「不想說就不說了，別激動。」

「謝長寂……」花向晚咳嗽著，痛苦地看著他，「你……妖怪啊？」

第四章　生辰

聽著花向晚的話，謝長寂搖了搖頭，只提醒：「妳做得太明顯。」

花向晚無奈，嘆了口氣：「其實也沒什麼。」

謝長寂抬眼看她，就看花向晚笑了笑：「我就是想起來，四日後，應當是你生辰吧？」

聽到這話，謝長寂一愣，恍惚片刻，才意識到，四日後，的確是他生辰。

只是他自己都忘了。

他一時說不出話，花向晚撐著下巴，看著他說得十分認真：「我想回合歡宮給你擺個宮宴，好好慶祝一下。」

謝長寂遲疑片刻，隨後只道：「妳記得，我已很是高興，還是著手先找下一塊血令……」

「這個不急，」花向晚笑起來，「反正現下也受了傷，不如回宮養養。而且，好歹是我的少君，若你生辰都不過，天劍宗還覺得我怠慢了你。」

謝長寂不說話，靜靜地看著她。

面前的人神色真誠，他知道這中間一定有什麼彎彎繞繞，可看著這雙眼睛，他莫名希望，她說的都是真的。

「好不好？」花向晚追問。

謝長寂垂眸應聲：「嗯。」

「那今日出發。」花向晚站起身來，往門外走去，「我去看看師姐，問問她要去哪裡，你先收拾東西。」

說著，花向晚走出屋外，走到狐眠房間，推門進去，就看狐眠正拿著畫筆，似是在想著什麼。

「師姐。」花向晚出聲。

狐眠一愣，隨後反應過來：「哦，阿晚。」

「想什麼呢？」

說著，她關上門，悄無聲息設下結界，走到狐眠身邊。

狐眠看見她的動作，便明白她的意思，直接道：「想巫蠱宗的事。」

花向晚坐到狐眠旁邊，狐眠低頭看著手中毛筆：「巫生借我之手害了這麼多人，我一想到他還好好活著，就恨不得扒了他的皮。」

「那不如幫我做件事？」花向晚笑起來，狐眠抬眼，就看花向晚推了一張符紙給他：「這是溫少清當年給的我一道琴音，可保我接下元嬰期致命一擊。」

狐眠看著花向晚的動作，微微皺眉：「妳想做什麼？」

「師姐不是可以畫物成真嗎？」花向晚抬眼看她，「那就畫一具溫少清。」

「溫少清？」

「溫少清的屍首被巫蠱宗人盜走，煉屍化作己用，大街之上，溫少主屍身傷人，為溫宮主所知，溫宮主思兒心切，以尋親術日夜追尋。」

花向晚平靜地說著，彷彿在寫一段故事：「師姐知道了嗎？」

狐眠愣愣地看著花向晚，好半天，她突然反應過來：「溫少清的屍首在妳這兒？」

「不在我手中，」花向晚喝了口茶，「但四天後就到了。」

狐眠消化著這句話的意思，緩了好久，才意識到：「溫少清是妳殺的？可我聽說是冥惑……」

「是冥惑動的手。」花向晚解釋，「但是，是我推波助瀾。他想殺謝長寂，將謝長寂在溺水毀屍滅跡，我將計就計，讓冥惑動手殺了他，毀屍在溺水，溺水澈底侵蝕人骨需要一刻鐘，我提前讓人等在附近，將他撈了出來，封印在棺槨之中。」

「然後呢？」狐眠想不明白：「妳想讓溫容因此找上巫蠱宗的麻煩，讓溫容動手嗎？」

「怎麼會呢？」花向晚抬頭看向狐眠：「我只是想讓溫容過去，把少清的屍骨接回去罷了。」

狐眠不說話，她呆呆地看著平靜地說著這些的花向晚，好久後，才不可思議道：「阿晚，這些年妳到底做了什麼？」

「這不重要。」花向晚喝了口茶，平淡道：「師姐只要信我，我所做的一切，都是為了合歡宮。」

狐眠沉默不言，過了一會兒，她點了點頭：「好，那做完這些，我還需要做什麼？」

「如果趕得過來，四日後，來巫蠱宗吧。」花向晚起身：「我想，妳大概想親自送巫生上路。」

「那妳呢？」狐眠急切地詢問。

花向晚往門口走去：「我今日啟程和謝長寂回合歡宮，他四日後生辰，我陪他過，這一次，」花向晚在門口頓了頓，回頭看她，「別跑了。」

狐眠抬眼看著面前略顯陌生的師妹，好久，才認真開口：「好，我不跑了。」

花向晚笑了笑，沒有多言。

和狐眠確定了行程，花向晚回到屋中，就看謝長寂已經打包好東西。

花向晚靠在門邊，看著他收拾東西，感覺好像回到兩百年前。

那時他們兩個人一起驅除魘靈，她人懶，脾氣大，每次都是謝長寂在打理這些生活瑣事。

她靜靜地看著，謝長寂慢條斯理將劍擦好掛在腰間，抬起頭來，就看花向晚站在門口，見他看過來，她笑了笑：「我和師姐說好了，她還有其他事，我們先走。」

「那我呢？」薛子丹的聲音在後面響起來，花向晚回過頭去，看見藍衫公子用摺扇輕敲著手臂：「把人家用完了，就這麼甩下了？」

花向晚沒說話，謝長寂走上前，拉住花向晚的手，薛子丹挑了挑眉，花向晚琢磨片刻，笑了起來：「我要回合歡宮給謝長寂慶生，你當真一起去嗎？」

這話讓薛子丹一愣，謝長寂聽著花向晚的話，不由轉頭看向她，花向晚看著薛子丹，神色意味深長，過了片刻，薛子丹似乎領悟什麼，笑了一聲：「合歡宮我就不去了，我好歹是藥宗少主，若讓人知道，」薛子丹張開摺扇，遮住半邊臉，「不好。」

「那還不快滾？」花向晚挑眉。

薛子丹「嘖」了一聲，往狐眠房中走去：「罷了罷了，還是找狐眠聊聊有意思，狐眠……」

「滾！」

話沒說完，狐眠房間一個茶杯就砸了出來，怒喝出聲：「薛子丹你再跟著我，老娘就殺了你！」

薛子丹嚇得往旁邊一跳，隨後反應過來：「狐眠妳這人可別敬酒不吃吃罰酒……」

說著，他便提步走進去，關上大門。

花向晚看兩人鬥嘴，覺得有些好笑，等回過頭來，就看謝長寂看著房門若有所思。

花向晚意識到什麼，敏銳詢問：「你在看什麼？」

「他們好像很熟。」

謝長寂挪眼看過來，花向晚心上一顫，驟然意識到他可能察覺到薛子丹是「雲清許」。

她輕咳了一聲，只道：「以前我讓薛子丹找過狐眠一段時間，估計是那個時候認識的。」

謝長寂聞言，點了點頭，沒有多說。

花向晚趕緊主動挽住他的手，轉移他的注意力：「走吧，你現在能帶我回合歡宮嗎？」

謝長寂被她主動挽住手，身子僵了僵，片刻後，他放鬆下來，眼裡隱約浮現出幾分笑，輕聲道：「好。」

說著，他轉身雙手拉住花向晚的手，輕聲道：「閉眼。」

花向晚閉上眼睛，感覺周邊靈力劇烈波動，不一會兒，天旋地轉，隨後就聽謝長寂開口：「好了。」

花向晚睜開眼，兩人已經回到合歡宮門口。

謝長寂面色有些蒼白，花向晚轉頭看了他一眼：「沒事吧？」

謝長寂搖頭，花向晚還是有些不放心，她伸手扶住他，輕聲道：「你要是不舒服，要同我說。」

「嗯。」謝長寂垂下頭，聲音很輕：「傷口有些疼。」

「我就說。」花向晚嘀咕著，朝著門口走去。

剛走到門前，修士便認出他們，守門的修士愣了愣，隨後高興道：「是少主和少君！」

「少主和少君回來了！」

「好了。」花向晚看他們吵嚷，笑了笑：「別吵了，進去吧。」

說著，花向晚便扶著謝長寂走進城門。

謝長寂靜靜打量著宮城，合歡宮和幻境裡區別很大，幻境中的合歡宮所有東西都是嶄新的，而如今合歡宮看上去已經有些破舊，原本空曠的廣場上掛著繪著合歡花的黑白紋路旗幟，一路通向大殿，在風中烈烈招搖。

謝長寂抬頭看著那些旗幟，感覺到上面靈力流動，忍不住開口：「這些宮旗是什麼？」

「是招魂幡。」花向晚耐心解釋：「用來為那些死去的弟子招魂。」

謝長寂沒有說話，靈北接到弟子通知，和靈南一起趕了過來，來的還有天劍宗的弟子，歲文和長生走在前面，高興地跟著靈南、靈北跑上來。

「少主，少君。」

「上君，師祖母。」

兩邊人叫了兩個稱呼，花向晚聽著師祖母的稱呼有些想笑，看了來的人一眼，輕咳了一聲，叮囑靈南：「那個，四日後清衡上君生辰，妳準備一下，擺個像樣一些的宴席。」

「我準備？」靈南詫異。

花向晚滿眼期許：「合歡宮左右使，妳總不能事事都讓靈北來做吧？」

「哦……」靈南聽到這話，有些不情願道：「好吧。」

「妳先通報三位長老和宮主，」花向晚看她的樣子，有些不放心，轉頭看了靈北一眼，「你幫著些。」

「是。」靈北應聲。

花向晚轉頭看向謝長寂：「你要不要和宗門弟子說說話？」

謝長寂聞言，轉頭看向正亮著眼有些激動的想和他說話的歲文和長生，遲疑片刻後，他點頭：「嗯。」

長生頓時笑起來，歲文恭敬道：「上君，這邊請。」

謝長寂被天劍宗弟子帶走，花向晚便轉頭看向靈南：「還在這裡等著做什麼？去做事啊！」

「知道了。」靈南鼓了鼓嘴，轉身小跑離開。

等支開靈南，花向晚看向恭敬地等在一旁的靈北，靈北率先開口，低聲道：「宮裡一切安好，少主大可放心。各地消息都在少主殿中存放，重要的屬下已經提前告知過。」

「巫蠱宗那邊的消息傳出來沒？」花向晚領著靈北朝自己宮殿走去。

靈北低聲道：「聽說巫媚被殺了，巫生和您這邊動了手，現下巫蠱宗正在休養生息。」

花向晚點點頭，只道：「誰殺巫媚傳出來了嗎？」

「暫時還沒有。」靈北低聲道：「巫蠱宗好像把消息壓下來了。」

「魔主那邊什麼動靜？」

「藥宗宗主一直待在魔宮，怕是還不穩定。」

聽到這話，花向晚唇邊帶了絲笑。

她同靈北一起走上臺階，靈北看四周無人，壓低聲：「少主此次突然回來，是想要……」

「這幾日盯著巫蠱宗和清樂宮的消息，如果有溫少清出現的消息，別讓人壓著，讓所有人知道最好。」

「是。」靈北熟知花向晚做事風格，沒有多問。

「還有，」花向晚踏入大殿，「調人去巫蠱宗附近待命，準備好傳送陣，四日後我要過去。此事務必小心，不要讓任何人察覺。」

靈北聞言，便明白花向晚意思，立刻道：「明白。」

說著，靈北抬頭：「宮宴一定會大辦，我等會為清衡上君，好好慶生。」

花向晚聽著這話，動作頓了頓，片刻後，她輕聲開口：「他的生辰，讓他高興些。」

和靈北商議了大概細節之後，花向晚便讓他先下去，自己坐在大殿中，摸著扶手雕花，思考著後續事宜。

冥惑殺了陰陽宗的長老，陰陽宗就不足為懼，清樂宮現下唯一能夠管轄的只剩藥宗，藥宗為九宗末流，上不了什麼檯面。

若這種時候，能把巫蠱宗出事嫁禍給清樂宮，那鳴鸞宮應當會直接出手，只要他們殺了溫容，那清樂宮剩下兩位渡劫修士，要麼投靠鳴鸞宮，要麼另尋外援，不可能為了清樂宮死守。

這時候，她也該出手了。

如果她能贏，那自然好，若不能贏，她只能走到最後一步。

等真的走那一步，謝長寂……容得下她嗎？

從死生之界墜落而下時的痛感清晰襲來，讓花向晚瞬間冷靜許多。

無論謝長寂容不容得下，她都賭不起，現下最重要的是穩住謝長寂，在那個東西出現前，想辦法讓他離開西境。

想到這一點，花向晚緩緩睜開眼睛，迅速給薛子丹傳了信。

「迷藥，四日後用於謝長寂。」

傳完信，她轉頭看向窗外。

夜色正好，鳥兒雀躍於枝頭。

她緩了一會兒後，便彷彿什麼事都沒發生，拿了之前堆積沒看的消息翻閱。

這些消息來自合歡宮各地探子，重要的靈北都已經告知過她，不重要的累積在這裡，她還是一一打開紙條看過，一面看一面燒。

看到夜裡，她聽見門口的腳步聲，抬眼看過去，就見謝長寂站在門口。

他懷裡抱著許多糕點，靜靜地看著她，花向晚一愣，隨後笑起來：「你怎麼來了？」

「同弟子聊完，便來找妳，接妳回去。」

聽到這話，花向晚便知道，謝長寂今晚又打算和她睡同張床。

她想起今早的情況，有些尷尬，輕咳了一聲：「那個，我還有很多事兒，你先回去休息吧。」

謝長寂沒說話，目光落在桌面為數不多的紙條上，平和道：「那我等妳。」

「你……你回去睡唄，」花向晚笑容微僵，「一直待在這裡多累啊。」

謝長寂沉默，片刻後，他輕聲道：「妳不在我睡不好，傷勢難癒，四日後的生辰宴，我怕難以應付，要不還是……」

「唉等等！」一聽這話，花向晚立刻站起來，擠出一絲笑：「生辰宴是大事，定下了不好缺席，我還是同你回去吧。」

「生辰而已，不是大事，妳先忙吧，」謝長寂顯得異常善解人意，「不必為我操勞。」

「哪裡？」花向晚繞過書桌，走到他旁邊，笑得很真誠，「你的身體才是最重要的。」

謝長寂看著她，隱約帶了些笑，但神色卻一如既往，轉身道：「那就先回去吧。」

兩人走在長廊，謝長寂悄無聲息為她擋了風，花向晚心中悶悶，轉頭看了他手中一大堆盒子一眼，頗為好奇：「你這是什麼？」

「弟子送的糕點，西境沒有雲萊的點心，他們出門在外，就自己學著做了許多。」謝長寂解釋。

花向晚點點頭，漫不經心：「你今日同他們聊了挺久的。」

「講道而已。」謝長寂說著，花向晚便想起來，天劍宗年年都要給弟子講道。

那些年在雲萊，她也跟隨謝長寂聽過天劍宗講道，各地弟子雲集，仙山仙氣繚繞，仙鶴松柏，高山流水，無一不是眾人心中所嚮往的仙道模樣。

那時謝長寂是普通弟子，領著她站在人群中，她仰頭看著高處修士，忍不住詢問：「你有一日也會這樣開壇布道嗎？」

謝長寂動作頓了頓，遲疑片刻後，他緩慢出聲：「不會。」

那時她以為是謝長寂對自己沒信心，覺得自己不會成為這樣的大能。

可如今才想明白，那是因為他清楚知道，未來的自己將一生守在死生之界，不會有這樣的機會。

花向晚看著旁邊的青年，他一身白衫，手裡拿著糕點，這讓他多了幾分煙火氣，看上去整個人溫柔許多。

她不知道為什麼，莫名就想到他白衣繡鶴，開壇布道，萬人敬仰的模樣，忍不住笑了起來。

「笑什麼？」

「我就是想，如果你回天劍宗，這次應該可以開壇布道了。」花向晚說著，眼中帶著幾分期許：「你還可以再收幾個徒弟，然後有許多徒子徒孫，讓天劍宗繁榮昌盛，等什麼時候就可以飛升上界，成為一代佳話。」

謝長寂聽著她的話，沒有出聲。

花向晚越想越覺得這個未來頗為美好，忍不住道：「雲萊挺好的。」

「妳喜歡，我可以帶妳回去。」謝長寂開口。

花向晚一愣，片刻後，才意識到他在說什麼，擺了擺手：「金窩銀窩不如自己的狗窩，算了吧，我還是在西境這個狗窩待著好了。」

說著，兩個人走進房間，謝長寂放好糕點，兩人各自洗漱。

等上了床，花向晚睡在裡側，她側著身子看著面前閉眼淺眠的謝長寂，緩慢道：「謝長寂，我好久沒看見你修煉了。」

聽到這話，謝長寂睜開眼睛，花向晚看著他，似是思索：「也好久沒看見你拿問心劍了。」

他平靜地看著她，過了一會兒，輕聲解釋：「修煉靈力，我已經走到頭了。」

「何謂到頭？」

「修行以元嬰作為邊界，元嬰之下修身，練氣引靈氣入體，以虛丹操縱靈氣，可得百年壽命，身體輕便。」

他的聲音清清冷冷，竟同她講起修行的基礎知識。

「築基排清靈根汙穢，與凡人區別，可得三百年壽命。」

「金丹之後，虛丹轉實，靈氣入體，再入金丹運轉淨化，成為靈力，至此靈力滋養軀體，尋常刀槍不入，可得五百年壽命。」

「之後便可修於神識之內結嬰，修身不再重要，修得元嬰，元嬰再進一步，於化神轉為元神，修仙者便可有脫離身體之精體，開天眼，觀星斗運轉，人世規律。」

「再步入渡劫，窺探天道，運用天道法則。」

「所以？」花向晚聽不明白，謝長寂抬手拂過她的頭髮。

「對於渡劫而言，修為靈力已不重要，重要的是，如何理解這世上萬事萬物法則。道心，是你的執念，你修行的根本原因，而道，則是你理解事物的方式。」

「例如問心劍一脈，」謝長寂解釋給她聽，「問心劍的道心，是成為最接近天道的存在，而問心劍的道，便是捨棄人欲，成為天道。我們一生之修行，都在克己、守欲，奪人欲，以天道之眼，判斷萬事萬物。」

「我明白。」花向晚笑起來，她湊到謝長寂面前，覺得有些得意：「那你在幻境大半年，是不是破戒了？」

謝長寂不說話，他看著面前眉眼靈動的女子，片刻後，笑了起來：「我早就破戒了。」

兩人靜靜對視，花向晚看著面前的人，覺得心跳放緩，從未這麼靠近這個人。

他像明月一樣高懸於頂，溫柔地照耀世人。

她仰望著他，忍不住出聲：「謝長寂，你生日有什麼想要的嗎？」

謝長寂想了想，搖了搖頭：「妳在，我就覺得很好。」

說著，他伸手將人拉進懷裡，閉上眼睛：「睡吧。」

謝長寂對於和她同眠這件事很執著，花向晚也懶得和他抗爭，白日裡和靈北一起籌備他的生辰宴，夜裡給他陪睡，好在他也不做什麼，她倒也放心。

合歡宮一片安好，但西境卻不太平，四處流傳消息，說溫少清還活著，因為有一位清樂宮的弟子被溫少清的琴音所傷。

但又有更多傳聞，說溫少清已經死了，傷人的，是一具被人操控的白骨。

白骨傷人，這是煉屍之術。

此事讓本來已經開始為兒子辦葬禮的溫容又瘋狂起來，當初她沒在溺水中撈到溫少清的屍體，以為溫少清的屍體被溺水澈底侵蝕，如今清樂宮弟子被溫少清琴音所傷，那完全可能是溫少清骸骨落入他人手中，被煉成了供人操控的凶屍。

一宮少主落到如此境地，那是清樂宮絕不容許的侮辱，於是清樂宮上下四處張貼告示，溫容又在宮中想盡辦法，感應溫少清的屍體在何處。

清樂宮的動作大家看在眼裡，如今西境擅長煉屍之術的，除了散修之外，便只有傀儡宗和巫蠱宗。

而傀儡宗明面上仍屬清樂宮管轄宗門，應當不敢擅自以少主作為煉屍對象，懷疑最大的，便只剩下巫蠱宗。

加上之前在神女山，巫蠱宗人曾因襲擊溫少清被殺，於是巫蠱宗以溫少清屍首煉屍的小道消息不脛而走，眾人議論紛紛。

這些消息一條條傳入合歡宮，而合歡宮內隨著謝長寂生辰日期到來，越發熱鬧。

謝長寂身為天劍宗上君，身分尊貴，想要結交的人不少，帖子發出去，各宗都派了人過來祝賀。

花向晚早早得了客單，等到第四日，便早早起身來，換上白色束腰繡鳳宮裝，親自去門口迎接來道賀的人。

這次宮宴來了至少上百修士，花向晚一一見過，等到了晚間，便同謝長寂一起接待眾人。

酒席辦得盛大，所有人在殿裡鬧哄哄的，謝長寂和花向晚坐在高處，兩人喝著酒，花向晚轉頭看他：「這生辰宴辦得如何？」

「很好。」謝長寂出口。

花向晚挑眉：「你當真覺得很好？」

謝長寂想了想，只道：「妳為我辦，怎樣都好。」

花向晚聽到這話，思索片刻，不由得湊過去：「你以前怎麼過生日？」

「買糖。」

這話出來，花向晚有些詫異：「買糖？」

謝長寂點點頭，認真解釋：「沒有人想為修問心劍的弟子過生辰，我也一直沒想過。直到有一年生辰，我有一位修多情劍的師弟，他和我是同一日生辰，那天許多人都在為他慶賀，鬧了很久，後來等我回到死生之界結界前，等師父為我講道，師父就給了我一顆糖。」

說著，謝長寂回憶起來：「從那以後，每年生辰，師父都會給我一顆糖。」

花向晚沒說話，她想了想，笑起來：「你都兩百多歲了，我再給糖也不合適。」說著，她搖晃著酒杯，「有什麼想要的？」

謝長寂不出聲，他看著她，似是了然一切。

「我今日的願望就是，花向晚，」謝長寂看著她，說得格外認真，「平平安安，壽與天齊。」

花向晚聽著他的願望，有些不敢直視他的目光，扭過頭去，輕咳了一聲：「這可不是我說的算了。」

說完，她趕緊岔開話題：「今晚靈北給你安排了煙火，走，我們去門口看。」

她一面說，一面起身，高高興興招呼眾人往門口走去。

謝長寂從容地跟在她身後，看著她走進人群，叫著眾人：「來來來，我們到廣場上看煙花。」

「少主，不喝酒啦？」

「一會兒喝。」

花向晚走得快，人流將兩人隔開，謝長寂距離不遠不近，眼看著就要走出門口。

一道劍光從人群中破空而來，朝著花向晚直刺過去！

這劍來得極快，花向晚恍若未覺，謝長寂猛地睜大眼，大喝：「花向晚！」

花向晚笑著回頭，便見謝長寂身形一動，花向晚似是著急，往旁邊一躲，這倒給了行刺之人機會，長劍緊追而上，謝長寂劍意急轟而至，在劍尖刺入花向晚身體時，將行刺之人一劍劈了出去！

「慢著！」花向晚看見謝長寂下一劍又動，一把抓住謝長寂的手，急道：「留活口。」

謝長寂不說話，他喘息著，手微微發顫。

靈北帶著人衝進來，所有人亂成一片，花向晚捂著傷口，似是十分虛弱，勉強笑了笑：「長寂，我無事。」

謝長寂盯著她，勉強挪開目光，他似乎花了很大力氣，才克制住自己的情緒，上前將花向晚打橫抱起來，冷著聲道：「將人押下去，澈查此事，立刻叫大夫過來。」

說著，他抱著花向晚，朝著內院疾步走去，花向晚感受到他的憤怒，乖乖臥在他懷中，小聲道：「我沒事。」

謝長寂沒有出聲，等進了房間，他一把撕開花向晚的衣服，露出她的肩頭，冷靜的為她處理傷口。

等處理好傷口，他用衣服蓋好她的肩頭，醫修這才急急忙忙趕了過來，看上去陣仗頗大。

「進來吧。」

看著醫修戰戰兢兢的樣子，花向晚倒十分平和，眾人進來，為她看診確認無礙後，才退了出去。

等房間裡只剩謝長寂和花向晚，對方明顯冷靜許多，花向晚想了想，安撫道：「那個，我沒什麼事，你不用緊張。」

謝長寂沒說話，他關上門，坐回床邊，他靜靜地看著她，目光落到她的傷口上：「不要有下一次。」

「這我哪兒能管得了？」花向晚有些心虛，面上卻不顯，只抬手主動碰了碰他的手：「你別生氣了。」

謝長寂不動，花向晚直起身湊過去，看著似是在想著什麼的謝長寂：「你看看我嘛。」

謝長寂聽到她的話，轉過頭來，他看著她琥珀色的眼，她眼睛中帶著笑，像是會勾人一般，一股甜膩的香味悄無聲息瀰漫在屋中，她伸出手，攬住他的脖子，靠到他身上，輕蹭著他，撒著嬌道：「好了我以後注意，絕對沒有下一次。」

「花向晚，妳不能總是……」

謝長寂緊皺眉頭，轉頭看她，只是話沒說完，花向晚就親了上來。

她柔軟的唇堵在他唇上，靈巧地勾著他，謝長寂呼吸一頓，感覺面前的人跨坐上來。

空氣裡都是她的味道，謝長寂察覺不對，他翻身將她壓在身下，按住她的動作，輕喘著粗氣警告：「花向晚！」

「好哥哥，我聽著呢。」花向晚從他手中將手腕轉出來，熟練地拉開他的衣衫，抬起身子攬住他，「你要生氣就罰我吧，你看要怎麼罰？」

說著，她拉開自己的衣服，謝長寂覺得眼前有些模糊，他終於意識到情況有些不對，用力甩了甩頭，掙扎著出聲：「妳……妳別一個人……」

花向晚沒動，她平靜地看著已經沉溺在她編織的幻境的謝長寂，看著他努力想要掙脫這個幻境。

可以有心算無心，她籌謀已久，怎麼可能讓他這麼輕易的從幻境中爬出來？

她乾脆將人一把拉下來，謝長寂倒在她身上，眉頭緊皺，還在努力掙扎。

花向晚靜靜地抱著對方，過了一會兒後，她輕聲開口：「好好做個美夢，明日我就回來了。生辰快樂，」她低頭親了親謝長寂的額頭，神色平靜，「清衡道君。」

說著，她抬手一推，便將身上的人推開，從床上從容起身。

剛挪步，謝長寂一把抓住她的袖子，將她的衣領扯下大半。

花向晚回頭看了低低喘息著的謝長寂一眼，聽對方出聲：「帶……我……」

花向晚看著謝長寂，她平靜地注視著他，好久，緩慢出聲：「我們不是一路人，我帶不了你。」

說著，她慢條斯理拉上衣衫：「做個夢就行了，別當真吶，清衡道君。」

謝長寂動作一頓，花向晚從他手中扯回袖子，轉身離開。

她走出房間，設下結界，便看等在門口的薛子丹和靈北。

「怎麼樣，我的藥好用嗎？」薛子丹笑咪咪開口。

花向晚沒搭話，只道：「守著他。」

說著，她看向靈北：「如何了？」

「那邊已經準備就緒。」靈北平靜道：「就等少主。」

「刺殺的那個人呢？」

「已經做了個假身分『死』在牢獄中，明日少主遇刺的消息就會傳出去。」

花向晚點點頭，手上一轉，一個傳送陣出現在地面。

她提步上前，招呼周邊的人：「走吧。」

傳送陣亮起，所有人跟在她身後，踏入傳送陣。

沒一會兒，眾人眼前便換了一番景象。

提前到的合歡宮眾人早已等在原地，秦雲裳、狐眠在旁邊。

看見花向晚出現，合歡宮弟子齊齊跪地：「恭迎少主。」

「起吧。」花向晚抬手，轉頭看向秦雲裳：「溫少清呢？」

「在這兒呢。」秦雲裳將一個書一般大小的盒子遞給花向晚：「妳設的隱蔽陣我還沒打開，不過我聽說最近溫容用各種方法找他找瘋了，她早就懷疑巫蠱宗，現下就在巫蠱宗附近活動，妳前腳撤了法陣，她後腳就能趕過來。」

花向晚沒說話，她低頭打開盒蓋，便見一具不算完整的骷髏靜靜躺在木盒中。

「他屍骨太大，我帶著不方便，就縮小了放盒子裡，妳拿出來是一樣的。」

秦雲裳解釋，花向晚沒有理會，抬手拂過木盒上方，口中念咒。

木盒顫動起來，陣法緩慢消失。

等做完這一切，花向晚對著木盒中的白骨看了一會兒，皺起眉頭：「撈出來時一點肉都沒了嗎？」

「乾淨得很。」秦雲裳接話，隨後趕緊道：「不過妳可別怪我不盡心，我得了妳的信，第一時間就去撈人，不過他之前已經被人剃乾淨了，所以不會有血肉。」

聽到這話，花向晚動作一頓，微微皺眉，抬眼看秦雲裳：「被人剃乾淨了？」

秦雲裳點頭：「不錯，我看見他的時候，他已經是一具白骨在地面爬，然後爬進了溺水坑裡，等他死了我撈出來就這樣了。薛子丹之前看見這東西，和我說是劍痕……」

說著，秦雲裳忍不住感慨：「冥惑真狠啊……」

「別說了，」他們說著話，狐眠掃了木盒中亮起來的白骨一眼，皺起眉頭，「溫容可能發現他的位置了。」

「現下怎麼辦？」秦雲裳抬眼看向花向晚。

花向晚冷靜道：「我先混進去，將木盒放在大堂，等一會兒溫容來鬧，我趁機去找他們的屍身。等我找到他們，會告知你們，到時候溫容一走，你們告訴我，我開法陣將他們困在法陣中，就可以動手了。」

「屍骨盡銷，魂魄拘禁，」花向晚語氣平靜，「一人不留。」

聽到這話，狐眠抿緊唇，片刻後，她點頭應聲：「好。」

花向晚看了秦雲裳一眼，點了點頭，隨後轉頭看靈北：「帶著弟子，聽狐眠師姐的。」

說完，她便走上前去，化作一道華光，悄無聲息潛入巫蠱宗。

眾人遠遠等在巫蠱宗外，沒一會兒，感覺一陣地動山搖，隨後就聽溫容怒喝：「巫生小兒，還我兒身體來！」

這一聲大吼憑空而下，驚得巫蠱宗人紛紛從睡夢中清醒。

巫生在黑夜裡睜眼，他立刻起身，領著眾人來到大門前。

沒了片刻，就看溫容帶著人落在門前，看見溫容，巫生恭敬行禮：「溫宮主。」

「休說廢話，」溫容取出一個正在發光的羅盤，冷著聲道：「我兒屍骨在你這裡，交出來！」

「溫宮主，」巫生神色平淡，「巫蠱宗沒有少主的屍骨，請溫宮主切勿聽信謠言。」

「謠言？」溫容笑起來，「我兒的法術我認識，若非被人煉屍，絕不可能有一具白骨能用出我兒的法術。煉屍一事，除了你們巫蠱宗還有誰？」

「溫宮主，」巫生冷聲開口，「切勿妄言。」

「你……」

「若溫宮主不信，不妨入巫蠱宗一搜。」

聽到這話，溫容一頓，就看巫生抬眼，冰冷地看著她：「請。」

溫容聞言，廣袖一甩：「好，本座這就去搜，走！」

說著，溫容大步向前，領著眾人衝了進去。

巫生提步跟在溫容身後，平靜道：「此事太過湊巧，明顯是有人刻意為之，溫宮主切勿上……」

話沒說完，溫容頓住腳步，所有人安靜下來，愣愣地看著前方。

巫生察覺不對，疑惑回頭。

一抬眼，就看見正堂之上，一具白骨身著紫衣，頭戴玉冠，手中抱著一把白玉琴，端坐在正堂上方。

巫生瞳孔緊縮，溫容面容呆滯，片刻後，她顫顫出聲：「少清……」

說著，她踉踉蹌蹌撲上前去：「少清！娘來了，娘來接你了少清！」

她衝上前，抬手觸碰溫少清白骨。

然而她剛一碰，溫少清便化作飛灰散開。

巫生這才反應過來，急道：「溫宮主妳聽我解釋……」

話沒說完，只聽一聲咆哮，音波朝著巫生撲面而來，巫生同時祭出一個傀儡，同溫容的音波對轟在一起。

渡劫期與化神期的對峙帶來巨大靈力動盪，朝著遠處轟然而去，驚得四方修士猛地睜眼。

然而對峙不過片刻，畢竟一個大境界的差距，巫生支持不住，被溫容的音波猛地轟開。

他狠狠砸在牆面，隨後便被人一把捏住脖子，提到高處。

「查，」溫容死死盯著巫生，咬牙開口：「你給我查！」

「是。」巫生立刻出聲，喘息著：「溫宮主，我這就查，這就還巫蠱宗一個清白！」

「一個月，把凶手給我找出來，不然，我要巫蠱宗滿門弟子，給我兒陪葬！」

說著，溫容將巫生狠狠甩開。

她走回大堂，顫抖著手，跪在地面將白灰收集起來，放入一個瓷壇。

隨後抱起白玉琴，克制著情緒轉身，啞聲道：「走。」

巫蠱宗人跪了一地，送走溫容。

這時，花向晚走在長道之中，緩緩推開一扇黑金色大門。

大門之後，上百具棺木停在寬廣的房間中。

花向晚抬眼看去，給秦雲裳傳音：「找到了。」

秦雲裳冷眼看著溫容走遠，轉頭看了狐眠一眼：「動手吧。」

雷聲轟鳴而下，狐眠手中畫筆一轉：「好。」

雷聲轟隆，似有大雨。

千里之外，一道閃電轟在謝長寂的幻境之中，謝長寂一口血嘔出來，急急睜開眼睛。

他抬手抹了一把嘴邊鮮血，迅速起身，提著劍打開大門。

薛子丹聽見聲響，詫異回頭，只是還未反應過來，便被人用劍架著脖子，狠狠撞在身後柱子上。

「花向晚呢？」謝長寂揪著他的衣領，語氣中帶著殺意。

他殺巫媚那晚的記憶浮現上來，薛子丹咽了咽口水，想要安撫謝長寂：「那個你冷……」

話沒說完，謝長寂長劍一動，薛子丹立刻大吼：「巫蠱宗！」

謝長寂動作頓住，薛子丹趕緊道：「她去搶人，你想做什麼趕緊去，別和我折騰！」

聽到這話，謝長寂立刻放開他，轉身就走。

走了兩步，他突然想起什麼，回頭看向薛子丹：「你從道宗追到狐眠花了多久？」

「三個……不是！」薛子丹突然反應過來。

謝長寂死死盯著他，片刻後，他冷淡出聲。

「好得很。」

說完，他提步往前，消失在夜色之中。

大雨傾盆而下，薛子丹看著空了的院落，深深舒出一口氣。

片刻後，他突然意識到謝長寂之前做過什麼。

溫少清那骨頭他一看就知道是劍痕，絕對不是冥惑幹的。

之前他還是「雲清許」時謝長寂就對他恨之入骨，要是知道自己是花向晚的前任，還故意單獨在房間給花向晚「解毒」，他真的要宰了他。

太危險了，他不能再留了。

意識到這點，薛子丹立刻回頭去收拾東西，一面收拾一面給花向晚傳音：「阿晚，謝長寂認出我是雲清許了，他現在去巫蠱宗找妳，我先跑了，妳好自為之。」

第五章 滅宗

這是巫蠱宗的地宮。

放下溫少清的屍骨後，趁著溫容和巫生糾纏，她用神識掃過整個巫蠱宗，隨後快速到了地宮之中。

這兩百年她所學博雜，製毒、法陣無一涉獵頗精，她悄無聲息解開地宮封印，來到地宮大殿。

大殿是一個寬闊的空間，裡面陳列著密密麻麻的棺木，周邊是西境信奉的各路尊神神像，或坐或立，或怒目猙獰，或手執蓮花，配合著大殿中的棺槨，看上去異常陰森。

花向晚抬手一揮，大殿燭燈亮起，燈火通明，就看見正前方是整個大殿中最大的一座神像。

它矗立至頂，人在它面前顯得異常渺小，神像是男女兩神，擁抱交合在一起，看上去就成了一尊。

這是西境大多數人供奉的陰陽合歡神，傳說中創造西境的主神。

花向晚看著棺槨，用神識一一確認了身分，隨後給秦雲裳傳了消息：「找到了。」

秦雲裳盯著不遠處走出巫蠱宗的溫容，冷聲道：「知道了，妳先確保他們的安全。」

巫蠱宗既然拿他們煉屍，如果真的動起手來，或許會將合歡宮弟子的屍首召出，若屍首被破壞，他們這一趟就白來了。

花向晚應聲：「放心，我安排好通知妳。」

說著，花向晚手上結印，為整個大殿設下結界，隨後從乾坤袋中取出一把長劍，劍身抹過手心，她口中誦念法咒，每一滴血珠落下，都在空中變化成一道符文，過了片刻後，她輕喝出聲：「去！」

音落，血色符文飛向棺槨，一一貼到棺槨之上，在棺槨上亮起，隨後沉入木中。

用符文封住這些棺材，保證這些屍體與外界隔絕，不會受到巫蠱宗召喚，她又盤腿坐下，在地面畫出一個圓形法陣。

法陣極為複雜，每一筆都是用血繪製而成，灌入化神後期的靈力。

雖然是化神後期，但法陣已經隱約有了渡劫期的威力，花向晚一筆一劃，到最後幾筆，秦雲裳的聲音響起來：「阿晚，溫容走遠了。」

「去吧。」花向晚描上最後一筆，冷靜開口：「我馬上啟陣。」

說著，她抬手按在法陣中間，法陣迅速往外擴散，與此同時，天空中出現一道透明薄膜，和地面的法陣相互回應，緩慢銜接在一起。

巫生正在房中大發雷霆，他冷冷看著眾人，怒喝：「有人闖進來都不知道，做什麼吃的？

溫少清怎麼會在這裡？原本在這裡的人呢？都死了？」

說著，他便察覺靈力不對，片刻後，有人顫抖出聲：「天……天變了！」

所有人看見天空似乎被一層薄膜籠罩，巫生瞬間察覺不對，立刻給鳴鸞宮發信求救，然而他的傳音根本無法穿透薄膜，他頓覺不好，正要吩咐什麼，就聽外面傳來「轟」的一聲巨響，隨後有人衝進屋中，急道：「宗主，有人帶人闖進來了！」

「何人？做什麼？」巫生扭過頭去，冷聲詢問。

衝進來的弟子喘著粗氣，如實回答：「她說她叫狐眠，來取你狗命。」

聽到這話，巫生一愣，片刻後，就看上方薄膜呈現出血紅花紋，花紋上一個個光點亮起，眾人還沒反應過來，光點突然化作血劍，朝著地面如雨而下！

尖叫聲瞬間傳遍整個巫蠱宗，高階弟子反應過來，立刻開啟法陣抵擋，外面傳來砍殺之聲，巫生看著弟子被血劍誅殺，這才反應過來。

他捏起拳頭，稍作鎮定，只道：「錢長老領所有弟子去正門，來者殺無赦，另外兩位長老隨我去找布陣之人，只要陣法一破，來者不足為懼。」

說著，巫生慢慢冷靜下來，他看各懷鬼胎的長老們一眼，出聲提醒：「今夜來的是合歡宮的人，大家誰都跑不掉。」

聽到這話，眾人一愣，隨即意識到來的人是為什麼。

下面的弟子不清楚，可這些長老卻是清楚當年發生過什麼，他們的臉色皆是一白，巫生見穩住眾人，甩手朝地宮走去，冷聲道：「走。」

來的既然是狐眠，那她一定是在溯光鏡中看到過去，知道了合歡宮弟子屍首的去向。

既然來人已經悄無聲息將溫少清的屍骨放下，那一定也會找到地宮。

他一面召喚煉製好的凶屍，一面領著人往地宮趕。

從地面往下，是一條狹長甬道，巫生領著兩個長老和一干凶屍衝進甬道，便看見路上一地弟子屍首。

巫生抿了抿唇，手上撚了個法印，兩個長老也十分緊張，能這麼無聲無息來到地宮，對方必然在化神期以上，甚至是更高的修為。

合歡宮三位長老都是化神期，可若是那三位長老，決計布不出方才的法陣，可除了那三位，合歡宮還有誰有這樣的能力？

花向晚那個金丹半碎的半吊子不可能，花染顏渡劫失敗後就纏綿病榻更不可能。

三人不斷思考著來人是誰，走到一半，就看見一個穿著白色宮裝的女子背影。

巫生動作一頓，三人警惕起來，巫生恭敬道：「敢問閣下為何擅闖我巫蠱宗地宮？」

「我為何而來，」花向晚慢慢回頭，看向不遠處的巫生，微微一笑，「你心裡不清楚嗎？」

「花向晚！」

巫生猛地睜大眼，話音落下的瞬間，血色藤蔓從地下瘋狂而來。

巫生反應極快，足尖一點，便退後了去，抬手一召，凶屍瘋了一般撲上前。

花向晚的劍抹過手心，盯著迎面撲來的凶屍，目光微冷。

而後她左手一甩，法陣朝前方而去，封住三人去路，右手長劍橫掃，直接將撲來的凶屍切成兩半！

血色藤蔓從巫生三人腳下騰空而起，巫生三人手中法光大綻，兩位長老控制住藤蔓，巫生的法咒朝著花向晚轟去。

甬道狹窄，不利於多人作戰，這剛好便宜了花向晚。

巫生看了一眼，手上結印，瞬間出現在花向晚身後。

花向晚察覺他的靈力走向，藤蔓緊追而去，隨即回身一劍轟砍而下！

巫生袖中長劍驟出，硬生生接下花向晚一劍，同時另外一位長老手中道光朝著花向晚擊來，逼著花向晚脫開左手用法陣攔住長老的道光。

兩個人左右夾攻，僵持之間，法陣從花向晚腳下升騰而起，三個人同時念咒，法光如蛇而出，瘋狂襲向花向晚，花向晚被困在陣法之中，劍光密不透風，將試圖衝向她的光蛇一一斬盡！

她的劍光極快，三人額頭有了冷汗。

巫生之前才被謝長寂傷過，方才又被溫容所傷，現下雖然是同另外兩個長老合力困住花向晚，卻也感覺吃力。

察覺巫生的狀態，其中一位長老急道：「宗主，她就是靠靈氣珠，再撐一會兒就好了！」

「靈氣珠？」聽到這話，花向晚在法陣中笑著回頭，長老察覺不對，但他來不及反應，只聽一聲：「那可真是讓你們失望了。」

音落那剎，強大的靈力朝著周邊轟然而去，將三人猛地震飛。

花向晚失去禁錮，劍如長龍，身如鬼魅，帶著劍的清光出現在兩個長老面前，俐落地劃過他們脖頸。

看見長老被殺，巫生捂著胸口，果斷轉身就逃。

凶屍在他操控之下朝著花向晚抓來，花向晚一人一劍，一路劈砍而去，不消片刻，便把凶屍清理乾淨。

她提著染血的劍，疾步追向巫生，巫生瘋了一般衝向前方，在花向晚一把抓到他之前，猛地衝進地宮，轉頭大喝：「慢著！」

花向晚停住腳步，巫生站在上百棺木面前，他喘息著：「妳要是敢再上前一步，我就自爆元神，同這裡一起毀了！」

花向晚不說話，她看著不遠處的巫生，想了想，卻是笑起來：「兩百年了，未曾想，你還用劍吶？」

聽到這話，巫生臉色一白，花向晚的目光落在他被逼拔出的劍上，似是思索：「我真是好奇，沒有愛魄的人，是什麼感覺。」

「妳想說什麼？」

「沒有愛魄之人，感受不到這世間之愛，」花向晚走進來，巫生忍不住後退，聽花向晚緩慢開口，「無論父母、親友、妻兒，乃至世間萬事萬物，留給你的都只有憎怨苦恨，如今巫宗主也算名利加身，不知感受如何？」

「妳讓我走。」巫生喘息著，似是完全聽不懂花向晚的話，「巫蠱宗妳滅了就滅了，我什麼都可以不要，今夜之事我絕不會透露半點，讓我離開。」

「走？」花向晚停住步子，似是覺得好笑，「你說我會讓你走嗎？」

巫生動作頓住，花向晚繼續思索：「你換了臉，屠了斷腸村，不承認秦憫生的身分……」

「我不是秦憫生。」

「如果你不是，」花向晚抬頭，「你換臉做什麼？」

「我沒有換臉。」巫生咬牙。

花向晚盯著他，面上笑容異常溫柔：「我可以幫你復原，然後告訴狐眠師姐，你做過什麼。」

聽到這話，巫生捏起拳頭，花向晚從他眼中看出惶恐。

她走向他，看著他的眼睛，巫生警惕地看著她，隨即聽她輕聲詢問：「哪裡弄來的眼睛？挖別人的吧？」

「當年師姐挖自己的眼睛，就是不想害人。若她知道，一定很失望。」

「閉嘴。」

「秦憫生，如今棺材裡躺著的，是師姐的同門。」

「我不是秦憫生。」巫生不斷強調。

花向晚輕笑：「你害過他們一次，還想害第二次嗎？這兩百年，你交換的東西，後悔嗎？」

「我說我不是！」巫生再也忍不住，猛地揚劍出手，然而花向晚動作更快，長劍朝著巫生揮砍而下，左手同時化出一道法光，一掌擊在巫生腹間。

法光在巫生腹間織網，頃刻入侵神識，牢牢鎖住他的元嬰，巫生的長劍被花向晚一劍斬斷，隨後捅進胸口。

這時外面傳來腳步聲，狐眠的聲音響起來：「阿晚？阿晚妳還好嗎？」

「要見麼？」花向晚盯著巫生：「要不要我幫你恢復你的容貌？」

巫生聞言，他顫抖著，緩慢抬頭：「不。」

「秦憫生，」他說話間，血從嘴裡溢出來，「死在，兩百年前。」

「為什麼要屠斷腸村？」花向晚問出疑惑。

外面的腳步越來越近，巫生眼中帶著幾分瘋狂，他抬手放在劍上，咬牙：「那是屬於秦憫生的。」

折了劍。

改了容貌。

換了身分。

屠殺了斷腸村。

屬於秦憫生的一切，都被他抹殺殆盡。

「你恨秦憫生？」花向晚從他神色中品出毫不遮掩的怨恨，奇怪道：「為什麼？」

聽到這話，巫生笑起來，他臉上詭異的紋路因為笑容扭曲，和眼中隱約的水汽相互交映，看上去格外瘋狂：「因為……愛是他的。」

他的聲音很輕，花向晚一愣，就看他從劍尖猛地退開。

而後他捂住傷口，踉踉蹌蹌朝著門口走去。

他眼中是克制著的期許和渴望，他的腳步和狐眠的腳步聲交織在一起，當狐眠推開大門入內時，他朝著她張開雙臂撲了過去。

他沒用任何靈力，也沒有任何武器，花向晚看出來，他只是想去抱一抱狐眠。

然而狐眠在他撲過來的瞬間，毫不猶豫，一鞭子狠狠將他甩開。

他被狐眠的靈力重創甩到地上，全身筋骨盡斷，趴在地上再也無法起來。

可他還是掙扎著，只是他的掙扎看上去太過微弱，像是整個人趴在地上蠕動。

狐眠意識到這是誰，立刻咬牙：「巫生？」

說完，她猛地上前，一把拽起巫生，狠狠捏在他脖頸之上。

「等等！」花向晚急促出聲。

狐眠回頭：「怎麼了？」

就是那刻，巫生猛地往前一撲，伸手將狐眠死死抱進懷中，狐眠也是毫不猶豫，一掌貫穿了他的心臟，怒道：「放開！」

「是我的。」巫生的神色漸漸渙散，可他眼中卻露出幾分高興，他看向花向晚，含糊不清：「是巫生的。」

這個懷抱，與秦憫生無關，是他巫生爭過來的。

他腦海中盡是「秦憫生」的回憶。

他的母親，他年少的好友，他的狐眠。

明明他體會不到那些愛與美好，可他卻生了嚮往和渴求。

他不懂愛和善，他只有恨。

他恨秦憫生，因為他帶走了巫生所有美好的東西。

這兩百年，他從未有過片刻安穩，他痛苦不安，他焦慮發狂，可直到此刻，他抱著狐眠，終於緩緩閉上眼睛。

狐眠愣愣地抱著他，她直覺有什麼發生，卻不知道，只感覺左眼莫名流出眼淚，她茫然地抬頭看向旁邊花向晚，只問：「怎麼了？」

花向晚不說話，她看著左眼流著淚的狐眠，過了片刻，她擠出一抹笑：「沒什麼，外面如何？」

「秦雲裳還帶著人在清理，」狐眠反應過來，將巫生一推，站起身來，踩著巫生的血走過去，冷靜道：「我帶人先過來。」

「我開好傳送陣了。」花向晚看了不遠處的法陣一眼：「妳帶他們回去吧。」

「好。」狐眠點點頭，她掃了滿殿棺木一眼，好久後，啞聲開口：「師兄師姐，師弟師妹，狐眠和阿晚，來帶你們回宗了。」

說著，狐眠跪地叩了三個頭，隨後站起身來，抬手招呼靈北：「抬棺。」

弟子應聲，一人一具棺槨扛著躍入傳送陣離開。

花向晚看著大殿中弟子帶著棺槨一個個消失，沒過片刻，秦雲裳也帶著人走了進來。

她全身濕透，身上帶血，花向晚看了她一眼，只道：「如何？」

「差不多在收尾了。」秦雲裳擦了一把臉：「我讓靈北在外面把剩下的屍體處理乾淨，還有二十多個弟子在逃，靈北正在搜，一會兒應該就有結果。望秀呢？」

秦雲裳說著，轉頭看向旁邊，狐眠拍了拍手邊棺木，提醒秦雲裳：「這兒呢。」

聽到這話，秦雲裳立刻走過去，到棺木前，她的腳步頓了頓，片刻後，她深吸一口氣，走上前，打開了棺木。

兩百年過去，棺木中的人卻始終保持著兩百年前的樣子，他的身體被人細細縫合，看上去睡得極為安詳。

秦雲裳靜靜看著，好久後，她艱難地笑起來：「沒好好打扮來見你，你是不是又想挑刺？

不喜歡也沒有用，我就是這麼難看，你受著吧。走。」

秦雲裳合上棺木，將棺木扛起來啞聲道：「我帶你回去。」

說著，她轉頭看了旁邊兩人一眼：「我先走了。」

秦雲裳帶著程望秀的棺木踏入傳送陣，狐眠也背起蕭聞風，轉頭看著花向晚道：「妳處理後面事宜，我也先……」

話沒說完，一股罡風從外猛地吹來，靈北「轟」的一下，撞開大門砸進大殿。

花向晚和狐眠瞬間回頭，就看門口出現一個身影。

他周身被雨淋濕，手上提著一把用布帶封著劍刃的長劍，白衣沾染了幾滴鮮血，宛若點綴。

他皮膚很白，平靜的神色透出一種說不出的病態，靈北咳嗽著起身，轉頭看向花向晚：「少君突然出現，我們都攔不住……」

「退下。」謝長寂冷淡出聲，語氣中沒有半點可商量的餘地。

花向晚從他身上覺出幾分危險，她的心跳得飛快，捏起拳頭，面上卻故作鎮定，吩咐靈北：「先把餘下的事處理了，之後你自己從傳送陣離開。」

「是。」靈北不敢多說，趕緊起身出去。

狐眠掃了兩人一眼，結巴道：「那……那我也走了。」

說著，她低著頭，一腳踏進傳送陣，消失在大殿。

大殿中只剩下花向晚和謝長寂，兩人靜靜對視，漫天神佛圍觀下，花向晚輕輕一笑。

「啊，」她似是有些感慨，「你竟然來了。」

水從他身上滴落而下，順流到地面，和血交融在一起。

花向晚盯著面前的人，面上帶笑，神色冷淡，心中卻像是拉緊的弓弦，悄無聲息捏起拳頭。

她不能讓他留在這裡太久，留得越久，他越容易察覺她的變化。

「我不該來？」謝長寂肯定開口。

花向晚輕笑：「當然。」

「為什麼？」

「兩宗結盟，」花向晚似有幾分遺憾，「我還是想在清衡上君面前，保留幾分體面的。」

「兩宗結盟，」謝長寂聞言，目光中帶著幾分嘲弄，「妳至今還是如此覺得？」

「不然呢？」花向晚疑惑，「難道，我與上君還有其他？」

謝長寂捏緊長劍，他盯著花向晚，啞聲開口：「別這樣說話。」

「這樣說話，的確傷人。」花向晚嘆了口氣，帶著幾分無奈：「本來想和上君繼續演和和睦睦，但上君不願意，執意追來，我也只能實話實說。」

「實話實說……」謝長寂重複了一遍，他的目光移落到花向晚手中的劍上，「妳同我說過實話嗎？」

花向晚心上微顫，她直覺他或許知道什麼，但片刻後，她還是笑著道：「之前或許有欺騙，但今日，皆為實話。」

謝長寂聽著這話，抬眼看向她，眼中帶著冷：「所以，妳的實話是，除卻宗門之外，妳我再無其他。」

「自然。」

「妳不需要我。」

「我需要的只是天劍宗。」

「妳沒有動心。」

「這是自然。」花向晚微微仰頭，說得肯定，「謝長寂，我不對放下的人動心。」

謝長寂沒說話，他閉上眼睛，低啞出聲：「妳還是騙我。」

音落，他身後大門「砰」地合上，寒風自他周身而來。

花向晚直覺不對，看著他的動作，不由自主握劍指在前方地面，看似隨意的動作，卻將周身要害護住。

「怎麼？」花向晚警戒地笑起來：「你不會因為這點事和我動手吧？」

謝長寂沒有應答，布帶從他的劍上一圈一圈打轉飄落而下，露出銳利的劍鋒。

「既然妳不願意說，」冰雪從謝長寂腳下一路往前，渡劫期結界張開，謝長寂忽地睜眼，「那我來說。」

言畢剎那，他猛地揚劍，朝著她急襲而來！

花向晚睜大眼看著劍意撲面而來，她第一次直面謝長寂渡劫期毫無保留的劍意，只覺整個空間彷彿被冰雪之氣包裹，泰山傾崩而下，她根本不敢硬接，足尖一點疾退往後，慌忙出聲：「謝長寂！」

謝長寂沒有回應，唯有劍如針尖密雨，密密麻麻而來，封死她所有去路。

她根本沒有反抗之力，只能被動承接下他所有劍招。

他有多快，她就必須有多快，只要稍有差池，劍尖會立刻穿透她身體！

這樣密不透風的疾劍讓她毫無喘息時機，瞬息接下上百劍後，她便覺得筋脈隱隱作痛。

同巫蠱宗那些廢物交手，她用劍尚未到極致，可如今面對謝長寂這種頂尖高手，她全盛時期都未必能夠一戰，如今筋脈剛剛恢復，又哪裡有還手之力？

她迅速意識到這樣下去到最後怕是會被謝長寂耗死，乾脆將劍用靈力一震，劍身當即變軟，猶如靈蛇一般纏上謝長寂的劍，限制住謝長寂的動作，謝長寂毫不猶豫挑劍而起，花向晚順著他的力道，在空中一個倒空翻，乾脆棄劍躍開！

謝長寂將她的長劍震碎的瞬間，花向晚已躍到遠處，袖中符篆如雨而出，環繞在謝長寂周身，隨後朝著不遠處傳送陣就縱身一躍！

她和謝長寂打毫無勝算，乾脆先跑為上。

察覺她的意圖，謝長寂眼神驟冷，周邊靈氣瞬間暴漲，他一劍橫掃如彎月，純白色的劍光轟開符篆，直襲向傳送法陣旁的花向晚！

花向晚看見那道劍光，一時再也藏不住，體內靈力爆開，猛地拔出乾坤袋中塵封已久的「尋情」，迎著他的劍意便是一劍劈下！

兩道劍意衝撞在一起，將地面傳送陣橫切成兩半，謝長寂沒給半點喘息之機，隨即拔劍而來，第二劍如白龍長嘯，花向晚知道躲閃不及，以攻為守，和謝長寂狠狠撞在一起。

她的虎口受震流下血來，兩人面對面隔著劍幾乎貼在一起。

「想殺我？」花向晚被激出戰意，忍不住笑起來：「怎麼，覺得我濫殺無辜，想對我動手了？」

「妳靈力運行完整，修為已至化神巔峰，距離渡劫半步之遙。」

劍鋒交錯而過，在大殿如鷹嘯鳳鳴。

謝長寂冷靜地說出自己想要的結果，花向晚立刻知道他拔劍的意圖。

劍和劍砍在一起，兩人每一劍都帶著十分力道，花向晚目光微冷，語帶嘲弄：「所以呢？」

「妳不需要雙修道君，也不需要來天劍宗求親。妳來雲萊，另有所圖。」

劍和劍狠狠相撞，兩人被力道激開，落地之後，沒有片刻停歇又重新交戰在一起。

「妳和秦雲裳相識，所以初見被伏擊一事就是妳設計的，為的就是讓天劍宗懷疑妳又不能確定，帶妳去找靈虛祕境，妳怕我們直接把你們送回天劍宗。」

花向晚的眼神涼下來，劍勢加快，左手一個個火球砸去。

謝長寂神色自若，躲著她的劍和法陣，繼續說著她撒過的謊言：「而後妳發現『謝無霜』入魔，想利用惑心印迷惑『謝無霜』心智，讓他為妳所用。可以『謝無霜』的修為，妳直接動手會被察覺，只有他主動將入夢印放在身上，妳才更容易布下真正想放在他身上的惑心印，於是妳故意引誘沈修文，將入夢印放在他身上，讓『謝無霜』看到。」

「之後妳故意在靈虛祕境開啟時讓秦雲裳將妳踢入度厄境，逼著謝無霜救妳，再在度厄境中入魔拖延時間，逼著謝無霜重傷。」

聽著這些，花向晚心跳得飛快。

他猜到了嗎？

他的確該猜到了。

祕境中他看見秦雲裳和她相識，又得知她承襲了她母親所有靈力，他還是謝無霜本人……

以他的聰明，現下直接動手，那就該看出，在雲萊她是故意被秦雲裳襲擊，故意拖延「謝無霜」的時間，而她本身也不需要結親，所以去雲萊的目的，昭然若揭。

既然知道，今日他一定會殺了她。

兩百年前他選擇了蒼生大義，今日也是一樣。

可她不能死。

合歡宮才開始，她不能死在這時候！

意識到這一點，她咬牙將所有靈力灌入長劍，朝著謝長寂的長劍狠狠一劈。

謝長寂察覺她這一劍力道太盛，右手當即棄劍，左手從虛空一拔，問心劍橫掃而出，和尋情狠狠撞上，兩把劍在半空相交，謝長寂用問心將尋情一絞，便將兩人的動作限制住，誰都動彈不得。

花向晚手上鮮血順著劍流下來，她渾身筋脈疼得發抖。

她咬了咬牙，下定決心。

她能用尋情了。

既然能用尋情，那她或許能打開鎖魂燈的封印，魘靈當年用問心劍和鎖魂燈一起封印，她換血之後再也不能感應自己和謝長寂的法器，可如今能用尋情，那可能也可以打開這兩者的封印。

不管能不能，她都只能一試！

她的血液流轉得飛快，朝著謝長寂一掌轟去，同時口中誦念咒語，打算解開鎖魂燈封印。

察覺到她要做什麼，謝長寂毫不猶豫，一把將她攬入懷中，猛地吻了去。

法陣轟在他身，他悶哼一聲，壓著花向晚抵在身後一張用於供奉的神壇上。

花向晚沒到他會在這種時候做這種事，驚得睜大了眼。

「我知道。我都知道。」

他吻著她，左手驟然用力，就將兩人的劍絞在一起，花向晚吃痛鬆開，兩把劍便被他卸下扔到一旁。

她用沒握劍的手砸向他，他一把按住她的手，一面將她壓到神壇深吻，一面抓著衣帶狠狠撕下。

裂帛之聲驟響，涼意襲來，花向晚得了機會，一把抽過抓住尋情，果斷抵在謝長寂脖頸。

他也在同時停住動作，兵臨城下。

兩人靜靜對視，花向晚急促呼吸著，握著劍的手滴著血，微微顫抖。

陰陽交合神像立在不遠處，垂眸看著對峙的兩人，謝長寂被劍抵著，神色平靜，一點一點往前，澈底占有她。

「妳可以殺了我。」

他冷靜出聲，血從他脖頸滲出，滴落在她臉上。

花向晚清晰感覺到劍下血肉被切開的觸感，只要再往前一點點，她就能澈底切開他的血管，再用力幾分，就能割斷他的咽喉。

他的疼和她的疼交織在一起，她死死捏著自己的劍柄，她清楚感知到她放任了什麼，咬緊牙關，低聲叱喝：「滾出去。」

但他不聽，反而從容俯身，冷靜中帶著懾人的偏執靠近她。

「可妳不會。」

「你想要做什麼？」花向晚感覺他緩慢的動作，咬牙挑釁笑了起來：「就想做這事兒？」

「妳總撒謊，」他貼近她的唇，額頭輕抵上她額頭，「所以，我自己來看。」

說完剎那，他的靈力自接觸之處猛地傾貫而入，花向晚察覺他要做什麼，毫不猶豫，手上長劍猛地朝著他的脖頸切下，怒喝：「放開！」

然而謝長寂動作更快，一手猛地按住她的手腕，將她狠狠壓在神壇之上。

尋情砸在神壇上滾落而下，他死死抱住她，像是巨蟒纏上獵物，盤旋著將獵物絞殺在自己身體之中。

她掙扎不開，只能感覺靈力一路流入筋脈，灌入金丹，從她半碎的金丹運轉而過，流向周身。

他的神識探入她的識海，花向晚感覺識海彷彿轟然炸開，兩人的識海交疊在一起，兩個瑩白色的小人在識海相遇。

元嬰相遇，最貼近本真的存在彷彿有一種引力，自然而然相互吸引，隨後糾纏。

小人在識海中擁抱在一起，隨後如同兩人身體一般動作。

雙倍感覺在識海還周身爆發，花向晚仰起脖頸，死死抓住謝長寂，抓出一道道血痕。

元嬰交融，才算雙修結契，結契之後識海一覽無餘，當即無限制擴大，將所有疆域展露在雙方面前。

謝長寂的神魂直入她的識海之中，一路穿過層層疊疊記憶，尋找他所感應到的位置。

花向晚掙扎起來，他盯著前方，死死按住她，直到最後，他看見一道屏障立在不遠處。

「在這裡。」他平靜開口，一劍猛地斬去，屏障瞬間碎裂開來。

花向晚激烈一顫，隨後兩人都清晰看見，一顆被血色包裹的巨大橢圓球體在她識海深處的虛空中亮起來。

這個球體像一顆心臟，上面血管交錯分明，「砰砰」跳躍著，問心劍和鎖魂燈交織而成的封印流轉在球體周身。

花向晚得了機會，一腳狠狠將他踹開，隨即轉身就跑。

他一把將人拖回來，抱在懷中，重新和她貼合在一起，語氣冷靜：「魘靈在妳這兒。」

「放開！」

「所以妳怕我。」

「我沒有！」

「妳不讓我跟過來，是怕我知道妳的實力，知道妳其實根本不用去天劍宗。」

他彷彿在懲罰她，激烈起來。

「妳不想和我有牽扯，不想要我留在西境，是妳怕我發現魘靈在妳這裡。」

「妳騙我，從頭到尾都在騙我。」

花向晚不說話，她知道否認已經沒有意義。

「你既然知道，」花向晚整個人如水一樣波動，汗順著頭髮落到脖頸，她扶著前方神壇，冷靜出聲，「那你不殺我？」

謝長寂聽著她的話，將手指插入她手指之間，十指相交，按在神壇之上，彷若宣誓。

「我永遠不會殺妳。」

「哪怕我拿了魘靈，未來成為魘靈之主？」她回頭看他，嘲弄出聲，「魘靈會給人最強大的力量，但操控人心智，如果我真的解開魘靈封印，失了理智濫殺無辜禍害蒼生，」她死死地盯著他，「你真的不會殺我？」

「不會。」謝長寂捏著她的下顎吻向她：「不會有這麼一天。」

「我會陪著妳，妳要殺誰，我幫妳殺。妳要報仇，我幫妳報。妳要魔主之位，我幫妳取。妳要振興合歡宮，我陪妳一起等它興盛。」

「妳永遠，永遠都不會有用到魘靈的一日。」

聽著這話，花向晚心上微顫，但眼中卻極為冷靜，她意識到什麼，咬牙提醒他。

「謝長寂，你這是私情。」

「是。」他緩慢睜開眼，如高山松柏護在她身後，坦然承認：「我於妳，就是私情。」

「那你的道呢？」花向晚猛地提高了聲，急聲詢問：「你修道兩百年，距離飛升一步之遙，你於我有私情，你的道呢？」

謝長寂沒有回應，他注視著她，好似要從她眼中將一切看穿。

花向晚當他無言，便笑起來，感覺自己似乎又贏了一次：「你看，你才是個騙子。你若當真喜歡我，又如何能好好站在我面前？你不過是不忍殺我，又怕魘靈出世，端了理由來騙我。

何必呢？」

她眼中帶著幾分倔強：「若我當真放任魃靈出世，你把我殺了就是。不用逼著自己為我殺人，也不必逼著自己與我雙修，我知道你是聖人，你一心求你的大道，那去求就是了，何必騙我？你說你喜歡我，能有幾分喜歡？你給我滾回雲萊去，日後要殺我就回來殺，少給我……」

話沒說完，他猛地吻了下來，封住她要說的話。

花向晚的手肘朝後擊去，他卻進一步死死抓住她，將她壓在懷裡。

花向晚掙扎得越發厲害，他吻著她將她壓在神壇上，與她十指相交。

剎那間，識海之中，無數記憶翻飛而來。

她看著青年修為盡散，看著天雷轟鳴而下，看著他手握桃花。

她看見他一劍一劍刮了溫少清，故意害死雲清許，故意殺了巫媚。

看著他在每夜與她鮮血交融，看他在夢境冰雪中與她共赴雲雨……

她愣愣地看著這些畫面，僵在原地。

「看到了嗎？」謝長寂的動作和回憶中的激烈程度成正比，他覆在她耳邊：「我不是聖人——」

他喘息著：「這世上，沒有我這樣的聖人。」

「我殺人不是為妳，是為我自己。」

「我雙修不是為妳，亦是為我自己。」

「我時時刻刻想著妳，想要褻瀆妳、侵占妳、擁有妳，想妳一切都與我相融，想妳的血肉為我所塑，金丹為我生，妳的靈力，妳的一切……都歸屬於我。」

「花向晚。」

他猛然抽身，將呆愣著的花向晚抱起來，放在神壇之上，隨後又將她從神壇一把拉下，重新交融在一起。

花向晚咬唇將悶哼隱入唇齒，死死盯著面前站在神壇邊緣的青年。

光落在她白玉雕琢一般的身軀之上，泛著柔光，他仰頭看著她，目光是壓著狂熱的平靜，虔誠得像是看著自己的神。

「我不是妳心裡的謝長寂。」

說著，他靠近她，貼近她的面容，抬手覆在花向晚腦後。

「我知道，妳不會愛這樣的我。」

他手上用力，花向晚暗暗對抗，卻還是被他逼著一點一點和他的唇貼在一起。

她全身都為他所有，牙關輕輕打顫。

陰陽合歡神率領眾神在上，於萬千盈盈燭火之間，低頭俯視著這大殿中瀆神的青年。

他閉上眼睛，呢喃出聲：「可我愛妳。」

第六章 坦誠

花向晚說不出話。

她聽著他的言語，感覺他纏綿又深入地吻著她，忍不住將撐在身後的手捏成拳。

她看著滿天諸神，不敢出聲。

碧海珠在她頸間搖搖晃晃，提醒著她不可沉淪，卻又止不住眼前的人帶給她的所有愉悅。

謝長寂一把拽開碧海珠，花向晚死死握住。

兩人僵持著，謝長寂抬眼看她。

好久後，謝長寂鬆開手，卻是將她翻過身來，不肯看她。

她不知道過了多久。

她有些分不清時間、地點。

只隱約聽見靈北通知她，一切都已經處理好。

她該走，可她走不了，她被他糾纏著，這時她才突然意識到——

他才是這世上惑人心智的邪魔，披著聖子外皮，卻一步一步蠶食人心。

「謝長寂。」她無奈，只能回頭看他，面前的人垂下眼眸，就看花向晚眼眶微紅，沙啞催促：「快點。」

謝長寂捏著她的腰的手驟然收緊，低頭吻了下去。

光影交錯，燭燈垂淚，他們似若地宮神像，交織糾纏。

等到最後一刻，兩人皆是大汗淋漓，花向晚坐在神壇上和他額頭相抵，喘息著提醒他：「天快亮了。」

「我來處理。」謝長寂喘息著開口，抬手從乾坤袋中取出一件外套披在花向晚身上，吩咐：「稍等。」

說著，他轉身抬手一劍甩出，飛劍沿著地宮橫掃而過，地宮地面瞬間炸開，隨後長劍撞擊在地宮神像之上，神像寸寸碎裂。

花向晚仰起頭來，看見一座座神像轟然坍塌。

謝長寂走回她面前，將她打橫抱起，又蓋了一件外套在她身上，才道：「走吧。」

碎石鋪天蓋地，塵煙滾滾，花向晚靠在他胸口，感覺周邊空間扭曲，疲憊合眼。

沒一會兒，花向晚感覺周邊亮了起來，她聞到晨風的氣息，剛聽見靈北一聲：「少……」

隨即就聽見跪地的聲音。

她迷惑地睜眼，看見靈北領著人跪在地上，頭都不敢抬。

謝長寂抱著她從人群中從容而過，花向晚這才想起自己這一身打扮，饒是她自認臉皮極厚，此刻也尷尬起來。

她不敢看靈北，將臉埋在謝長寂懷裡，假裝睡著，謝長寂抱著她直接進了屋中，轉頭吩咐：「打……」

花向晚聽他的話，趕緊起身，抬手捂住他的嘴。

謝長寂看著她，片刻後，他領悟了她的意思，拉下她的手，只道：「我給妳打水。」

聽著這話，花向晚放心下來，雖然還是覺得有些不好意思，但要好上許多，她尷尬點頭，應聲道：「嗯。」

謝長寂起身去了淨室，花向晚舒了口氣，她看著手上一直亮著的傳音玉牌，抬手一劃，亂七八糟的傳信響了起來。

她先聽了靈北的彙報，靈北將巫蠱宗的處理細細說了一圈，都按照他們之前商議的，所有弟子魂魄拘禁，屍體用化屍水解決乾淨，同時把合歡宮動手的痕跡清理乾淨，但特意留下了之前溫容動手的痕跡。

之後是秦雲裳的消息，她把程望秀送回合歡宮，便立刻離開。她不能在合歡宮待太長時間。

再之後就是狐眠的消息，她先療傷睡下，順便問問花向晚情況如何。

最後……是薛子丹。

「阿晚，謝長寂認出我是雲清許了，他現在去巫蠱宗找妳，我先跑了，妳好自為之。」

聽著這話，花向晚的臉色有些不大好看，她無端生起了幾分火氣，也不知道是該怪薛子丹，還是怪誰。

她壓著情緒快速把所有人的訊息回了一遍，終於聽到謝長寂從淨室走出來，花向晚知道他放好水了，正想起身，就看謝長寂走到床邊，他沒說話，竟就直接把她抱了起來。

花向晚動作微僵，隨後趕緊道：「我自己能走！」

「妳不舒服。」謝長寂肯定出聲，抱著她走到淨室

她只穿了他的外衫，他輕而易舉拽下之後，她一絲不掛，這時脖頸上那顆碧海珠，就顯得異常引人注目。

謝長寂的目光落在碧海珠上，動作停頓片刻，他才道：「沐浴，取了吧。」

「不必。」

花向晚擺手起身，跨進了浴桶。

謝長寂站在旁邊，想了想，便也退了衣衫，跨入浴桶中。

花向晚一愣，就看謝長寂彷彿不帶任何情緒，平穩道：「我幫妳。」

花向晚說不出話，她看著面前的人清俊禁欲的臉，想著晚上的事兒——尤其是在他記憶中看到的事，感覺根本無法將這些和面前的人聯繫起來。

她有許多想問，卻不知道從哪裡開始，她坐在浴桶中由謝長寂清洗著所有，抿唇思索著，終於開口：「什麼時候開始懷疑我的？」

「在雲萊，妳逃婚，回來我就感應到了魘靈的氣息。」

「那是奪舍『沈修文』的人傷了我。」

「所以當時我沒有懷疑。」

謝長寂說著，花向晚垂眸看著眼前水波，透過清水，她可以清晰地看著他的動作。

「是什麼讓你注意？」

「畫卷幻境裡，妳認識秦雲裳。」謝長寂提醒她，「之後，妳又繼承了妳母親的靈力。再聯想我在謝無霜身體裡看到的，便有了猜測。」

「但你沒表現出來。」

「那只是猜測。」謝長寂從旁邊取了香胰子，擦在她身上，「而且，不管在不在妳身上，我要做的事都是一樣，所以並不在意。」

「那你還跟來巫蠱宗？」花向晚有些聽不明白：「既然你都不在意了，為什麼一定要到巫蠱宗來搞這一出？」

聽到這話，謝長寂沒出聲，他用香胰子給她搓澡的力氣大了些，花向晚不由得催他：「你說話啊。」

「妳想趕我走。」謝長寂突然開口，花向晚一愣，她沒想到自己的意圖這麼明白，而對方似乎知道一切，平淡道：「妳事事把我排除在外，找薛子丹幫忙都不找我，還想趕我走。最重要的是——」

謝長寂抬眼看她：「我再三同妳說過，要妳平平安安，妳還是不聽勸。」

「我……我哪裡……」花向晚有些心虛。

謝長寂冷靜地揭穿她：「刺殺是妳安排的，就是想讓人知道，妳昨夜不可能去巫蠱宗。」

罪證確鑿，花向晚不敢說話。

謝長寂繼續道：「妳受了傷，還要自己獨自去巫蠱宗，還特意給我下藥，將我排除在外。妳這樣讓我害怕。」

「怕……怕什麼？」花向晚有些結巴。

謝長寂看著她，語氣微澀：「怕妳有什麼意外。」

雖然她事事算好算盡，可他賭不起。

花向晚聽著他的話，看著面前的人，總覺得有些茫然。

如果是剛重逢時，他說這些，她絕對覺得他另有所圖，可現下相處時間長了，哪怕說著她覺得謝長寂一生都不會說的話，卻也有種「應當如此」的錯覺。

畢竟，畫卷幻境裡，十七歲的謝長寂和後來陪她半年的謝長寂，與面前這個人似乎沒有太大區別。

「那……」她遲疑著，「你不修問心劍了？」

「嗯。」

「那你——」花向晚擔憂出聲，「未來怎麼辦？」

「留在妳身邊，保證魘靈不出世，重新修道。」

花向晚沒說話，她抬眼看著面前認認真真做著這些瑣事的青年。

「謝長寂，」她不明白，「這真的是你的選擇嗎？」

「我的兩百年妳看過，」謝長寂舀水從她身上淋下，「妳若是我，還有其他選擇嗎？」

「那如果，」花向晚抿緊唇，她低頭，似是有些難堪，「我一輩子都不會再喜歡你呢？」

謝長寂動作一頓。

他的目光不由自主落在花向晚脖頸間的碧海珠上，他想問什麼，可又不敢開口。

溫少清的話烙在他腦海裡，活人永遠比不過死人。

這彷彿是一道詛咒，刻在他的世界。

沈逸塵死了，所以他連計較都顯得格外卑劣。

他垂下眼眸，輕聲道：「我也沒辦法。」

「我成為魔主的緣由之一，是想復活逸塵。」她如實開口。

謝長寂將水澆到她頭髮上，故作平靜：「嗯，我知道。」

「這樣也想留下？」花向晚盯著他。

謝長寂動作頓住，好久，他抬眼：「這輪不到我選。」

如果他有的選，就不會痛苦兩百年，不會從破心轉道，不會離開死生之界。

但他遇上這個人，他沒得選。

花向晚看著面前的人，她仰望他很久，習慣了他站在高處俯覽眾生，此刻他在她面前，像一個再普通不過的人，她竟然覺得有些不真實。

她莫名覺得有些難受，心裡像被刀剜了一遍。

「你不該喜歡我。」她啞著聲。

如果不喜歡她，他或許早就飛升，早就離開這個亂七八糟的小世界。

聽著她的話，謝長寂沒出聲，他看著她的眼睛，過了一會兒，伸出手去，溫柔的將她拉到懷中。

她靠在他身上，聽他輕聲開口：「不，我該早點喜歡妳。」

「喜歡妳，是我覺得人生中，最有意義的一件事。」

「妳能嫁給我，」謝長寂嘴角帶著幾分笑，「是上蒼給我的恩賜。」

「我很感激。」

花向晚不說話，兩人靜靜相擁，過了好久，謝長寂問她：「讓我留下吧？妳不必借助魘靈的力量，妳要什麼，我都幫妳。」

「若我想下地獄呢？」花向晚靠在他的肩頭，看著不遠處的架子。

謝長寂聽她莫名其妙的話，沒有覺得半點不妥，他順著她的話，只答：「我陪妳。」

一起沉淪地獄，一起揮霍人間。

花向晚聽著他的話，閉上眼睛。

過了好久，她終於出聲：「好。」

聽到這聲「好」，謝長寂微微垂眸，他感覺有什麼在他心裡輕輕放下，終於安定幾分。

花向晚靠著他，由著他清洗著自己，仔細想著未來。

謝長寂破心轉道……

那也意味著，問心劍如今已無人傳承。魘靈如果出世，再難有第二個謝雲亭封印它。

魘靈出自死生之界，問心劍是它最大的天敵，現下謝長寂破心轉道一事，絕不能讓第二人知曉。

她掂量不清謝長寂修道到底是什麼路數，乾脆直接詢問：「你如今不修問心劍，那修什麼？」

「修多情劍。」

「那你豈不是很花心？」花向晚聽到這個名字，有些好笑。

謝長寂搖頭，「多情並非指男女之情，問心劍求天道，期望脫離於凡塵俗世，以天道角度觀望眾生，窺察世間法則。而多情劍則與之相反，求的是人道。」

「人道？」

「以人之心，體會人世之欲，再駕馭人欲，成為世間法則的一部分。」謝長寂解釋著，「問心劍遠離人欲，多情劍則以此為劍。」

「所以，」花向晚有些明白，「你留在我身邊，也是修道？」

「妳就是我的道。」

花向晚不說話，她想著在他記憶中看到的破心轉道的場景。

渡劫期的修士，道心盡碎，修為便無法維繫，全部散盡。散盡之後，壽命也就到了盡頭，他早該成一具枯骨。

可他偏又心生執念，再生出了一顆道心，這顆道心在他心中藏匿多年，堅韌不催，於是頃刻間靈力再聚，直入渡劫。

花向晚垂下眼眸，雖然有幾分猜測，卻還是開口：「那你的道心是什麼？」

「妳。」

「若我死了呢？」花向晚詢問。

謝長寂想了想，只道：「我不知道。」

花向晚一時有些說不出話，破心轉道一事自古罕見，以人為道亦是聞所未聞。

她想了想，垂下眼眸，想了好久，才開口詢問：「既然已經轉道，怎麼不早說？」

「不想妳因此做決定。」他舀水從她頭上澆灌而下，她閉上眼睛，謝長寂替她搓揉著頭髮：「妳不想我可憐妳，我也不想妳憐憫我。」

「那現在就不是因此做決定了？」花向晚輕笑。

謝長寂用帕子擦過她眼睛上的水，聲音平淡：「妳心中清楚。」

她緩慢睜眼，看著面前神色平靜的青年，他和昨晚爆發時截然不同，平穩安定的像是沒有半點情緒。

這樣的眼睛彷彿能看到靈魂最深處，讓人為之輕顫，她不敢直視，想了想，挪開眼睛。

他好似什麼都沒發生，為她洗著頭，花向晚看他神色泰然，目光一晃，隨即透過層層水波，看見他與臉上表情截然不同的狀態。

她愣了愣，隨後意識到什麼，不由得挑眉。

謝長寂假裝沒有看見她在看什麼，為她清洗乾淨，便起身想要出去，淡道：「洗好了，我幫妳……」

花向晚沒等他說完，主動伸手攬住他的脖子，把他按在浴桶裡，笑咪咪出聲：「就這麼走了啊？」

謝長寂回眸看她，清俊的臉上一如既往，花向晚心裡癢癢起來，主動往前蹭上前去：「道君，你要不要……」

話沒說完，謝長寂法印一甩，花向晚僵在原地，謝長寂從容起身，自己尋了浴巾擦乾淨水，換上袍子，平靜道：「妳剛結契，金丹尚在恢復，需要打坐消化靈力，不要亂來。」

說著，他回身把人從浴桶裡撈出來，看著花向晚憤憤不平的目光，把人往浴巾裡一裹，迅速擦乾水後，像在擺弄一個娃娃一樣，給她一件一件穿上衣服。

他穿戴整齊，看不出任何異樣，花向晚看見他這不動聲色的樣子，想著剛才在水中看見的，忍不住挑釁：「你是不是不行？」

謝長寂動作一頓，片刻後，他給她重重繫上腰帶，語氣波瀾不驚：「不要記吃不記打。」

花向晚被這麼提醒，突然想起最後自己啞著嗓子喊的話，突然有些不好意思。

謝長寂幫她穿好衣服，又弄乾了頭髮，這才解開法咒，轉身往外：「出來吧，我幫妳理順靈力運轉。」

花向晚本來只是想逗弄他，只是他沒接招，她也覺得無趣，跟著謝長寂到了房間裡，兩人各自拿了蒲團，盤腿坐下。

「妳金丹半碎，如何運轉靈力？」

花向晚剛坐下來，謝長寂便詢問。

如今話說開來，花向晚也沒什麼好隱瞞，實話實說道：「我有兩顆金丹。」

「兩顆？」謝長寂皺起眉頭，他記得當年她應該是只有一顆金丹。

花向晚見他不解，笑了笑，似是漫不經心：「有一顆是我母親的，當年她在天劫中看到合歡宮的未來，為了給我求一條生路，便強行中斷了渡劫，我吸取了她所有修為之後，其實沒有能力承受這麼多靈力，便又挖了她的金丹，將她所有修為封存在這顆金丹之中，然後在師父幫助之下藏匿在身體之中，成為一顆除了我之外任何人都無法察覺的『隱丹』。」

她說得平淡，謝長寂垂下眼眸，遲疑片刻後，他拉過她的手，卻只問：「妳母親呢？」

她取了花染顏所有修為，又剖了她的金丹，按理來說花染顏早就不該存活於世，可如今合歡宮卻好好活著一個「花染顏」。

之前他沒問，是知道這是合歡宮祕辛，她不會說，可如今兩人話已經說到這種程度，也沒什麼不好再問的。

「是我師父。」花向晚實話回答，「當年母親身死，但她是合歡宮的支柱，也是合歡宮震懾外敵最大的存在，哪怕她渡劫失敗，只要她活著，就是合歡宮弟子的依賴和希望。所以師父頂替了她的身分，對外宣稱師父身死，母親渡劫失敗。」

「所以，妳的金丹的確碎了。」謝長寂搞清楚狀況，語氣微澀。

花向晚聞言不由得笑起來：「你是不是被騙太多騙傻了，金丹碎沒碎都分不出來？」

「可我希望這是騙我的。」謝長寂抬眼，看向對面的人。

花向晚沒有出聲，片刻後，她握住謝長寂的手，放在自己胸口，笑得格外燦爛：「你要是覺得心疼我，那就多和我雙修幾次，到時候別說一顆金丹，說不定我直入渡劫，直接飛升了呢？」

謝長寂目光垂落，到她胸口，她動作幅度有些大，把衣服拉開了些，隱約露出一道刀痕末尾。

他看著她胸口露出的刀痕，遲疑片刻，終究決定換個時間問，反握住她的手道：「先把靈力融合吧。」

花向晚點頭，閉上眼睛。

兩人心法相合，這場雙修都收穫頗豐，謝長寂高出她一個大境界，她更是占了大便宜。

謝長寂同她一起將靈力一圈一圈流轉，進入周身筋脈，等一切做好之後，花向晚感覺整個人舒服許多。

她半碎的金丹明顯黏合起來，原本黯淡的外殼也有了幾分光澤。

花向晚睜開眼睛，輕舒了一口氣，謝長寂跟著睜眼，看著花向晚的表情，目光柔和許多。

他正要開口說些什麼，就聽門外傳來靈北的聲音：「少主，有消息。」

聽到這話，花向晚看了謝長寂一眼，謝長寂伸手扶她，兩人起身走出門外。

此時天色已晚，花向晚才發現已經過了一天，靈北站在門外，見花向晚帶著謝長寂出來，忍不住看了謝長寂一眼。

花向晚知道他的顧慮，擺手道：「說吧。」

「剛才鳴鸞宮方向有渡劫期修士靈雨降下。」

聽到這話，花向晚便明白了，她笑起來：「冥惑入渡劫期了？」

「應該是。」靈北點頭：「清樂宮那邊連夜動作，溫容現下已經帶人去了鳴鸞宮。」

「之前扛雷劫時候不過去，現下過去，」花向晚搖頭，「秦雲衣可就捨不得了。」

「之前鳴鸞宮藏得很好。」靈北說著，帶著幾分歉意，「我們也沒打探出消息，只知道冥惑吸食了陰陽宗的人，然後逃走消失了，現下也是靈雨降下來，才知道他在鳴鸞宮。」

「這不怪你。」

花向晚沒有多說，她心裡清楚，要不是秦雲裳是鳴鸞宮的二少主，在鳴鸞宮暗中盤踞多年，她也拿不到這個消息。

「那現下我們需要做什麼準備？」靈北見花向晚神色泰然，心中穩當許多。

花向晚笑了笑：「我都受傷了，需要什麼準備？鳴鸞宮多了個渡劫期，和咱們又沒什麼關係，就和平時一樣，該吃吃該喝喝。」

「那巫蠱宗那邊……」

「巫蠱宗怎麼了？」花向晚露出好奇之色，「不是一直好好的嗎？」

靈北一愣，隨後便明白花向晚的意思，恭敬道：「是，那屬下現下就去嚴查刺殺一事，一定把幕後凶手給少主抓出來。」

「嗯。」花向晚點頭，隨後想起來：「狐眠師姐呢？」

「在……」靈北遲疑了一會兒，緩聲道：「在地宮。」

花向晚動作頓了頓，靈北解釋著：「我們將師兄師姐的棺木存放在地宮，狐眠師姐早上同我一起確認清理好巫蠱宗的事後，便進了地宮裡，現在都沒出來。」

花向晚沒說話，靈北有些擔心：「我要不要去勸勸……」

「不必了。」花向晚搖頭，「讓她一個人待著，她想開了，自己會出來，誰也勸不了。」

靈北應聲，花向晚擺手：「去做事吧，還有，」花向晚想起什麼，叫住靈北，「靈南最近好好修煉了嗎？」

「修煉著呢，」靈北聽到她提靈南，便笑起來，「天天哭慘，但還是用功得很，雖然比不上少主您當年……」

靈北說到這裡，覺得有些不妥，想了想，只道：「但已很是不錯了。」

聽到這話，花向晚點點頭，稍稍放心了些。

靈北見花向晚再不問其他，這才行禮離開。

等靈北走後，花向晚站在原地，謝長寂這才開口：「妳將靈南養得很好。」

「她要是不好，」花向晚聽到他的話，笑起來，「我怎麼對得起大師兄和大師姐？」

說著，她轉頭看向謝長寂：「我還有些事，你先休息吧，我去處理一下。」

「好。」他沒有多加挽留。

花向晚為他撫平衣衫，溫和道：「沒事打坐也好，大家都在修煉，你可別落下了。」

「嗯。」

安撫好謝長寂，花向晚便轉過頭，她去了藏書閣，將所有和雲萊修道方式相關的書都找了出來。

這些書她以前大多讀過，如今又重新讀了一遍。

讀完之後，她想了想，終於還是聯繫了昆虛子。

「花少主？」沒想到花向晚會主動聯繫自己，昆虛子有些意外：「這麼晚了，妳……」

「謝長寂到底要怎麼修多情劍？」花向晚開門見山。

昆虛子一愣，隨後支支吾吾：「妳……妳說什麼……」

「我知道他破心轉道了，」花向晚打斷他，直接詢問，「他說修多情劍，以我為道，可昆長老，這世上沒有人會以人為道，他若以我為道，我死了怎麼辦？退一步講，就算我活著，若我是個壞人，他怎麼辦？同我一起當邪門歪道嗎？」

「妳先別激動。」昆虛子聽著花向晚的話，語氣卻是放鬆不少。

花向晚皺起眉頭：「你好像鬆了口氣？你鬆什麼氣？」

「我還以為妳是來退貨的，」昆虛子實話實說，頗為哀愁，「妳現下讓我把他弄回天劍宗不容易，但妳只是關心他，那還好辦些。」

花向晚：「……」

她知道昆虛子不靠譜，但沒想到這麼多年過去了，這老頭子還是這麼荒唐。

昆虛子聽她沉默，整理一下語言，解釋著：「他說以妳為道，這事兒我也查過很多典籍了，其實嚴格來說，他不是以妳為道，而是以情為道。」

「什麼意思？」

「長寂從小對事物很遲鈍，他修問心劍太早，又天資絕佳，所以遇見妳之前，對這世間幾乎沒什麼感情。」昆虛子說著，仔細分析著，「但其實，長寂只是遲鈍，並非無情，他只是不知道他的情緒到底是什麼。而妳剛好是他唯一明確的感情，可以說，妳是他和這個人世最大的銜接點，所以他需要透過妳，去理解這個世界，從妳身上去吸取所有情緒。如果有一日，妳……呃，我是說假如，」昆虛子做著假設，「假如妳走了，但他對世間之情不僅限於妳，他對世間之『情』還在，那他還是可以好好活著。」

「也就是說，」花向晚思索著，「若我能讓他對這世間產生同樣的守護之情，他的道心就仍舊存在。」

「不錯。」昆虛子應聲，「多情劍一脈，都是要盡力體會世間所有感情，體會過，才能理解，才能駕馭。」

花向晚沒說話，想了片刻後，她緩聲道：「我明白了。」

「那……」昆虛子遲疑著，還是有些不放心，「妳打算……」

「我答應讓他留下。」花向晚開口。

昆虛子立刻高興起來：「那就好那就好，你們打算什麼時候要孩子？」

花向晚沉默片刻，隨後黑著臉切斷了和昆虛子的通信：「昆長老，太晚了，早些睡吧。」

傳音玉牌黑了下去。

等了一會兒，花向晚舒了口氣，她想了想，還是站起身來，習慣性提了燈，走到後院冰河。

冰河上有些冷，冷風讓花向晚慢慢冷靜下來，她低頭看著冰河下面的人影，緩慢出聲：「逸塵，我又來看你了。這一天發生了很多事，我有些回不過神來。」

「我把巫蠱宗滅了，做得很乾淨，現在沒有人覺得合歡宮有能力滅了巫蠱宗，溫容就是最大的懷疑對象。」她聲音很輕，面上帶著笑，「冥惑現下突破到渡劫期，秦雲衣想保他，如果溫容執意殺他，新仇舊恨，秦雲衣怕是留不下清樂宮。只要他們鬥起來，就是我的機會。」

「合歡宮只有我一個人，哪怕有謝長寂，我也沒有足夠的把握——你且再等等。」

她說著，沉默下來。

過了一會兒，她又道：「還有一件事，我說了，你別不高興。」

「我打算讓謝長寂留下，」花向晚垂眸，看著冰面，「我知道你不喜歡，可是，他現下已經無處可去了，我得為他找一條出路。」

說完這話，花向晚沉默。

謝長寂那句「妳心中清楚」迴盪在腦海，她不敢深想，蹲下身，伸出手覆在冰面上：「逸塵。」

她忍不住重複了一遍：「對不起。」

冰面下的人不會有任何回應。

她也感受不到任何溫度。

她感覺到冰面冷得讓她有些疼了，終於收回手。

「你先好好休息，我改天來看你。」她好似和活人說話，「很快了。」

說著，她轉過身，一回頭就看見不遠處的草地上站著個人。

青年白衣提燈，如孤松長月，一身清冷。

她愣了片刻，隨後反應過來，或許是她在外面太久，讓他過來找了。

她提著裙走上岸去，有些不好意思道：「在藏書閣有些煩悶，就過來了。」

謝長寂聽著她的話，平靜地看她，明明是冷淡如冰的目光，可花向晚卻不知道為什麼，總覺得他在竭力克制著什麼，讓這目光帶著幾分說不出的侵略和壓迫。

花向晚被他看得忍不住輕咳了一聲，提醒他回話。

謝長寂終於出聲：「為何不回來？」

花向晚抿唇不言，謝長寂替她回答：「習慣了。」

「他一個人在這裡。」花向晚知道他不高興，垂眸看向地面，沒有半點讓步，「我總得來陪陪他。」

謝長寂沒說話，片刻後，他只道：「回去吧。」

說著，他抬手拉過她，提著燈領著她一起往回走。

兩人靜靜地走在院子裡，謝長寂低聲開口：「妳說妳當魔主，就是想復活他。」

「是。」

「合歡宮那麼多人，為什麼偏偏是他？」

聽著這話，花向晚抿唇，她緩慢道：「因為他是鮫人。」

謝長寂轉眸，花向晚解釋著：「鮫人魂魄與常人不同，他當初將魂魄寄生於碧海珠，碧海珠還在，他就有復活的可能。等我拿到魔主血令，魔主血令有上一任魔主的修為和功法，傳說魔主有一門功法，可讓鮫人魂魄修復重歸。其他人我連魂魄都沒找到，只能先拿到魔主血令，復活他。」

「若他活過來，妳會高興嗎？」謝長寂聽著她的話，神色淡淡。

花向晚笑起來：「當然。」

「那若他活了，」兩人走進房間，謝長寂轉眸看她，「妳我便不算欠他什麼，對嗎？」

花向晚愣在原地，謝長寂放下燈，走到她面前。

「我幫妳。」他的聲音很輕，伸手解開她的衣衫，認真地看著她：「等復活他，就把這顆碧海珠取了。」

花向晚不說話，靜靜地看著面前這個人。

到這件事上，他的目光終於不再掩飾，赤裸裸全是冒犯。

她被他抵在門上，悶哼出聲那剎，她終於意識到方才不是錯覺，她伸手擁住他的脖子，忍不住詢問：「剛才見面第一眼，你本來想做什麼？」

「上妳。」他低下頭，覆在她耳邊：「在他面前。」

花向晚冷笑，正要開口，就看謝長寂將她耳邊長髮輕輕挽到耳後：「可我忍住了。」

「兩百年前他死的時候我不在，是我的錯，」謝長寂聲音微喘，「但等他活過來，要是這顆珠子還在——」

他沒有說下去，他低頭吻住她，同她糾纏起來。

花向晚攬著他，根本沒有任何出聲機會。

所有忍耐都會加倍奉還，這點花向晚當夜體會得很深刻。

後續看著有些泛白的天色，她忍不住和他打商量：「謝長寂，以後我們還是提前溝通，你不要總是忍著，這樣不好。」

「沒關係，」謝長寂吻著她的耳垂，「我這樣就很開心了。」

「我的意思是，」花向晚捏起拳頭，忍無可忍，「這樣對我很不好！」

第七章 碧血魔主

花向晚接近天明時才迷迷糊糊睡過去，等到醒來之後，整個人都有些不好，趴在床上哼哼唧唧讓謝長寂給她按腰。

謝長寂只要穿戴整齊，看上去就是個不染紅塵的仙君，坐在旁邊給她按摩，讓人覺得是種褻瀆。

花向晚趴在床邊看謝長寂，沒明白這人是怎麼長成這種表裡不一的樣子。她百無聊賴地用手去勾謝長寂腰上玉佩，慢悠悠道：「以前真沒看出來你是這樣的……」

「阿晚！阿晚！」

話沒說完，狐眠的聲音就響了起來，兩人抬眼，就看狐眠興高采烈地衝進屋來。

看見兩人的動作，狐眠在門口一頓，臉色微僵，謝長寂識趣起身，只道：「我先出去練劍，妳們說話吧。」

說著，謝長寂走向門外，路過狐眠時行了個禮：「師姐。」

狐眠訥訥點頭，等謝長寂走出屋外，狐眠這才走到花向晚面前，看花向晚躺在床上，頗為擔心道：「阿晚吶，妳別總逼著謝道君做這事兒，就算不考慮他，妳也多考慮考慮妳自己受不受得了。」

聽到這話，花向晚睜大眼，她不可思議地看著狐眠，咬牙切齒：「我逼他？」

「人家長寂一看就是守身克欲的好孩子，妳不拉著人家胡鬧，他會主動嗎？」狐眠一副看透世事的模樣，握著花向晚的手，語重心長地勸她：「我知道妳兩百年前沒吃到嘴不甘心，可現在也不能這麼報復性雙修，現下沒有師兄師姐管妳……」

「師姐，」花向晚看她越說越離譜，趕緊打斷她，「別胡說八道了，找我做什麼？」

「哦，剛剛得到的消息，」狐眠被問及正事，又激動：「溫容和秦雲衣打起來了！」

「什麼？」花向晚一聽這話，腰不痠了，腿不疼了，瞬間從床上爬了起來，坐在床上，高興出聲，「冥惑突破了？」

「正在關鍵時刻，天雷降在鳴鸞宮，鳴鸞宮附近的修士都感覺到了。」狐眠說著剛得的消息：「之前冥惑吸食了陰陽宗人的修為，現在鳴鸞宮突然出了渡劫期的雷劫，這除了他還有誰？所以溫容立刻趕了過去，可秦雲衣咬死說這是鳴鸞宮的長老渡劫，溫容現下也沒辦法，雙方僵住，去找魔主了。」

花向晚聽著，神色不定，思索著道：「魔主如今……還能管這事兒嗎？」

「這也說不清。」狐眠說著她得到的消息，「魔主的情況具體如何，大家都不知道，現下溫容、秦雲衣鬧過去，未必不是存了查探魔主情況的意思。」

「妳這是哪裡來的消息？」

花向晚點著頭，追問了一句訊息來源，此事秦雲裳都還沒給她消息，狐眠竟提前知道了？

狐眠回答：「薛子丹。」

花向晚一愣，不由得更詫異：「薛子丹？他怎麼不直接給我傳信？」

「他說怕謝長寂砍了他。」

狐眠這話出來，花向晚一時無言，她下意識想說不會，但隨即想起謝長寂幹過什麼，一時沒有底氣起來。

她停頓片刻，只問：「他哪兒來的消息？」

「他現在就在鳴鸞宮門口看熱鬧呢。」狐眠說著，不由得笑起來：「他每次看熱鬧都跑得快，這才兩天時間，就跑到鳴鸞宮的地界去了。」

花向晚對此倒是見怪不怪，狐眠想了想，有些好奇：「不過也是奇怪，你說這個冥惑，怎麼突然就動手把溫少清殺了呢？還有這個秦雲衣，為了冥惑，居然願意得罪溫容？」

花向晚聽著狐眠的疑惑，沒出聲，想了想，只道：「妳要是沒其他事，就先去休息，我要準備一下。」

「準備什麼？」狐眠不明白。

花向晚笑起來：「準備面見魔主啊。」

狐眠愣了愣，沒一會兒，屋外就傳來一聲鷹嘯，這是魔主下達旨意時派遣的靈使。

花向晚從床上起身，給自己倒了水，吩咐道：「師姐妳先在宮中好好休息，有空指導一下弟子，我先沐浴更衣。」

「好，那我先走了。」狐眠點點頭，她站起身來，擺手離開。

花向晚召了侍從進屋來，讓人準備禮服，隨後便去浴池沐浴。

她剛步入浴池，沒多久，就聽見身後傳來腳步聲。她知道來人，也沒回頭，等對方站到她身後，她抬手給自己擦著身子，詢問：「魔主的靈使怎麼說？」

「溫容要求公開處置冥惑，」謝長寂半蹲下來，抬手替她擦背，「今夜魔宮三宮九宗公審此事。」

「沒有其他了？」

「沒有。」謝長寂舀水倒在她身上，「妳接下來打算做什麼？」

「差不多要收網了，等就好了。」花向晚漫不經心，「秦雲衣和溫容早有芥蒂，若冥惑渡劫成功，她一定會保下冥惑。」

「可鳴鸞宮未必想要保冥惑。」

「但溫容滅了巫蠱宗。」花向晚提醒謝長寂，「巫蠱宗是鳴鸞宮最得力的宗門，溫容因為巫蠱宗拿溫少清煉屍，一怒之下屠宗，鳴鸞宮不會坐視不理。」

「鳴鸞宮沒有足夠的證據。」謝長寂提醒花向晚。

花向晚笑起來，「只要秦雲衣想要保冥惑，她就必須殺了溫容，她想殺溫容，那鳴鸞宮就會有證據。」

「然後呢？妳的最終目的是什麼？」

聽到謝長寂問這個問題，花向晚轉頭，嫣然一笑：「殺了溫容。」

謝長寂抬眸看她，只道：「我可以直接殺了她。」

「不，」花向晚搖頭，雙手放在水池旁邊，輕輕撐起上半身，靠近謝長寂，「我要鳴鸞宮動手。」

謝長寂不出聲，他思考著花向晚想做的事，花向晚笑起來，伸手捧住他的臉：「你要乖啊，道君。」

「知道了。」

謝長寂聽出其中的警告，從旁邊取了浴巾，將她整個人一裹，便撈了出來。

她盛裝打扮了一番，等準備好後，便帶著靈南靈北謝長寂一干人等，從傳送陣直接到達魔宮。

每個宗門都有直接傳到西境主城的傳送陣。

傳送陣這東西，必須兩地陣法同時開啟，有一個傳送點，一個接收點，才能開啟，魔宮平時並不會開啟接收法陣，只有魔主親自下令，才會開啟。

花向晚一干人從傳送陣一出來，就看見旁邊的傳送陣一個又一個身影顯現。

三宮九宗的掌事人都趕了過來，花向晚看了一眼，小聲同謝長寂道：「都是過來看魔主死沒死的。」

說著，她領著謝長寂等人，提步往裡面走去，一面走一面吩咐：「等一會兒你一定要裝成對我沒什麼感情、我們完全是兩宗結盟的樣子，不要讓人覺得我們感情太好了。」

「少主，這點您多慮了」靈南在後面聽到花向晚說這句話，忍不住開口：「少君這張臉看上去就感情好不起來的樣子。」

花向晚聞言，忍不住往謝長寂臉上多看了幾眼。

仙風道骨，不染凡塵。

看上去不僅和西境格格不入，更和「感情好」這三個字完全相斥。

花向晚放心幾分，走進大殿前，她調整一下狀態，露出幾分哀愁來，才領著眾人走向大殿。

大殿門前站著兩個守衛，看見他們浩浩蕩蕩一批人，守衛冷道：「花少主，隨從不得入殿。」

「知道。」花向晚看了守衛一眼，主動拉過謝長寂，「這是合歡宮少君。」

守衛聞言，多看了謝長寂一眼，隨即立刻躬身讓開。

謝長寂回握住花向晚，神色溫和幾分。

兩人手拉手一起進了大殿，這時殿中已經滿座，只有巫蠱宗的位子空著。

兩宮九宗的人都注視著他們，兩人對所有人的目光視若無物，花向晚領著謝長寂，一路上了臺階，坐到高臺上三宮的位子。

謝長寂和花向晚共席，溫容坐在花向晚旁邊，對面秦風烈領著秦雲衣各有一席，端坐在高處。

大殿鴉雀無聲，大家各自打量著情況。

沒有一會兒，就聽大殿門打開，有人唱喝出聲：「魔主到——」

聽到這話，除了高臺上的三宮執掌者，其餘九宗的人紛紛單膝跪下，高呼出聲：「魔主萬福金安。」

大殿門口空蕩蕩一片，彷彿沒有人存在。沒一會兒，高處帷幕之後，一個身影彷彿流沙堆砌一般，一點點出現映在帷幕上。

看不清他的面貌，只能依稀能看見一個身影，寬袍，玉冠，面上似乎戴了半張面具，他側著臉，隱約可以看見面具的稜角。

「許久未見，」青年的聲音迴盪在大殿，根本聽不出從哪個地方傳來，他在帷幕後，輕輕側臉，似是看向花向晚，「阿晚近來可好？」

聽到這話，謝長寂在側位緩慢抬頭，看向帷幕後的青年，目光微冷。

花向晚從容一笑，微微彎了彎上半身，算作行禮：「勞魔主記掛，一切安好。」

「聽說妳拿到兩塊血令，」青年語氣帶笑，聽不出深淺，好似友人一般閒聊，「著實令本座驚訝。」

「是清衡上君幫忙，」花向晚趕緊推脫，忐忑道：「屬下……屬下也只是運氣好而已。」

「不過，剩下兩塊血令，在秦少主手中，」青年目光挪過去，轉頭看向秦雲衣，「阿晚妳的運氣，大約要走到頭了吧？」

「那是自然，」花向晚垂下眼眸，「屬下不敢與秦少主相爭。」

「秦少主是人人稱讚的活菩薩，」青年誇讚著，「聽說這次，秦少主又打算救人了？」

「是！」聽青年終於提到正事，溫容立刻激動起來，她站起身，就差指在秦雲衣鼻梁骨上，怒喝道：「冥惑殺了我兒少清，證據確鑿，但秦少主卻不肯讓我殺了他，不知少主是何居心？」

「九宗的宗主，敢殺三宮的少主。」青年說著，語氣帶笑：「膽子的確很大。」

「魔主。」聽著兩人對話，秦雲衣終於起身，她恭敬地行了個禮，從容不迫道：「溫少主遇害一事，還有許多疑點，鳴鸞宮也是基於如此考量，才沒有第一時間交出凶手。」

「疑點？」青年似乎覺得有趣：「秦少主發現了什麼？」

「據屬下所知，溫少主遇害當夜，不僅冥惑在神女山，同時還有合歡宮花少主與其少君，也在神女山上。」

聽到這話，花向晚轉頭看過去，就看秦雲衣似笑非笑：「不如讓花少主來聊一聊，當天夜裡，發生了什麼？」

聽著秦雲衣的話，花向晚面上故意露出一絲難堪，她看了旁邊的溫容一眼，似是有些心虛：「那個……具體發生過什麼，我已同溫宮主說過了。」

花向晚這麼一提醒，溫容便明白過來。

溫少清之死，源於他和花向晚想聯手算計謝長寂嫁禍冥惑，這話只能暗地裡說，現下謝長寂在這裡，花向晚無論如何都不可能說真話。一旦說假話，到時候漏洞百出，便說不清了。

溫容想著溫少清死前的傳音，以及冥惑這一路逃竄的舉動，心中便有了定數，冷著聲道：「神女山當夜發生的事我已經清楚，沒什麼好問的。我兒傳音在此，已死之人，還會作假不成！」

說著，溫容將一塊傳音玉牌拍在桌上，裡面傳來溫少清臨死前的求救聲。

這塊玉牌是花向晚給她的，溫少清死前最後說的話都在裡面，溫容紅著眼，聽著兒子一遍一遍求救的聲音，死死盯著秦雲衣：「鐵證如山，秦少主還不肯交人嗎？」

聽著玉牌中的呼救聲，秦雲衣微微皺眉，但她依舊沒有讓步：「溫宮主，就算溫少主臨死前說是冥惑殺他，也不代表溫少主死於冥惑之手。據冥惑所說，他與溫少主起衝突之後，溫少主便以傳送法陣逃走，隨後消失，這期間發生了什麼——」

「我兒死於溺水之中！」溫容打斷秦雲衣，怒喝：「誰知道他用了什麼手段，他就是怕清樂宮用魂燈找到他，他說逃走就逃走？那我兒既然已經逃了，為何之後便沒了消息？」

「這就要問花少主了，」秦雲衣看向花向晚，眼中帶冷，「若在下沒有認錯，這傳音玉牌應當是妳的，後續溫少主還有沒有其他內容，就只有花少主自己知道。」

聽著這話，花向晚眼眶微紅，她似乎在竭力克制情緒，緩了許久，才捏著拳頭，啞聲提醒：「秦少主，妳畢竟是少清的未婚妻！」

秦雲衣皺起眉頭，有些不明白花向晚的意思，花向晚眼中滿是憤恨，提高了聲提醒：「哪怕他死了，妳也是他未婚妻！如今他屍骨未寒，妳就這麼偏心另一個男人，妳對得起他嗎？」

這話一出，秦雲衣面色微僵，溫容聞言，眼中也帶著幾分怒意。

花向晚似乎控制不住自己，站起身來，頗為激動：「是，冥惑是妳一手提拔起來，你們相識許久，糾葛頗深，可少清與妳我也算一同長大，如今少清遺言在這裡，妳卻不肯相信，偏生要信冥惑的話，他說沒殺就沒殺，他若不動手，少清呼救是做什麼？」

「我只是不想讓真凶逃脫。而且，花少主與其管我，倒不如管管自己，」秦雲衣神色淡淡，端起茶杯，雲淡風輕抿了一口，「清衡道君還在這裡，倒不必表演妳和少清情深義重了。」

聽到這話，眾人下意識看向謝長寂，謝長寂面上神色看不出喜怒，但也配合秦雲衣，轉頭看了花向晚一眼，冷聲道：「坐下。」

花向晚聞言，似是有些難堪，她低下頭來，狼狽地收拾起情緒，強逼著自己坐回原位。

一坐下，她就暗暗扭了謝長寂一下，謝長寂反手握住她的手，安撫地拍了拍。

在場眾人看著這齣好戲，暗嘆花向晚果然是個上不了檯面的蠢貨，溫少清畢竟死了，謝長寂這顆大樹在面前，她卻還要為個死人得罪活人。

然而這場景落在溫容眼中，便不一樣起來，她看著在場眾人事不關己的模樣，竟只能從花向晚身上，找到些喪子之痛的共鳴。

這麼多人，沒有一個人真正關心過溫少清。他死了就是死了。

哪怕是秦雲衣——他名義上的未婚妻，從小一起長大的青梅竹馬，這時還能冷靜至此，護著另一個男人，挑撥著花向晚和謝長寂的關係。

她過往一直看不上花向晚，覺得溫少清挑選的未婚妻不入流，所以一心一意想撮合秦雲衣和溫少清。

秦雲衣修為高深，進退有度，她深知溫少清修行並無天賦，能依靠秦雲衣在西境站穩腳跟，也是一條出路。

可如今看秦雲衣的樣子，她卻寒心起來，當年若她肯扶花向晚一把，只要能把合歡宮的事瞞下去，那花向晚對溫少清真心實意，必不會辜負他，可秦雲衣……

溫容痛苦地閉上眼睛，深吸一口氣，卻是轉頭看向高處一直不說話的碧血神君，恭敬道：「魔主，現下情況已經明瞭，我兒最後傳音足以證明冥惑是最後傷害我兒之人，之後我兒掉入溺水，又不知為何被巫蠱宗之人將屍骨帶走，無論冥惑是不是殺我兒的真凶，他以宗主之位，以下犯上意圖謀害我清樂宮少主，便當以死謝罪，還望魔主為屬下做主。」

「溫宮主——說得有些道理，」帷幕後的青年用摺扇輕敲著手心，目光轉向九宗位置，「不如聽聽巫蠱宗是怎麼說的，為何溫少主的屍骨，會到他們那裡？咦？」

說著，青年疑惑起來：「巫蠱宗的人呢？」

在場沒有人說話，青年又問：「陰陽宗的人呢？」

「陰陽宗金丹期以上都被冥惑殺了。」一聽青年問話，溫容立刻回答：「他為了突破，將自己宗門金丹期以上弟子修為吸食殆盡，如今陰陽宗已經沒了！」

這事在場有些人清楚，但九宗有些人還不知道，聽到這話，面色大駭，卻不敢出聲。唯有道宗宗主皺起眉頭，直接道：「他身為一宗宗主，怎可如此？」

「那，他如今突破了？」碧血神君聽到此事，倒也不怒，反而饒有興味。

秦雲衣聞言，恭敬道：「宮主，冥惑已熬過天劫，步入渡劫之列。」

「渡劫啊……」碧血神君笑起來，頗為讚揚，「我西境有一個渡劫修士不容易啊，不錯，當賞！」

「可陰陽宗……」溫容急急開口。

碧血神君打斷她：「這本就是冥惑自己的宗門，他身為一宗宗主，處理自己宗門弟子，有什麼問題？」

聽著這話，溫容的面色瞬間變得極為難看。

在場眾人面面相覷，誰都不敢出聲。

碧血神君搖著扇子，轉頭又問：「那，陰陽宗沒了，巫蠱宗呢？怎麼也不見人來？」

「回稟魔主。」站在門口負責照看大殿事務的總管金陽恭敬行禮：「巫蠱宗沒有回話，屬下已經派人過去查看了，一會兒就會有結果。」

「唉，」碧血神君嘆了口氣，似是苦惱，「本座如今還沒死呢，眾人便不把本座當回事了。叫人來議事，小小一宗，都敢不來了。」

說著，碧血神君轉頭，看向溫容：「現下怎麼辦呢，巫蠱宗的人不見，具體也搞不清人到底是不是冥惑殺的，要不……」碧血神君看向秦雲衣，「若冥惑拿不出證據證明自己無罪，便按西境的規矩處理。兩位都是渡劫期修士，生死臺上一見，贏了，就是對的，輸了，就是錯的。如何？」

「好。」

「不妥。」

溫容和秦雲衣同時出聲。

冥惑剛剛步入渡劫，同溫容相比，幾乎是毫無勝算。溫容好不容易得了這個機會，聽秦雲衣又反對，她皺起眉頭，越發不滿：「秦少主妳什麼意思？」

「魔主，其實屬下有一個辨別真相的法子。」秦雲衣開口。

花向晚和謝長寂抬起頭來，碧血神君有些好奇：「哦？」

「屬下有一法寶，名曰『真言』，可辨別人說話的真偽。」

聽到這話，花向晚的心提起來，她倒是可以說真話，畢竟她真的什麼都沒幹。可謝長寂……

她面上不顯，心中慌亂，隨後就看秦雲衣回過頭來，掃向她和謝長寂：「不如將當時神女山上在場之人的話都驗一遍，便可以驗出真假。」

「竟有此等法寶？」碧血神君笑起來：「那……」

「倒不如，直接讓冥惑過來，」花向晚打斷碧血神君的話，看著秦雲衣道：「我也有一法寶，可直接將他人識海中的過往展現在眾人面前，且不傷受查探者分毫。這樣一來，冥惑有罪無罪，具體做了什麼，便十分清楚了。」

「這樣最好。」一聽有這樣的東西，溫容立刻出聲，盯著秦雲衣：「把人叫進來！」

秦雲衣沒說話，花向晚笑起來：「秦少主，若不是做賊心虛，又有什麼好遮掩的呢？」

「是啊，」碧血神君也笑起來，「秦少主，還是把冥惑叫上來吧。」

碧血神君開口，秦雲衣再攔便顯得欲蓋彌彰起來，她深吸一口氣，只能道：「是。」

她轉身走下高臺，打開大門，踏出殿外傳音。

大殿內禁止傳音，為此特意設了法陣，秦雲衣一開門，法陣便有了缺口，花向晚趁機給靈北傳音：「趕緊找機會把巫蠱宗滅宗的消息送進來。」

花向晚傳完消息，秦雲衣也傳音完畢，折了回來。

一殿人等了一會兒，就聽外面傳來腳步聲，隨後一個青年進入大殿，恭敬行禮：「見過魔主。」

他周身陰氣環繞，一進大殿，大殿中就帶了幾分冷意。

秦雲衣站起來，吩咐道：「冥惑，花少主要將你的記憶展示給眾人還你清白，你可願意？」

聽到這話，冥惑動作一僵，秦雲衣開口，聲音溫和，卻帶著幾分警告：「冥惑。」

冥惑低下頭，僵硬出聲：「是。」

他對秦雲衣言聽計從的樣子，眾人立刻明白了秦雲衣力保他的原因。

有一條忠心耿耿的狗不容易，更何況這條狗，還是渡劫期。

得了冥惑允許，花向晚起身走下高臺。

她來到冥惑身前，笑著道：「冥宗主，等一會兒我會將你識海中的景象用法寶展現給眾人看，還請你儘量回想溫少主出事當夜的場景，若是回想到其他場景，也會被展現出來，到時還請勿怪。」

聽到這話，冥惑有些緊張，花向晚取出一顆珠子，這顆珠子看上去平平無奇，像是夜明珠，花向晚握著它，口中誦念有詞，閉上眼睛，將手指抵在冥惑眉心，安撫道：「還請冥宗主勿作抵抗，以免受傷。」

說著，她的神識便侵入冥惑識海，她的神識強度遠大於冥惑，剛入內，冥惑便覺得一股強大的氣息鋪天蓋地而來，他根本決定不了自己在想什麼，他只覺有一隻舉手將他的記憶拽出來，這些記憶狼狽不堪，令人羞恥。

不可以。

他猛地反應過來，這些記憶會被其他人——尤其是秦雲衣看見。

巨大的抗拒升騰而起，在最狼狽、他偷偷拿走秦雲衣一塊手帕，貼在身前的畫面朝著前方襲去那一瞬間，他不顧一切猛地睜眼，靈力朝著花向晚猛地轟去，花向晚驚叫出聲，謝長寂瞬間出現在她身後，一把扶住她，一掌擊在冥惑身上，只聽一聲巨響，冥惑便被重重擊飛出去，狠狠撞在設置好的結界之上！

這一番變故驚得眾人立刻起身，溫容厲喝：「冥惑，你這是做什麼！」

「你……」花向晚皺起眉頭，「你又沒什麼見不得人的事情，為何如此抵抗？」

聽到這問話，冥惑臉色青一陣白一陣。

秦雲衣也不滿起來，但她克制住情緒，只道：「冥惑，怎麼了？可是花少主對你做了什麼？」

「他傷了晚晚。」謝長寂聽到這話，立刻冷眼看過去，盯著秦雲衣：「心中無鬼，這麼怕做什麼？」

「不是……」冥惑終於出聲，他僵著聲道：「有些記憶我不想讓人看到……」

「可這是你唯一證明自己的辦法，」花向晚緊皺眉頭，「你到底不想讓人看到什麼？」

「罷了！」溫容一甩袖子，轉頭看向秦雲衣：「秦少主，現下是他不願意自證清白，不是我們不給機會，反正最終都要動手，生死臺上見就是了！」

「溫宮主，是人就有不想讓人知道的事情。」秦雲衣還不肯放棄，僵著聲道：「不如還是用『真言』……」

「魔主！」話沒說完，門口傳來金陽帶著幾分急切的聲音。

眾人看過去，就聽金陽沉下聲來：「巫蠱宗沒了。」

這話一出，秦風烈猛地起身。

巫蠱宗是鳴鸞宮下左膀右臂，一直以來最得力的助手，現下突然沒了，比一個冥惑重要太多。

他冰冷出聲：「什麼叫沒了？」

「是啊。」

碧血神君聲音懶洋洋的，似乎是在提醒秦風烈身分，重複了一遍：「什麼叫沒了？」

「巫蠱宗破壞了傳送法陣，所有消息送過去都不見回應，從聯繫不上巫蠱宗起，屬下便立刻派最近的人手趕到宗門，現下傳來消息，巫蠱宗上下，一個人都沒有了。現場有打鬥跡象，但被清理得很乾淨，根本看不出痕跡，也沒有留下任何氣息。」

「都不見了？」秦風烈提了聲音：「一宗這麼多人，平白無故，就都沒了？」

「秦宮主，」金陽聽著秦風烈的話，提醒他，「屬下乃魔宮總管，只是順帶調查，並不對此事負任何責任，秦宮主要怪罪，怕是找錯了人。」

「秦宮主，」碧血神君在帷幕後輕笑，「我可還沒死呢。」

「是屬下失態。」秦風烈回過神來，恭敬行禮，冷著聲道：「事發突然，巫蠱宗本歸屬於鳴鸞宮管轄，屬下需立刻趕往處理此事，還望魔主恕罪。」

「那就這樣定吧。」碧血神君似是有些疲憊：「你去查巫蠱宗之事，三日後生死臺，溫宮主和冥惑，生死有命。」

「是。」聽到這話，秦風烈行禮：「屬下領女兒先行退下。」

「去吧。」

碧血神君揮手，秦風烈立刻起身，領著秦雲衣往外，其餘人等立刻行禮退出，等到花向晚站起來，碧血神君突然開口：「阿晚，妳留下。我有話，想單獨同妳說。」

聽到這話，謝長寂回眸看過去，花向晚拍了拍謝長寂，低聲道：「外面等我。」

謝長寂抬眼看了帷幕一眼，青年在裡面搖著扇子，他頓了片刻，點點頭，往下走去。

等他走出大殿，總管金陽關上大門，大殿中只留下花向晚和碧血神君。

兩人沉默片刻，碧血神君輕笑起來，朝花向晚招手：「過來。」

聽到這話，花向晚起身坐到帷幕外的腳踏上。

她看上去十分乖巧，恭敬出聲：「許久未見魔主，不知魔主可還安好？」

「不好，」碧血神君開口，「若我還好，今日還有秦雲衣說話的份？妳知道的，」對方將花向晚的頭隔著簾子按在自己腿上，聲音溫柔，「本座從來捨不得讓他們欺負妳，只要妳完成答應好本座的事，本座對妳一向很好。」

「阿晚知道。」花向晚靠著碧血神君，聲音溫和：「只是如今外面都傳神君天壽將近，連魔主血令都交出來了，阿晚無人庇佑，心裡害怕。」

「怕麼？」碧血神君笑出聲來，他挑起花向晚的下巴，隔著帷幕，低頭看她：「雲萊第一人都來了，妳還有什麼好怕？」

「他怎麼能和魔主相比？」花向晚仰頭看著他，真誠地笑起來，「他不過是為了尋找魑靈而來，怎麼可能像魔主一樣待我？人有所求，才有所得，我與魔主生死與共，他又怎能相比？」

聽到這話，碧血神君含笑不語。

好久後，他的手探出紗簾，那是一雙極為漂亮的手，勾起她脖頸間的紅線，拉出她胸口的碧海珠。

花向晚心上發緊，克制著自己不要有任何異常，看著碧血神君摩挲著她頸上的碧海珠，聲音溫和：「戴著碧海珠，枕著他人臂，阿晚，謝長寂真的不介意嗎？」

「魔主，」花向晚提醒，「謝長寂修問心劍，他是為魑靈而來。」

「如此啊……」碧血神君似是有些遺憾，他放下碧海珠，將手收回紗簾，回靠到位子上。

「罷了，妳去吧。本座累了。」

「是。」花向晚抬眸看了他一眼，恭敬退下。

等她走出大殿，就看謝長寂等在門口，他靜靜地注視著她，片刻後，淡道：「走吧。」

說著，便有一位宮人上前，領著兩人往後殿安排好的客房走。

有外人在場，兩人不方便說話，花向晚偷偷瞄了謝長寂一眼，他的神色看不出喜怒，過往她體會不出他的情緒，但現下，憑著自己的經驗，直覺有些危險。

她打量著四周，神識查探一番後，確認附近無人窺視，便悄悄靠近謝長寂，將手挨在他的手邊，與他衣袖摩擦。

謝長寂不動，花向晚便更主動些，在衣袖下拉住他的手，用手指輕輕撓他手心。

謝長寂還是不為所動，花向晚想了想，乾脆一把將謝長寂的手臂抱在懷中，謝長寂終於有了反應，回頭看她，花向晚眨了眨眼，露出討好一笑。

謝長寂停下腳步，轉身看她，花向晚愣了愣，還未反應，對方就低下頭，輕輕在她唇上親了一下。

花向晚呆在原地，感覺心跳得有些快，謝長寂好似什麼事都沒發生過一般，轉身往前，跟上宮人，花向晚這才反應過來，趕緊追到他旁邊，這次老實起來，不敢亂動了。

兩人靜默著走進客房，宮人告退，花向晚立刻檢查房間，確認房間裡沒有什麼窺聽窺視的法陣符文之後，趕緊設下結界。

這時候她才回頭，就看謝長寂正低頭鋪著床，她也不知道自己是怎麼，就愣愣地看著他。

明明兩個人都做過無數遍，可不知道為什麼，他這麼不含任何情欲一親，竟讓她覺得心動異常。

感覺好像回到年少時，他那時做什麼事，都是這麼點到即止，淺淺淡淡。

凡事若不沾欲，只談情，她便覺得害怕。

可這害怕之間，又總隱隱約約，讓她有些歡喜。

她靜靜地看著面前的人，謝長寂鋪完床，等回過頭，就看見花向晚正看著他，像少女時那樣，無措中帶著幾分欲言又止。

「怎麼了？」他開口詢問。

花向晚聽到他出聲，才含糊著：「你……你剛才親我做什麼？」

「我以為妳想要我親妳。」謝長寂誠實解釋。

花向晚莫名有些尷尬，轉過頭：「我沒有。」

「那妳在做什麼？」

「我……」花向晚說起來，莫名覺得氣勢低了幾分，但又覺得自己也沒做錯什麼，她輕咳了一聲，「我就是，怕你衝動做什麼不好的事。那個，我和魔主之間就是交易關係，當年他同我要一個東西，答應庇護合歡宮。所以這些年我在討好他，但我和他之間沒什麼，你如果聽到什麼風言風語……」

「我知道。」謝長寂開口，打斷花向晚的解釋。

花向晚詫異抬頭，「你知道？」

「他的聲音我聽過。」謝長寂解釋，「在畫卷幻境裡，取秦憫生愛魄那個人的聲音，就是他。」

花向晚一愣，隨後便明白謝長寂的意思：「你說他是當年那件事背後的那個人？」

「不錯。」

得到謝長寂肯定，花向晚思索著他的話，沒有出聲。

謝長寂走到一旁，垂眸給自己倒了茶，過了一會兒後，他又轉頭看向花向晚：「其實剛才我撒謊了。」

「嗯？」花向晚愣愣抬頭，就看謝長寂靜靜看著她：「剛才是我想親妳。」

「啊？」花向晚一時有些反應不過來。

謝長寂走到她面前，垂眸看她，低聲道：「本是有些生氣的，但看妳哄我，便只覺得高興了。」

「你……」花向晚低著頭，思緒散漫，敷衍著道：「你也挺好哄的。」

「終歸是要死的人，」謝長寂聲音很淡，實話實說，「倒也不必太過計較。」

聽到這話，她本來打算誇讚的話都噎在胸口，一時竟有些分不清，謝長寂到底是想得開，還是想不開了。

第八章　生死臺

「你……」她有些無奈，「你又知道他要死了？」

「妳不打算殺他？」謝長寂抬眸。

花向晚笑起來：「打算……自然是打算。但我想殺就能殺嗎？」

謝長寂沒說話，花向晚直覺不好，趕緊捂住他的嘴：「好了好了，我知道你能，但魔主於我還有用處，你先別管，等到時候我再叫你。」

「嗯。」謝長寂垂眸，沒有多問。

花向晚看他全然接受她的計畫，不由得笑起來：「我還以為你不會同意。」

「為何？」

「我以為你會和我說你要幫我把所有人殺了。」花向晚開著玩笑。

謝長寂聞言搖頭，「我不能事事幫妳。」

正經門派修道，最忌諱的就是走捷徑。

世上之事皆為歷練，心境不到，天劫之時，便會一一償還。

花向晚聽著他的話，忍不住調侃：「好像你想幫就能幫一樣，你當西境修士都是麵糊的？」

「終歸不會讓妳出事。」謝長寂說話向來穩妥，沒有把握不會開口。

花向晚一聽便知道他心中應當是有過對比盤算，目光不由得落到他腰上懸掛著的佩劍上。

她有些想開口，卻又怕惹他不快。

破心轉道……他再也不是問心劍一道，那他曾經震懾兩地的問心劍最後一式，太上忘情，怕是再也使不出來了。

對於一個劍修而言，能否參悟最後一劍，在實力上的差距有如天塹之隔。

沒有最後一劍的謝長寂，便再也不是那個能一劍滅宗，劍屠一界的謝長寂。

想到這一點，花向晚逼著自己挪開目光，不讓謝長寂察覺異樣。然而謝長寂卻敏銳地知道她在想什麼，只道：「那不是真正的最後一劍。」

「什麼？」花向晚疑惑。

謝長寂解釋：「我兩百年無法飛升，困於此世，故而，這並非屬於我的最後一劍。無需愧疚，亦無需遺憾。」

花向晚聽著謝長寂的話，有些明白過來，謝長寂當年的最後一劍，是在絕情丹下逼著自己參悟的一劍。

可沒有真正堪破內心的劍，絕不是一個劍修真正的最後一劍。

而他說的「無需愧疚，亦無需遺憾」，寬慰的不是自己，是她。

明明比常人遲鈍不明白感情，卻又事事如此敏銳無微不至，倒也不怪她少年時喜歡他。

謝長寂見她不說話，想了想，便轉了話題：「冥惑為什麼不肯讓大家看他的識海？」

「這個啊，」花向晚聽他提起這個，忍不住有些得意，「是人就受不了這個，我打個比方。」花向晚湊近他，笑咪咪開口，「要是你偷聽我洗澡，你願意讓我知道嗎？」

謝長寂動作一頓，沒有出聲。

他故作鎮定轉頭看向她的乾坤袋，只問：「妳何時有能將人識海畫面讓眾人看到的法寶的？」

這種法寶聞所未聞，如果有，必定是天階法器。

「哦，我當然沒有，」花向晚理直氣壯，謝長寂有些疑惑，就看花向晚舉起一顆夜明珠，坦誠道：「就是顆夜明珠。」

謝長寂一愣，花向晚認真解釋：「我就知道他不敢，詐他的。」

「那，」謝長寂思索著，「之後呢？冥惑殺不了溫容。」

「他是殺不了，」花向晚笑起來，「可眾人拾柴火焰高啊。」

「等著吧。」花向晚轉頭看向窗外：「很快，他就會主動找我。」

魔宮著夜，除了合歡宮以外，其他宗門都是一夜未眠。

大家議論著陰陽宗和巫蠱宗滅宗之事，而秦風烈則親自去了巫蠱宗查看情況。

秦雲衣坐在屋中，冥惑跪在她面前，秦雲衣冷冷地看著他：「非要找死？」

冥惑抿唇不動，秦雲衣上前一巴掌狠狠抽在他臉上：「你以為你到渡劫期，就是個東西了？」

冥惑被她打歪了臉，唇邊溢出血來，他冷靜轉頭，低聲道：「主子勿怒，手疼。」

「你是不是騙我？」秦雲衣湊到他面前：「溫少清到底是不是你殺的？」

「不是。」冥惑冷靜開口。

秦雲衣盯著他：「那這麼好的機會你為什麼放棄？西境的人什麼齷齪事沒見過，你有什麼見不得人的？」

冥惑目光微動，秦雲衣低喝：「說啊！」

「我會殺了溫容。」冥惑不敢看她，垂下眼眸，低聲道：「主子不要生氣。」

秦雲衣沒說話，看著面前的青年。

他贏不了溫容，上了生死臺，生死不論，以溫容的實力，他上生死臺就只有死的份。

以前也不是沒想過他會死，然而如今清晰的認知到他要死，她有些憤怒。

她養的狗，居然要讓溫容宰了？

她盯著他，抬手觸碰他臉上的紋路。

他有一張極為蒼白的臉，像畫布一般，陰陽宗的家徽繪製在他臉上，讓他顯得格外陰鬱詭異。

可這樣依舊可以看出，這原本是一個五官極為英俊的青年。

她的手指輕輕拂過他的紋路，冥惑感覺到她指尖帶來的酥麻，整個人輕輕顫抖起來。

秦雲衣的指尖一路往下，冥惑呼吸聲越重，秦雲衣動作頓住，許久後，她低下頭，輕聲開口：「給我滾出去，今晚就走，贏不了，至少活著給我當狗。」

這句話讓冥惑一愣，秦雲衣抬眼，兩人距離極近，秦雲衣冷著聲：「要是能贏，」她說得認真，「我可以許你一個願望。」

冥惑不說話，他悄無聲息捏起拳頭：「什麼願望？」

秦雲衣笑起來，語氣中帶著嘲諷：「什麼都可以。」

說著，她一腳將人踹開，走出門去：「滾吧。」

她一出門，冥惑的眼神便冷了下來。

他要贏。

他不僅要活著，他還得贏。

這是他最接近神的一次機會，他不惜一切代價，必須贏！

他跪在地上想了許久，設下結界，隨後將血滴到地面，閉上眼睛。

血落在泥土之中成了血色法陣，他微微顫抖著，誦念出召喚邪魔的咒語。

兩百年前，橫行於雲萊西境兩地的邪魔，「魃」，它能快速增強人或修士的力量，代價是，實現願望後，逐漸失去心智，作惡人間，成為魃靈的養分。

當年魘靈出世，便是依靠「魘」作惡人間所換取的力量，讓它越發強大，最後在此界修士裡應外合之下，打開死生之界，放出這些「魘」的主人，魘靈。

召喚「魘」的術法已經很多年無人使用，他不知道如今他還能否召喚出這樣的邪魔，可這是他唯一的出路。

血一滴一滴繪製成法陣，在睡夢中的花向晚猛地睜開眼睛。

識海中被封印的東西蠢蠢欲動，似乎受人感召，她抬手給謝長寂甩了個安眠咒，隨後悄無聲息起身，穿上黑色袍子，回頭看了睡得正香的謝長寂一眼，轉身走了出去。

她一走，謝長寂便立刻睜開眼睛，翻坐起身。

問心劍幻化到手中，它似乎感知到什麼，瘋狂顫動著。

他閉眼感應片刻，抓著問心劍便衝了出去，幾個起落來距離後院不遠處的屋頂。

屋頂之上，青年半張黃金面具覆面，正朝著鳴鸞宮院落的方向急奔而去，謝長寂迎著對方一劍橫掃，對方手中摺扇一轉，法光朝著謝長寂疾馳而來。

劍光法光衝撞在一起，兩人一瞬間皆被拉入對方領域之中。

若是低階修士被渡劫修士拉入自己領域，那就是任人宰割，可若兩個實力相當的渡劫修士同時展開領域，雙方便同時進入了另一個空間。

意識到這一點，對方全不戀戰，迅速收起領域，疾步撤開，然而謝長寂緊追不捨，一劍弧光盈月，破空而去，長劍臨近青年，瞬息化作無數把光劍絞殺而去，如密密麻麻的金蛇纏繞周身。

青年法陣一轉，同光劍撞在一起，謝長寂身形極快，頃刻出現在他身後，長劍猛地一切——人頭落地。

只是受了這致命傷，對方卻一滴血都沒流出，身體瞬間化作一張被切成兩半的符紙，飄然而下。

「哎呀呀，」不辨男女的聲音飄蕩在謝長寂耳邊，「謝道君，你到底是來除魔的，還是成魔的呀？魘靈出世，這都不管了嗎？」

話音剛落，魘靈邪氣沖天而起，謝長寂轉頭看向邪氣的方向，手中問心劍震得厲害。

他提著劍，看了許久，終於還是收劍轉身。

謝長寂打鬥時，冥惑房間裡，他看著血流淌在地面，不斷誦念著召喚的咒語。

他必須贏。

無論任何代價。

執念縈繞在他周身，許久後，他感覺周邊靈力波動，一個身影在黑夜中慢慢顯現。

他誦念咒語之聲停下，緩緩抬頭，就看女子隱於黑袍之中，低沉著聲開口：「你召喚我？」

「是。」冥惑盯著她：「我要魘。」

「魘，寄生於人，可以讓你快速增強修為至巔峰，」女子的聲音聽不出音色，她帶著幾分笑，「可作為代價，你所有修為，最終都會成為魘靈養分，你願意供養我？」

「只要妳幫我殺了溫容，」冥惑冷聲開口，「我願意。」

女子輕笑出聲，片刻後，她伸出手，抵在冥惑眉心：「願你不悔。」

說完那一剎那，屬於魘靈的邪氣在女子身上一瞬炸開！

周邊鳥雀驚飛而起，所有修士瞬間看向邪氣沖天的方向，而在這靈力波動漩渦之中，黑氣鑽入冥惑眉心，一股強大的力量伴隨著劇痛瞬間盈滿他周身，黑氣纏繞在他識海元嬰周遭，等女子抽手之時，冥惑跪趴在地上，大口大口喘息起來。

「我為你加了一道封印，將它包裹在識海之中。」女子聲音冷淡：「尋常人查探不到它，當你解除封印，它便會立刻出來。溫容渡劫中期修士，你與她硬拼沒有結果，你只有一次必殺的機會。」

說著，周邊傳來腳步聲，女子身影逐漸消失：「把握時機啊，冥惑。」

這話說完，女子便澈底消失在原地，冥惑抬起頭，聽著門外傳來腳步聲，趕緊用靈力將現場痕跡毀去，隨後盤坐在蒲團之上。

等守衛猛地撞開門時，他漠然睜眼，渡劫期威壓瞬間壓下，冰冷出聲：「何事？」

處理好一切，花向晚回到房間，謝長寂還在沉睡，花向晚看著他的睡顏，忍不住伸手撫了一下他的頭髮，悄悄鑽進被窩。

她一動，就聽見謝長寂開口：「回來了？」

她動作微僵，驀然有種被人抓住把柄的錯覺，謝長寂閉著眼將人撈到懷裡，替她蓋上被子，聲音很輕：「睡吧。」

聽到這聲「睡吧」，花向晚心跳得「噗通噗通」的，她已經被警告過兩次不准自己擅自行動了，第一次是在合歡宮婚宴當日，她和秦雲衣單打獨鬥，謝長寂和她認真詳談。

第二次在巫蠱宗地宮，謝長寂身體力行讓她知道問題的嚴重性。

現在第三次被抓包……

謝長寂這個反應平靜得讓她害怕。

她窩在謝長寂懷中忐忑不安，不清楚謝長寂到底是什麼時候醒的，知不知道自己去做了什麼。

如果他知道的話，他在地宮怎麼說來著？

——「不會有那一天。」

花向晚想著他在地宮說的話，情緒慢慢冷靜下來。

謝長寂察覺她沒睡，睜開眼睛，帶著幾分關心：「不睡嗎？」

「你……」花向晚試探著，問出自己疑惑，「你什麼時候醒的？」

謝長寂不說話，過了一會兒後，他撒了謊：「沒多久，醒過來便看見妳不在。」

聽到這話，花向晚舒了口氣，想他大概不知道方才發生了什麼，她在他懷中翻了個身，笑著抬眼：「那你不找我？」

謝長寂不說話，他靜靜地看著她有幾分高興的樣子，過了一會兒後，緩聲提醒：「雙生符無事，妳也有妳想做的事。」

雙生符無事，她便沒什麼大礙。

花向晚得了理由，點了點頭，便縮回被子。

等進了被窩，她想了想，還是有些心虛。

她主動伸手攬住謝長寂，靠在他胸口：「你放心，我做的事很安全。」

「嗯。」謝長寂聲音很淡，似乎並不關心，「我知道。」

花向晚見他情緒平穩，便放心下來，靠在他懷裡睡過去。

謝長寂用手指替她順著頭髮，看了一會兒後，低頭親了親她的額頭。

忍不住笑了笑。

她開始會因為自己背著他做事哄他了。

第二日起來，花向晚做賊心虛，後面兩天對謝長寂態度極好，幾乎算得上是有求必應。

只是謝長寂除了一些不可言說的事，也沒什麼太多所求，平日起居幾乎是他照顧著，除了花向晚每天捶著的腰，倒也看不出來兩人地位上有什麼轉變。

秦風烈到巫蠱宗去了兩日，回來後便把鳴鸞宮的人叫了過去，一宮人徹夜未眠，等到溫容和冥惑生死臺對陣前夜，花向晚的窗戶出現兩緩三急的敲窗聲。

聽到這個聲音，謝長寂轉頭看了她一眼，兩人點點頭，謝長寂便走出門外，悄無聲息張開了結界，將這個小房間澈底與外界隔絕。

謝長寂一走，花向晚便出聲：「進來。」

烏鴉用頭撞開窗戶，跳進房間，打量了一圈後，便化作人形落在地面，朝著椅子瀟灑一坐，高興道：「如妳所料，老頭子去巫蠱宗逛了一圈，回來就覺得是溫容幹的。只是老頭子還有疑慮，他沒想明白，溫容那膽子，怎麼敢突然對巫蠱宗動手。」

花向晚聽著秦雲裳的話，捶著腰思考著。

之前她故意讓狐眠帶著假的溫少清襲擊清樂宮弟子，就是為了讓人知道，溫少清很可能被巫蠱宗用來煉屍，給了溫容一個充足的動手理由。

而後又用溫少清的屍骨引溫容和巫生起了衝突，周邊修士必然都感知到雙方的靈力波動，秦風烈稍作打聽就能知道。

能在溫容走後突襲巫蠱宗，現下能悄無聲息在一夜之內滅掉一個宗門的西境門派，只有清樂和鳴鸞兩宮，頂多再加一個實力莫測的謝長寂。

但當日謝長寂生辰宴會，她又被刺殺，加上謝長寂天劍宗弟子的身分，怎麼都不可能是他出手。

唯一能懷疑到謝長寂頭上的線索，只有巫媚和他起過衝突，為謝長寂所殺。

勉強為謝長寂滅宗增加了一點動機。

可秦風烈已經不管轄下面之事多年，如果巫媚之死傳到鳴鸞宮，經手人必定是秦雲衣，只要秦雲衣不說，那無論如何，都想不到謝長寂。

想不到謝長寂，更想不到廢物合歡宮。

只是秦風烈向來謹慎，無法確認是溫容所為也正常。

「秦雲衣怎麼說？」花向晚看了秦雲裳一眼。

秦雲裳目光落在她無意識捶著腰的手上，漫不經心挪開，回道：「她想保冥惑，當然要說溫容壞話，老頭子現在覺得溫容不能用了，與其留一個敵人，不如先下手為強。現下鳴鸞宮已經定下來了，明日，」秦雲裳壓低聲，「溫容必死。冥惑能殺就殺，殺不了，老頭子打算自己親自動手。」

「之後呢？」

「溫容死後老頭子會請魔主派一個代理宮主，將清樂宮兩位渡劫修士，迎回鳴鸞宮作為客卿。」

「代理宮主人選是誰？」

「如果冥惑能贏，」秦雲裳笑起來，「冥惑。」

聽到人選如期，花向晚也笑起來，只道：「那我拭目以待。」

「行，我走了。」秦雲裳說完正事，站起來，忍不住又瞟了她的手一眼，提醒她，「我說妳要不要找薛子丹看看，這看上去也太虛了。」

「滾！」花向晚抓了茶杯就朝她砸過去。

秦雲裳往旁邊一躲，「嘖嘖」兩聲，化作烏鴉跳上窗臺，臨走前，她忍不住回頭：「望秀還好吧？」

「放心。」花向晚知道她問什麼，點頭道：「不會有差錯。」

秦雲裳沉默片刻，過了一會兒後，她似是不放心地抬眼：「真的不會有？」

花向晚迎著她的眼神，她知道秦雲裳在問什麼，片刻後，她笑起來：「這才是妳專門跑一趟想問的？」

「我不是白白給妳賣命的。」秦雲裳冷靜出聲。

花向晚點頭：「我知道，放心吧。」

聽到這話，秦雲裳應了一聲，這才轉頭振翅離開。

等她走後，過了片刻，謝長寂的聲音傳來：「我可以進來了？」

「進吧。」花向晚叫他。

謝長寂走進屋，抬眼看她，他站在門口，好久後，他走上前，將人輕輕攬到懷中，一言不發。

兩人好好休息了一晚，等第二日醒來，便到了溫容和冥惑約定的時間。

侍從領著他們到了生死臺，碧血神君已經高坐在上，依舊是雲紗幕簾，看不清裡面的容貌，只能依稀看到一個青年，漫不經心搖著扇子。

三宮和餘下的七宗各自落座，花向晚多向藥宗看了一眼，發現今日藥宗來的居然是薛子丹。

薛子丹倒是沒有了一貫的痞氣，明面上冷淡地看了她一眼，便挪開目光。

「許久沒看熱鬧了。」碧血神君的聲音在高臺響起來，語氣中帶著幾分期待：「溫宮主似乎也許多年沒同渡劫修士動過手了。」

修士越往上越惜命，尤其是渡劫期修士，熬到最後一階，幾乎沒人會隨意和同階動手。

秦風烈聽到這話，冷哼出聲：「同渡劫期修士不交手，欺負下面的人，溫宮主可是十分威武。」

「秦風烈。」溫容聽到這話，冷眼看過去，「你這話什麼意思？」

「我什麼意思溫宮主心裡清楚。」秦風烈盯著溫容，溫容正要回話，花向晚便溫和出聲。

「溫宮主、秦宮主，兩位都是長輩，以和為貴，冥惑也要來了，」花向晚說著，轉頭看向溫容，目光中帶著幾分克制著的期望，「溫宮主，還是不必多做口舌之爭，先打坐休養。」

「教訓一個靠吸取他人修為步入渡劫的兔崽子，還需要打坐？」溫容聽到這話，嘲諷出聲，直接道：「叫人上來吧！」

聽到「吸取修為」幾個字，旁邊的秦雲衣面色微冷。

花向晚漫不經心低頭喝茶，沒有多話。

眾所周知，修行雖然分成幾個大境界，但境界並不代表絕對實力，以丹藥、吸食他人修為等走捷徑之途強行突破的境界，和靠自己一點一點爬上來的修為截然不同。兩者的實力，有著雲泥之別。

別說冥惑只是剛步入渡劫，就算他在渡劫境界穩固，也絕不是修道千年、歷經無數生死的溫容的對手。

故而兩人雖然沒戰，但大家除了鳴鸞宮和花向晚之外，其餘七宗心裡都已經有了結果。

「既然溫宮主說開始，那就把冥惑叫上來吧。」

碧血神君在雲紗後下令，沒多久冥惑便被人帶了上來。

他身穿黑色長衫，仔細看可以看見朱紅色符文繪滿長衫。他的神色和平日一樣，死氣沉沉，看不出喜怒，溫容一見他，便猛地起身，花向晚看向溫容，沉聲道：「溫宮主，今日，必為少清報仇！」

聽到這話，秦風烈抬起頭來，看向花向晚，冷笑道：「花少主的立場，可站得穩得很，就不知未來，會不會後悔？」

「若我有什麼後悔，」花向晚冷眼朝著秦風烈看過去，「只悔自己學藝不精，淪落到今日，不然還輪得到溫宮主出手？冥惑這廝，我親手了結了他。」

「不會咬人的狗，」秦雲衣聽著這話，抬頭輕笑，「就是叫得歡。」

「怎麼，」花向晚朝著秦雲衣看過去，「妳當過狗，這麼瞭解狗的習性？」

秦雲衣得話，目光微冷，秦風烈下意識想將手邊飛葉甩去給花向晚一個教訓，但只是這麼一想，就覺對面有一道冰冷的視線注視著他，他轉眸過去，就看謝長寂端端正正坐在花向晚身邊，問心劍在他身側，於晨光之下，流光溢彩。

秦風烈頓住動作，花向晚忍不住笑起來，她伸手挽住謝長寂，主動往他肩頭靠去，撒著嬌道：「夫君，秦宮主好凶，我好害怕哦。」

謝長寂聽到她的話，平穩道：「無事。」

「好了，」碧血神君見結界已開啟，聲音淡了幾分，「開始吧。」

音落瞬間，溫容提步飛入生死臺上，冥惑在她入結界瞬間，手中符紙瞬間如雨而去，隨後手上快速結印，誦念咒文。

一瞬之間，符紙化作無數個冥惑，朝著溫容急襲而去！

溫容神色平淡，手上一翻，一把箜篌憑空出現，她坐在高空，箜篌抬手一撥，琴聲舒緩，所有「冥惑」的動作瞬間慢了起來。

「以樂控時。」花向晚轉頭看謝長寂，笑道：「你能破？」

「一劍可斬。」

說話間，冥惑似乎早有準備，第二道符陣化作一把把飛刀，朝著高處彈著箜篌的溫容疾馳而去，這飛刀極快，瞬間破開了溫容可以操控的領域，溫容慢慢悠悠，撥動第二聲琴響，在飛刀來到身前瞬間，琴聲化作一道無形屏障，所有飛刀彷彿黏在上方，隨後只聽第三聲琴響！

前奏已畢，飛刀瞬間調轉方向，在琴聲之中朝著冥惑衝去！

冥惑抬手便是血色符文，在半空形成一個巨大法陣，飛刀撞在法陣之上，隨後一陣不急不緩的旋律，周邊所有樹葉在旋律中聚集而來，冥惑趁機將符文一轉，朝著溫容襲去！

飄散在空中的樹葉彷彿有了靈識，符文即將觸碰溫容之時，便及時將符文斬斷。

溫容手下琴聲逐漸快起來，秦雲衣冷冷地看著高臺，下方坐著鳴鸞宮三位渡劫修士，他們對面是清樂宮兩位渡劫修士，雙方目光對峙，似乎同臺上人一般正在廝殺。

樹葉越來越密，冥惑使出渾身解數，都無法近身。

他面上越發焦急，溫容的神色卻始終從容，只是手上撥弄琴弦動作越來越快，琴音越來越急。

花向晚靠著謝長寂，慢慢悠悠說著：「溫宮主這是想把冥惑千刀萬剮了啊。」

音落那一瞬，樹葉終於盡歸於生死臺上，箜篌琴音猛地尖銳起來，只見溫容往外一撥，樹葉如刀，密密麻麻朝著冥惑疾馳而去！

冥惑慌忙打開結界，然而這些樹葉瞬間如龍捲風一般捲席在他周邊，狠狠衝撞著他的結界。

溫容的琴音越來越急，樹葉衝撞得越來越快，只是片刻，冥惑的結界猛地碎開，冥惑手中法陣朝著樹葉轟去，但無數片樹葉仍舊抓住機會割向他的血肉。

他像是被螞蟻吞噬的巨象，瘋狂掙扎，卻始終不得出路。

對於法修而言，近身為死，冥惑拼命想要重新結起結界，但每次剛開啟，就被樹葉擊碎。

樹葉一片片割開他的血肉，臺上血霧瀰漫，秦雲衣捏緊拳頭，死死盯著高臺。

溫容居高臨下，她明顯是在玩弄冥惑，明明可以一招擊殺，卻一直看著他被樹葉千刀萬剮。

劇痛傳遍冥惑周身，他不著痕跡地看了高處一眼。

秦雲衣在。

他不能死，不能死在她面前。

他喘息著，克制著痛楚，聚集所有靈力，再也不管自己，朝著高處的溫容猛地一道法光轟去！

法光轟去那刻，他也跟著上前，溫容冷笑出聲，抬手一道音波如刀，朝著他的要害直劈而去。

這明顯是要了結了他，那些刀刃若是入體，他絕不可能活下來！

眾人都安靜下來，死死盯著高臺上的兩人，就在刀鋒即將貫入冥惑體內那一剎，異變突生！

一股巨大的邪氣從他身上沖天而起，伴隨著渡劫期致命一擊，化作一條黑龍，朝著溫容猛地襲去！

溫容慌忙撥琴，然而已完全來不及，黑龍瞬間震碎她的結界，直直衝入她身體之中，將她猛地轟倒在地！

黑氣一瞬間瀰漫她全身上下，迅速鑽入她的筋脈，劇痛瞬間傳遍周身，溫容在地面猛地哀嚎起來。

冥惑重重跌落在地，然而他毫不猶豫，爬起來從腳上拔出一把匕首，朝著溫容猛地刺去！

「慢著！」

清樂宮兩位渡劫修士驚呼出聲，然而已來不及。

帶著靈力的匕首狠狠灌入溫容身體之中，就是那一剎，謝長寂的問心劍驟然出劍，朝著冥惑直劈而去！

秦風烈、秦雲衣毫不猶豫，兩人同時出現在冥惑身前，齊齊拔劍，兩名渡劫修士奮力一劍，和謝長寂的劍意衝撞在一起，在生死臺上「轟」的炸開。

這一劍斬得花向晚一愣，她沒想到謝長寂居然會在這種時候出手管事。

但她很快反應過來，立刻起身，朝著冥惑急喝：「冥惑，你方才放出來的是什麼東西！」

「是『魘』。」不需要冥惑回答，謝長寂便先回答了花向晚的問話。

他提著劍起身，往高臺行去。

晨光之下，他一身白衣，周身殺孽之氣瀰漫，宛如天降審判之人，朝著生死臺一步步走去。

秦風烈聽到謝長寂的話，便明白他的意圖，冷笑道：「謝長寂，雲萊不允許『魘』出現，西境可是允許的。生死臺上便是屬於他們二人的決鬥，你出手，算怎麼回事？」

「讓開。」謝長寂彷彿沒聽到秦風烈的話，提劍走上臺階。

他的目光鎖在冥惑身上，冥惑感覺威壓鋪天蓋地而來，他滿身是血，根本支撐不住，猛地跪倒在地。

秦雲衣看著謝長寂走來，忍不住捏緊手中的劍，抬頭看向高處，急道：「魔主，西境之事，輪得到一個外人來說話了嗎？」

「素聞天劍宗問心劍一脈與死生之界邪魔勢不兩立，魘為其最憎惡之物，而這問心劍一脈，千百年來，培養的最成功的人形殺器，便是清衡道君。」聽著秦雲衣求助，碧血神君不慌不忙，聲音在高處悠悠響起：「畢竟，當年問心劍一脈皆血祭魘靈，算得上血海深仇，清衡道君眼中容不下魃，倒也理解。只是阿晚，」碧血神君在雲紗後轉頭看向靜靜看著謝長寂的花向晚，聲音帶笑，「這清衡道君，到底是天劍宗上君，還是妳的少君呢？」

聽到這話，謝長寂頓住步子，他停在生死臺邊緣，轉過頭去，看向高處說話的兩人。

碧血神君坐在雲紗之後，花向晚站在他不遠處。

她看著他，目光幽深，沒有答話，只是靜靜地看著他。

碧血神君敲著扇子，語氣帶笑：「若是妳的少君，那便算我們西境的人，當按著西境的規矩來，我們什麼時候不允許魃存在於世了？還是說——」碧血神君似是笑起來，「清衡上君，始終是天劍宗的道君，和合歡宮沒什麼干係？」

「謝長寂，」花向晚聽出碧血神君言語中的警告，提醒他，「生死臺上，能贏，就是贏。」

謝長寂不說話，花向晚悄無聲息捏起拳頭。

她知道他是不容「魃」的存在的，只是直到今日，她才第一次清晰地看到，兩百年後的謝長寂，對於此物，是多麼想要趕盡殺絕。

謝長寂平靜地看著她，只道：「這是『魃』。」

「你也是合歡宮的少君。」花向晚咬牙，加重了字音：「回來！」

謝長寂沒有說話，過了片刻後，他微微垂眸。

眾人舒了口氣，正以為他打算聽話回頭時，就看他猛地出劍！

他的劍太快，秦風烈都來不及攔下他的劍，就看他已經出現在冥惑身前！

數十把光劍瞬間撲面而來，冥惑現下本就是強弩之末，根本無力躲閃，只聽「轟」的一聲巨響，冥惑被釘在了地面。

他周身黑氣彷彿人一般尖叫四竄，卻被光劍封死在冥惑體內，冥惑皮膚下有什麼東西瘋狂流竄，看上去極為可怖。

他慣來忍得了疼痛，平日再疼都一聲不吭的人，熬了沒多久，竟在地上如野獸一般哀嚎起來。

謝長寂從容收劍，平穩道：「問心劍有克制魘靈之用，這些劍意會融入他身體之中，半月之後，將他身體中的魘魔銷食殆盡，他自會恢復。」

說著，謝長寂終於轉身，走回高臺。

所有人都看著他，花向晚下意識屏住了呼吸，看著他一步一步走來。

他的劍還提在手中，她莫名身體顫慄，覺得那劍尖似乎隨時會指向她。

她與冥惑，沒什麼不同。

察覺花向晚的情緒，碧血神君轉頭看去，語氣中帶著幾分調笑：「哎呀呀，阿晚，妳這位少君，真是剛正不阿，恪守原則啊。還好今日，身上帶著魘的不是阿晚，不然，就不知道清衡道君，會不會也這麼殘忍。」

「魔主說笑了。」花向晚聽到魔主的話，恢復了神色，恭敬地笑起來：「這怎麼可能呢？雖然合歡宮屬於西境，但魔主忘了，」花向晚神色平淡，「這東西，我母親也很討厭。」

「是哦，」碧血神君似乎被提醒，他點了點頭，只道：「花宮主當年……也像清衡道君一樣，不允許這個東西存在呢。」

說話間，清樂宮的人已經衝了上去，去抬溫容，鳴鸞宮的人也趕到冥惑身邊，想把冥惑從劍陣中抬下來。

謝長寂平穩地走到花向晚身邊，花向晚見他回來，朝著碧血神君恭敬地行了個禮：「神君，我先去看看溫宮主。」

「去吧。」碧血神君揮了揮手。

花向晚立刻轉身，碧血神君似乎想起什麼，突然叫住她：「阿晚。」

花向晚頓住步子，碧血神君緩聲提醒：「可別好了傷疤，忘了疼啊。」

花向晚聞言，有些聽不明白對方意思，但想到下方的溫容，她來不及深想，恭敬道：「謝魔主提醒。」

說完，她便轉身走下去。

謝長寂下意識想去拉她，花向晚卻彷彿什麼都沒察覺一般，從他身邊急急錯開。

謝長寂動作一頓，緩了片刻，他這才跟上去。

碧血神君在雲紗後看著一干人散場，輕輕敲著摺扇，呢喃：「真熱鬧。」

花向晚壓著情緒，急急跟上溫容。

到了清樂宮的院落，花向晚大聲道：「溫宮主！」

「花少主！」清樂宮的人攔住花向晚，緊皺眉頭：「留步。」

「溫姨！」花向晚忍不住出聲。

溫容聽到這聲喚，微微合眼，緩了片刻，她喘息著開口：「讓向晚進來。」

眾人聽著她變了口風，對視一眼，終於放開花向晚。

花向晚見謝長寂跟在身後，吩咐他一聲：「你先在外面等我。」

說著，花向晚便提著裙，十分急切地趕了上去。

等進入屋中，就看溫容坐在椅子上，十分虛弱，她旁邊兩位渡劫期修士守著她，分別是清樂宮左右使，宮商、角羽。

花向晚一見她，便急急出聲：「溫姨，妳需要什麼，我去找給妳，我讓謝長寂來幫妳，還有薛子丹，我去求薛子丹……」

「阿晚，」溫容打斷她，喘息著，「來不及了，我不行了。」

「溫姨……」花向晚看著她，紅著眼眶：「妳……妳不要這樣說，我……我還要替少清照顧妳。我已經沒了師父和許多師兄師姐，又沒了少清，溫姨……」

花向晚哽咽得不成句子，溫容看著面前這個女子，神色疲憊。

花向晚倒是一貫撐不起來的，沒有當年半點樣子。

但若花向晚有當年的樣子，那，大家便要害怕了。

十八歲的化神期，傲氣張揚，這份資質，讓人豔羨又恐懼。

合歡宮已經有了花染顏，不能再有花向晚。

只是，如今又有什麼辦法？

現下只有她，對他們溫氏母子有幾分真心實意。

而且不得不說，她運氣真好，有謝長寂那樣的大能為她鎮守合歡宮，如今托孤，她才有幾分希望。

「莫哭了。」溫容嘆了口氣，她拍了拍花向晚的手，面上全是溫和：「過往是我對妳太嚴厲，少清一直跟我說妳好，我不信，現下我才知道，是我瞎了眼，怎麼會覺得秦雲衣好呢？」

「是我做得不夠好，」花向晚搖著頭，「我若爭氣些就好了。」

「妳當年也是很好的，」溫容勸著，不想同她繞彎子，直入主題，「如今有謝長寂幫妳守著合歡宮，我走也放心了。」

「溫姨……」

「只是，清樂宮剩下的人，不知該怎麼辦。」溫容看了看旁邊兩位渡劫修士：「你們倒是去哪裡都無妨，但餘下弟子……」

「宮主放心，」宮商出聲，「清樂宮餘下弟子，我們都會照看好。」

「可鳴鸞宮，怕是不會放過我們。」溫容搖搖頭，「當年合歡宮出事，鳴鸞宮怎麼做的，大家都清楚。合歡宮原本管轄三宗，現下除了百獸宗過於微弱還在，其他基本都被鳴鸞宮逼著投靠了他們，手中法寶、靈脈盡數上交，若非如此，合歡宮弟子怎麼多年來如此不濟？」

花向晚聽著溫容提及往事，面帶憤恨之色。

溫容看了她一眼，見目的達到，便嘆了口氣，暗示著道：「清樂宮如今若無人相幫，也只有被鳴鸞宮吞併的命了。」

「溫姨，」花向晚聽著，明白了溫容的意思，她抬起頭來，擦了一把眼淚，目光堅定，「您要我做什麼？」

「阿晚……」溫容看著花向晚上套，面上卻露出幾分不忍，「溫姨不忍心讓妳捲入此事。」

「不，」花向晚神色堅定，「溫姨，鳴鸞宮欺辱合歡宮的我都記得！我絕不能眼睜睜看著少清的宗門步合歡宮後塵。我嫁給謝長寂，他……他對我還是上心的。而且，我如今金丹已經修復大半……」

聽到這話，溫容心上一跳，旁邊宮商、角羽對視一眼，隨後溫容便立刻抓住花向晚，急道：「妳說的可當真？」

「當真。」花向晚點頭，目光真切，「所以溫姨，妳要我做什麼妳說。」

「那就好……」溫容蒼白的臉上帶著幾分喜色，隨後，她看著花向晚，認真開口，「那妳答應我，幫溫氏保住清樂宮，一條靈脈、一件法寶，都不要讓他們拿走！」

花向晚動作一頓，溫容見她猶豫，不由得抓緊了她的手臂，急道：「阿晚，他們殺了少清啊！我怎麼能讓秦雲衣和冥惑這姦夫淫婦，殺了我兒又奪我基業！妳忍心嗎？」

「我知道。」花向晚似乎有些亂，「可……可這樣一來，合歡宮就要和鳴鸞宮對上……」

「妳母親呢？」溫容提醒她，「妳母親是渡劫期，謝長寂也是，妳金丹好了之後便是化神，加上清樂宮兩位渡劫，還有魔主，他會幫妳的，阿晚妳別怕。」

溫容誑哄著她：「只要妳應下幫我護住清樂宮，之後從我溫氏族人中挑出一位少主，等他長大交還，我這就給魔主傳信，將清樂宮代理宮主之位交給妳。這期間，清樂宮的法寶、靈脈，合歡宮都可以用，兩宮合一，只有這樣，我們兩宮才有一條生路！」

「溫姨……」

「阿晚！」說著，溫容一口血嘔了出來，她死死抓著花向晚，激動道：「答應我！妳就把溫氏的孩子當成妳和少清的孩子，妳想想少清，妳答應我！」

「好，好，我都答應，我一定會保住清樂宮。」花向晚扶著溫容，似是慌了，她轉頭看向宮商，著急道：「快，宮左使，別讓溫姨說了，快救她！」

「不，不……我先傳音。」

溫容說著，急急給碧血神君傳音，將花向晚是代理宮主一事確認之後，她終於放鬆下來，整個人往後一倒，便再也沒了力氣。

花向晚趕緊扶住她，旁邊宮商、角羽給她灌著靈力，但她身體中的金丹元嬰已經被魘的邪氣碎掉，現下只依靠著身體殘餘的那點靈力支撐。

她知道自己已經走到盡頭，便靠著花向晚，同眾人一一吩咐著後事。

把一切處理完畢，她靠在花向晚懷裡，有些疲憊，人生走到最後一程，沒想到是花向晚送她。

這一刻，她什麼都不願想，驀地竟有了個荒唐的念頭——

要是當年溫少清娶了花向晚就好了。

花向晚，至少是少清喜歡的女孩子。

想到這，她心中安寧幾分，閉著眼睛，感覺自己像是個普通老人，她失去了唯一的愛子，如今只能讓這個兒子深愛了一生的女人，為自己送終。

周邊任何一點人聲在此刻都顯得嘈雜無比，她輕輕出聲：「阿晚，讓他們都出去吧。」

花向晚含淚點頭，看了大家一眼。

眾人聽著這話，紛紛走了出去。

等房間安靜下來，溫容靠在花向晚懷中，輕聲道：「阿晚，妳和我說說少清吧，你們怎麼認識的？」

花向晚聽著溫容的話，緩慢地說溫少清和她。

溫容靜靜聽著，她目光中露出幾分後悔：「是我對他太嚴厲了……他明明不是修仙這塊料，可我怕他在西境活不下去，也覺得他丟了我的臉。畢竟我打小就是佼佼者，怎麼會生出這樣一個兒子。我總是打罵他，他以為我對他沒什麼感情……」

「不，」花向晚安撫她，「大家都知道，妳愛他。」

「他也知道嗎？」

「知道的。」

然而想到兒子和自己一次次爭執，溫容便知道她是在騙自己。

她感覺生命流逝，終於問起了這個姑娘相關的事：「阿晚，妳師父走的時候，也是這樣嗎？」

「不是的。」花向晚笑了笑，她平靜地握住溫容的手，溫和道：「她走得很痛苦。」

「痛苦？」

溫容聽不明白，然而她還沒有反應過來，就被花向晚猛地捂住嘴，死死按在懷中。

「像這樣。」

魘靈的邪氣猛地貫穿進溫容體內，在她身體裡炸開，她因為劇痛奮力掙扎起來，花向晚死死捂住她的嘴，平靜道：「哦，還有，妳說錯了，我師父沒死，死的是我母親。」

花向晚聽著她「嗚嗚」痛苦之聲，感覺暢快極了，她感覺血液流速都快了起來，忍不住說起她根本不能和其他人言說的痛苦。

「她走的時候，金丹被剖，修為被吸乾了，她很疼，可她不說。」

「溫姨，」她死死按著掙扎著的溫容，面上表情十分真摯，「我替合歡宮謝謝妳，謝謝妳讓人打開了西境邊防大門，謝謝妳策劃參與這一切，謝謝妳兩百年羞辱，也謝謝妳和少清，對我的厚待。作為報答，」她覆在溫容耳邊，「告訴妳一個祕密——」

「溫少清，」她壓低了聲，「是我殺的，只是我沒動手而已。」

聽到這話，溫容猛地激動起來，然而這點動作對花向晚而言太過微弱。

她抱緊了她，任由邪氣在溫容體內肆虐，她看著溫容痛苦的表情，忍不住笑起來。

她滿臉是淚，但面上笑卻十分暢快。

溫容拼了命想去抓她，但她用盡全力的動作，顯得格外微弱。

「放心吧，這只是開始。」

她看著她掙扎，感覺溫容的氣息漸弱，她有些沉迷於這樣的快感，決定告訴溫容一個好消息。

「所有人，我沒有一個會放過，妳放心，」她聲音很輕，「他們都會來陪你們的。」

說著，溫容的掙扎小了下去，在她懷中慢慢沒了氣息。

花向晚察覺她已經死得透徹，便將她放回床上，認認真真處理了周身痕跡，確認魂魄消散後，才趴在床邊，猛地嘶喊出聲：「溫姨——！」

第九章　托孤

她這一聲大吼出來，宮商、角羽、謝長寂等人立刻衝了進來。

所有人看見花向晚跪在地上，趴在床上，低低痛哭。

宮商、角羽上前查看，確認溫容已經離世後，兩人也紅了眼眶，咬了咬牙，只道：「花少主，妳先回合歡苑休息吧，我們要為宮主操辦後事了。」

「不——我幫……」

花向晚還沒說完，她似乎意識到什麼，回頭看向謝長寂，謝長寂靜靜地站在一旁，目光中帶著審視。

宮商立刻明白此刻情況，花向晚畢竟和謝長寂才是夫妻，與溫少清又有一段過往，若不避嫌，難免讓謝長寂心生芥蒂。如今清樂宮最大的依仗便是謝長寂，萬不能在此時出現間隙。

宮商穩了穩心神，低聲勸阻：「花少主，妳還是同少君先回去，有消息我們再通知您。」

「好。」

花向晚吸了吸鼻子，克制住情緒，謝長寂走上前，伸出一隻手，將花向晚輕輕扶起，花向晚由他攙扶著，低泣著往門外走去。

她握著謝長寂的手微微顫抖，謝長寂察覺她的情緒，抬眸看了她一眼。

他扶著花向晚走回合歡苑，等進了小院，謝長寂的結界悄無聲息張開，花向晚察覺，卻仍舊沒有放鬆警惕，繼續保持著悲痛的姿態。

靈南、靈北早已等候在院中，看見花向晚，兩人立刻站起來，靈南急道：「少主，如何了？」

「去了。」花向晚吸了吸鼻子，似是哀傷，她抬起頭來，看了兩人一圈，暗示道：「溫宮主怕她死後鳴鸞宮對她不利，臨終托孤，讓我暫時代理清樂宮宮主一職，從溫氏血脈中挑選出一個孩子，培養長大，作為交換，願將清樂宮所有資源與合歡宮共用。」

「那我們豈不是很不划算？」靈南瞪大了眼：「鳴鸞宮五個渡劫，下面化神元嬰金丹這麼多，還有那麼多宗門依附他們，我們和他們搶，還要幫溫氏養孩子？」

「靈南。」聽見靈南的話，靈北叫住她，低聲道：「少主有少主的考量。」

靈南得話，低低「哦」了一聲，有些失落地安靜下去。

靈北轉頭看向花向晚，恭敬道：「那我將消息先送回宮中，再去打聽魔主那邊如何安排。」

花向晚含淚點頭，似乎剛承受了極大的打擊，但還不忘吩咐靈南：「妳也別閒著，去清樂宮那邊照看一下，不要讓溫宮主走得不安心。」

「知道了。」靈南悶悶出聲。

花向晚嘆了口氣：「我累了，先回去休息，你們去做事吧。」

說著，她由謝長寂攙扶著往屋中走去。

等兩人進了房間，花向晚頓時站直了身子，面上表情冷淡下來，她從謝長寂手中把手抽走，慢條斯理擦著臉上眼淚。

謝長寂靜靜地看著她，過了一會兒，他才出聲：「妳在雲萊，拿到魘靈時，已經想好今日了？」

「嗯。」花向晚應聲，她給自己倒水，語氣一如平日：「具體沒想好會發生什麼，但我知道，只要開始搶魔主血令，各宮各宗必有裂痕，這就是我的機會。我需要的就是足夠強，等他們互相殘殺之後，給致命一擊。」

「那現在到妳出手的時候了嗎？」

「快了，」花向晚抿了杯子裡的溫水一口，「溫容死了，鳴鸞宮下面兩個得力宗門巫蠱宗和陰陽宗也沒了，剩下的宗門都是牆頭草，等我拿到清樂宮的資源，把清樂宮兩個渡劫修士綁死在合歡宮的船上，鳴鸞宮，也該倒了。」

謝長寂沒說話，花向晚抬眼看他，吩咐道：「你先打坐休息吧，今日之事估計還沒完。冥惑好歹是個渡劫期，你那一劍劈下去，總要打坐調息一下吧？」

謝長寂站著不動，花向晚伸著懶腰，往床上走去：「我先去睡一覺，今日繃得太緊……」

「我是問心劍主，問心劍與死生之界乃世仇，魘魔誕生於死生之界，我問心劍一脈又皆為封印魘靈而死，我看見魘寄生於人體，不可能無動於衷。」

謝長寂緩聲開口，花向晚動作頓了頓，隨後才明白他是在解釋今日生死臺上之事。

她聽著這個解釋，回過神來，才點頭：「哦，我明白。」

「而且，妳也說過，我面上最好保持天劍宗的身分，不要與妳過於親近。加上冥惑終究要與妳為敵，現下傷他，他至少有半月時間不能做什麼，妳想拿下清樂宮，也算少一分阻力。」

「你竟想到這一層，」花向晚笑起來，「倒有些出乎我意料了。」

謝長寂看著她的笑，沒有出聲。

花向晚想了想，見他無事，便擺手道：「你不休息我休息，我得睡了。」

說著，花向晚便脫了鞋，上了床。

其實她也睡不著，但她此刻不想和任何人說話。

殺完溫容大喜之後，莫名有一種說不出的空虛感，她好像茫茫然行走在天地間，心裡空落落的。

謝長寂在屋裡站了一會兒，走到床邊，他卸下床帳，輕輕躺在她身邊。

她背對著他不作聲，過了一會兒後，身後的人側過身，從背後抱住她。

暖意從身後襲來，謝長寂低聲問她：「做吧？」

這話吸引了她的注意，將她從那一片荒蕪的茫然感中拖回來，沒想到這個時候他還能想這事，她忍不住笑起來：「謝長寂，你有完沒完了？」

謝長寂不說話，他聽著她笑，終於覺得滋長在血液中的不安感消散幾分。

他很難告訴她，他愛的不僅僅是這件事本身，而是只有在他們肌膚相親那一刻，他才會覺得，他真實擁有著她。

這是他唯一能感受她的辦法，也是他唯一能消弭骨子裡焦躁惶恐的時刻。

所以他沉溺於此，食髓知味，恨不得日日夜夜，時時刻刻，都與她共淪欲海，不得彼岸。

但這樣的病態他難言於聲，便只是靜靜擁抱著她，去汲取她身上那點微薄的暖意，讓自己平靜下來。

花向晚被他這麼一打擾，一時竟有種被拉到人世的感覺，她在昏暗的光線裡看著床帳上繁複的花紋，感覺光透進床帳，她忍不住伸手去觸碰，輕聲開口：「謝長寂，你在死生之界，屠盡一界後，是什麼感覺？」

說著，花向晚有些茫然：「你完成了師門千百年來一直想做的事，你也為你師父、同門報了仇，那個時候，你應該很高興吧？」

「沒有。」謝長寂想起他站在荒原裡，問心劍平靜下來，滿地鮮血狼藉，他再也感知不到任何邪魔氣息時的心境。

那時候，沒有高興，沒有激動，他甚至有些茫然。

他不知道該去哪裡，也不知道前路，有那麼一刻，他不太明白，為什麼活下來的是自己。

他本就無所謂生，無所謂死，可偏生，躍下死生之界的是晚晚，以身祭劍的是師父，被死生之界邪魔屠盡的是同門。

他仔細想著當時，終於開口：「那時候，在想妳。」

聽到這話，花向晚回頭，她看著青年的眼神，對方靜靜地看著她，說起那一刻，將他召回天劍宗的畫面。

「我突然想起來，有一天夜裡，咱們輪流守夜，那天星光很好，妳讓我先睡。等我睡著了，妳用狗尾巴草悄悄戳我。」

「然後呢？」

花向晚在他懷裡翻過身，聽著他說這早已遺忘的過往，清楚知道這的確是她能做出來的事。

謝長寂閉上眼睛，聲音帶著幾分笑：「我不想理妳，假裝睡著了，以為妳就會消停。結果妳發現我睡著了，竟偷偷親了上來。」

花向晚聽著他說話，突然覺得自己像是回到兩百年前，少年躺在草地上，她低頭看著他。

他的聲音隔絕了這兩百年的苦難與痛苦，撫平了她心中的貧瘠與枯竭。

她聽著他描述：「那時我心裡有些慌，但其實又覺得有些高興，我不知道該不該睜開眼睛……」

話沒說完，他就感覺一雙柔軟的唇迎了上來。

謝長寂沒有睜眼，他感覺花向晚伸出手，摟住他的脖子，她主動深入，像是來到當年異界那一片雪地，在冰雪中擁抱住他。

他們隔著兩百年擁吻，療癒著落下的時光，他像少年時一樣溫柔小心，她主動糾纏。

光影婆娑中，她主動坐在他身上，他坐著擁抱她，虔誠地埋在她身前。

碧海珠隨著她動作起起伏伏，謝長寂沒有抬頭，他雙手撐在身後，支撐著兩個人，忍耐著她所給予的一切。

足夠了。

他不斷告訴自己。

她活著，他能守在她身邊，他能陪伴她，這不就是他一開始所求的嗎？

可他還是忍不住抬頭，目光落在碧海珠上，他盯著它，過了許久，逼著自己挪開目光，按著她的額頭朝下，再一次破開她的識海。

元嬰交纏，靈力交換，結契雙修所帶來巨大歡愉升騰而上，花向晚忍不住低泣出聲。

而這時，魔主房中，青年用摺扇輕敲著窗戶，緩慢道：「你們想讓冥惑暫代清樂宮主，此事清樂宮同意嗎？」

「溫宮主已經去了，清樂宮無人主事，同意與否，端看魔主的意思。」秦風烈隔著屏風站在外間，語氣是商談，但神色卻談不上恭敬。

青年看著花向晚居住的合歡苑的方向，笑起來：「可溫容臨死之前，已經同本座說了，代理宮主一職要交給花向晚。」

「她糊塗了。」秦風烈帶著幾分不屑：「花少主金丹半碎，怕是管不了清樂宮的事。」

「管得了管不了，這都是溫容定下的，」青年轉過頭，看向屏風外的秦風烈，「秦宮主與其勸本座，倒不如去勸勸花少主，你說呢？」

秦風烈不說話，過了片刻，青年緩聲道：「這樣吧，冥惑贏了溫容，按理來說，他暫代清樂宮宮主一職，也順理成章，但溫容死前指定了花向晚為代理宮主，花向晚也是名正言順，不如今晚宮宴，」青年語氣中帶著幾分笑，「大家商量商量？」

秦風烈得話，恭敬道：「謹遵魔主吩咐。」

「那我這就讓人下去操辦此事，秦宮主，請吧。」

「是。」秦風烈沒有多爭什麼，轉頭從屋中退去。

青年坐在窗前，漫不經心轉著扇子，過了片刻後，他想了想，傳音過去：「阿晚。」

傳音久久不回，青年慢慢悠悠：「阿晚，若妳不方便說話，不如本座親自來找妳？」

這話過去，沒一會兒，傳音玉牌便亮了起來，花向晚聲音恭敬：「魔主。」

「阿晚，妳可是頭一次回話這麼晚，本座很傷心啊。」

「方才有些事耽擱了，魔主見諒，不知魔主親自傳音，可是有何要事？」

花向晚語氣平靜，碧血神君聽著，眼神冷淡，唇邊笑意不減。

「不是什麼大事，就是今晚本座想為冥惑辦個慶功宴，妳覺得如何？」

聽到這話，花向晚沉默了一會兒，片刻後，她低聲道：「溫宮主剛去，為冥惑慶功，不知魔主，是打算慶什麼功？」

「西境又多了一位渡劫修士，還能越級殺了前輩，不值得慶賀嗎？」碧血神君笑起來：「秦宮主都答應了呢。」

這話出來，花向晚便明白了碧血神君的意思，特意問了秦風烈，那必然是事關清樂宮。

「既然這樣，」花向晚語氣中帶著幾分笑，「屬下謹遵魔主安排。」

「好，那就這麼定下。」

「是。」

「還有，」碧血神君似乎突然想起什麼，溫柔語氣中帶著幾分警告，「阿晚，若下次再讓我等，我便不高興了。」

「我脾氣不好，」他提醒她，「妳知道的。」

花向晚沉默下來，過了片刻後，她應聲：「知道了，不會有下次。」

「乖。」

說完，魔主切斷了傳音。

花向晚握著玉牌，轉過頭來，看著謝長寂平靜地注視著她胸口的疤痕，一言不發。

她想了想，嘆了口氣，伸手抱住他：「唉，我就知道，這事兒沒完。」

說著，她低頭親了親他，從床上起身：「趕緊吧，今晚還有宮宴，準備準備。」

謝長寂不說話，他似乎在想著什麼。

花向晚有些奇怪，回頭看他：「你怎麼不說話？」

「碧血神君，」他坐在床上，突兀出聲，「是不是從來不以本體示人？」

這話把花向晚問得一愣，緩了片刻，她才明白他在說什麼，點了點頭：「是，他擅長西境各宗術法，你所看到的，都是傀儡或者是符紙做出的分身。」

「他本人在哪裡？」謝長寂的目光落在她胸口的疤痕上，認真思索著。

花向晚察覺他的目光，抬手將衣服拉上，雖然有些奇怪，但還是搖了搖頭：「不知道，普通人也見不到。」

謝長寂不再問話，花向晚突然緊張起來：「你打算做什麼？你不會是打算殺了他吧？」

「殺不了。」謝長寂冷靜開口：「他很強。」

花向晚舒了口氣，知道謝長寂還算有數，心裡就放心了。

隨後就看他從床起身，披了件單衫，走進淨室。

等他進去之後，花向晚突然意識到一個問題——他怎麼知道碧血神君很強的？

花向晚和謝長寂準備宮宴時，秦風烈同秦雲衣坐在屋中。

「花向晚敢接溫容的爛攤子，怕是腦子不清醒。」秦風烈端著杯子，神色冷淡：「秋後螞蚱，仗著魔主和溫少清的顏面苟延殘喘這麼多年，碾死她我都覺得浪費時間，既然非得蹦躂到咱們面前來，今晚把她殺了就是了。」

「可謝長寂一直守著她，」秦雲衣站在一邊，微微皺眉，「怕是不太好下手。」

「那就把人分開，」秦風烈抬眼，「這點事都不會辦嗎？」

「可她若死了，謝長寂和魔主……」

「魔主自顧不暇，至於謝長寂，」秦風烈笑了一聲，「他還真能看上花向晚？不過是想來西境查魘靈的去處，打個幌子罷了，把花向晚殺了，凶手給他，這件事就算完了。」

「那，若今晚動手，派誰去呢？」秦雲衣眉頭微皺。

花向晚雖然金丹半碎，但畢竟是個化神修士，尋常修士怕是很難輕易殺了她，若殺她花的時間太多，謝長寂趕了過來，就麻煩了。

所以此番必須派出一個高手，而且，是註定要捨棄給謝長寂殺了抵罪的高手。

秦雲衣心中一時沒有合適的人選，秦風烈有些奇怪，微微皺眉：「妳是傻了麼？除了冥惑還有誰？難道要派鳴鸞宮自己人？」

秦雲衣一愣，下意識道：「可他現在還受謝長寂劍氣折磨……」

「那妳不會幫他？」秦風烈有些不耐煩起來，「妳修混沌大法，吸食他人修為劍意妳最擅長。把謝長寂的劍氣渡到妳身上吃了，對妳的修行還有好處。妳把劍氣吸食到自己身上，今晚讓冥惑去，告訴他，只要他殺了花向晚，什麼條件我們都可以給。」

反正都不會兌現。

秦雲衣聞言，動作微頓，片刻後，她微微垂眸，恭敬道：「是。」

終歸只是一條狗，有什麼好可惜。

「趕緊去辦吧。」秦風烈擺了擺手：「宮宴之前，要準備妥當。」

秦雲衣應下，行禮告退，她回了房間，將人召來，吩咐今晚要做的事情之後，簡單沐浴，隨後便去找冥惑。

一進房間，藥味撲面而來，冥惑坐在裝滿藥浴的池中，喘息著抬眼。

秦雲衣慢慢走進房間，朝著眾人擺了擺手，眾人行禮，安靜有序退出屋中，合上大門。

冥惑喘息著，似乎在忍受極大的痛苦，但他的目光在秦雲衣身上，眼都不挪，眼中只有她一個人。

秦雲衣慢悠悠坐到椅子上，抬手撐頭，任由青絲從椅子上如瀑垂下。

她生著一張素雅慈悲的臉，一身素白長衫，感覺像是供在神壇上的神佛，冥惑靜靜地看著她，聽她輕笑出聲：「疼麼？」

說著，不等冥惑開口，秦雲衣便替他回答：「問心劍意極為霸道，乃魅魔天敵，你必定很疼。」

「主子這麼問，」冥惑沙啞出聲，「冥惑就不疼了。」

聽到這話，秦雲衣輕笑：「居然敢請魅魔附身，知道下場嗎？」

「知道，」冥惑艱難開口，「神智逐漸喪失，最後成為魘靈養料。」

「那你還敢？」秦雲衣目光微冷，「西境這麼多修士，除非有大仇難報，或是絕境求生，不然誰會主動請魘魔寄生？你瘋了？」

「我想贏。」

「我不是告訴你讓你走嗎？」秦雲衣厲喝，「不想死在溫容手裡，不會跑？」

「我想贏。」冥惑重複，他靜靜地看著秦雲衣：「我不是怕死，我是想贏。」

聽到這話，秦雲衣一愣，隨後她想起來，是她許諾的，如果冥惑能贏，她許他一個願望。

只是她沒想到，他居然會以這種方式贏。

意識到他的意思，秦雲衣嗤笑出聲：「你是來同我討債了？」

冥惑不說話，秦雲衣無意識摩挲著指甲，看著面前的青年，淡道：「說吧，要什麼？」

青年不言，從浴桶裡起身。

他全身都在抖，明顯極為痛苦，卻還是撐著自己從浴桶裡出來，赤足踩上柔軟的地毯，一步一步朝她走來。

他長得很高大，和當年她第一次見到的那個瘦弱男孩截然不同。

她看著他，感覺還像是當年那個爬到她面前的孩子。

那時他被宮中人欺辱毆打，拋在泥濘中等死，察覺她經過，他拼死爬向她，用那雙骯髒的手握住她的裙子，顫抖出聲：「救我。」

他許諾她：「求您救我，日後，我的命就是您的。」

她對他的命不感興趣，只是剛剛輸給花向晚，她想找個能試她劍招的人，於是她挪過目光，看了他一下。

她出身大家，哪怕只有十幾歲的年紀，也能一眼看出對方筋骨，地上的人筋骨不錯，她便出聲：「好，那你以後，給我試劍。」

就隨手一救，沒想到，他就真的忠心耿耿侍奉了她這麼多年。

身邊沒有一個人，能在有他這份資質的情況下，像他這樣，對她百依百順，絕對臣服。

她靜靜地看著他走到身前，跪在她面前。

他仰起頭，繪著複雜紋路的臉上，浮現出癡迷的表情，仰望著她。

「要什麼？」秦雲衣冷淡出聲。

冥惑沒說話，他只是看著她，然後垂下眼眸，顫抖著手，放在她翹起的那一隻腳的腳背上。

秦雲衣一愣，冥惑撫摸著她的腳背，一手取下她的鞋襪，一手探入她的裙擺，順著小腿往上撫摸過去。

他仰頭看著她，等著她的命令，秦雲衣呆呆地看著他，就聽冥惑沙啞出聲：「主子，好麼？」

「你……」

秦雲衣猛地反應過來，她下意識想縮，冥惑卻一把握住她的腳。

他虔誠低頭，吻上光潔玉足。

「主子，妳答應過我的。」他喘息著：「我贏了。」

「冥惑……」

「我活不了多久，我知道。」他吻著她的腿，一路往上。

「我可以做所有事，我可以為主子去死，我什麼都可以，我只有這個願望。」

聽著這話，秦雲衣冷笑起來：「你要想女人，早些同我說就是了。」

冥惑動作一頓，他仰起頭來，注視著秦雲衣：「我只要主子。」

「哪怕要了你的命？」秦雲衣壓下上半身，盯著他：「不怕死嗎？」

「主子要我做什麼？」冥惑詢問。

秦雲衣不說話，她看著面前的人沒有半點退縮的眼睛，好半天，才出聲：「我替你拔了劍氣，今晚宮宴，殺了花向晚，謝長寂會殺了你。」

「好。」冥惑毫不遲疑。

秦雲衣忍不住再提醒一次：「你會死。」

「我知道。」

兩人對峙，冥惑想了想，有幾分擔心：「我只是遺憾，我死了，再不能為主子效力了。」

秦雲衣不說話，她忍不住捏起拳頭。

過了許久，她閉上眼睛，深吸了一口氣。

「既然上趕著找死，那就去死。」

說著，她緩慢睜眼，完全換了一個態度，慵懶的往椅子靠背上倒去，整個人敞開來。

冥惑的呼吸重起來，秦雲衣白玉一般的腳趾挑起他的下巴，審視著他：「會伺候人嗎？」

冥惑整個人都在抖，他低下頭，沙啞回應：「願為我主效勞。」

兩人一直糾纏到入夜，等事畢時，她坐在他身上，緊緊擁抱著他。

兩人喘息著，感覺著對方的心跳、溫度。

秦雲衣有些恍惚，冥惑低聲提醒：「主子，妳忘了給我取劍氣了。」

秦雲衣沒說話，她只是抱著他。

問心劍意可以斬殺魘魔，她留著，十五日後，冥惑還有一條出路。

她若取了之後，對她修為大有裨益，而冥惑今晚殺花向晚也更有把握，只是，他日後必定會被魘魔吞噬，淪為魘靈養料。

他會死。

無論是成為魘靈養料，還是謝長寂為了花向晚報仇，他都必死。

秦風烈不會願意派鳴鸞宮任何一位高手去殺花向晚，因為除了冥惑，鳴鸞宮其他高手，都是一步一步爬上來的修士。

他們根基更深厚，修為更強，秦風烈捨不得。

就要她捨得。

可憑什麼？

這是她養的狗，他死了，她哪裡再去找一條這麼聽話的渡劫期的狗？

而且，她養的狗，憑什麼要別人決定生死？

謝長寂不能，秦風烈不能，誰都不能！

這個念頭閃過腦海，她做了決定。

「劍氣我不拔。」秦雲衣低下頭，捏著冥惑的下巴，逼著他抬頭看他：「你忍一忍，帶著劍氣，把花向晚殺了。」

冥惑茫然地看著她，秦雲衣一抬手，乾坤袋中飛出一張傳送卷軸，她遞到冥惑手中：「殺了花向晚，來得及就把她的元嬰挖出來吃了，然後立刻走，忍十五天，你身體裡魘魔拔出，就自由了。」

「然後呢？」

「走，謝長寂離開西境之前，別出現。」

「去哪裡？」

「哪裡都行，」秦雲衣看著他，「活著就好。」

冥惑沒說話，他靜靜地看著秦雲衣，一瞬之間，他好像明白什麼，慢慢笑起來。

「主子，」他仰望著她，目光中帶著幾分期許，「那如果我活著，您能再許我一個心願嗎？」

「什麼？」秦雲衣目光冰冷。

冥惑看著她，認真地開口：「我想娶妳。」

他生於泥濘，生來卑賤。

她高高在上，俯視眾生。

這話他從來想都不敢想，更不要說說出口。

秦雲衣盯著他，好久後，她猛地抬手，狠狠搧在他臉上。

然而她沒拒絕，只說：「滾。」

冥惑笑出聲來，秦雲衣起身走向淨室。

兩人一起清洗了身體，冥惑忍著疼，侍奉著她穿上衣衫。

他動作很溫柔，一貫冰冷的眼裡，頭一次露出這麼溫柔的眼神。

他們像一對新婚夫妻，他溫柔地注視著他的妻子，為她穿好衣衫，梳理頭髮，然後從乾坤袋中取出一根玉簪，輕輕插入她的髮絲。

「什麼東西？」秦雲衣冷著臉，語氣中全是嫌棄。

「我自己做的玉蘭簪。」冥惑調整了玉簪的位置，抬頭看向銅鏡，「好看嗎？」

「浪費時間。」秦雲衣站起身，轉身往外走去。

她找冥惑之前，已經安排好今晚的一切，魔宮中早就安排了鳴鸞宮的人，宴席上她會讓人把花向晚引出去，冥惑提前等在偏殿，秦風烈會設下隔絕謝長寂感知的法陣，雖然未必有效。

如果順利的話，他甚至可以取走花向晚的靈氣珠，這樣一來，花向晚更是個廢人了。

秦雲衣想著今夜的安排，領著冥惑走上宮殿長廊，走了一段路，便有一個宮女上前，朝著她行禮，低聲道：「少主。」

「把人帶到偏殿等著。」秦雲衣指了一下冥惑：「一切聽他安排。」

「是。」宮女低聲，隨後抬頭看向冥惑：「冥宗主，請隨奴婢過來。」

冥惑點頭，跟著宮女往前。

秦雲衣看著他的背影，想了想，轉身便打算離開，冥惑突然想起什麼，叫了一聲：「雲衣。」

秦雲衣一愣，這是冥惑第一次叫她名字，她愣愣地看著冥惑，就看對方蒼白的臉上，露出幾分笑意：「我就叫叫，從來沒叫過妳的名字，妳別生氣。」

秦雲衣不說話，冥惑轉過頭去，又恢復平日的冷淡，同宮女道：「走吧。」

冥惑早早等到偏殿，秦雲衣安排好一切，終於提步走入大殿。

這時候，花向晚也剛剛梳洗完畢，領著謝長寂一起步入大殿之中。

兩人從宮門入內，花向晚笑著看了秦雲衣一眼：「秦少主，真巧啊。」

秦雲衣聽到這話，也笑起來：「花少主。」

「冥惑呢？」花向晚看了她身後一眼，

秦雲衣神色淡下來，抬眸看向謝長寂：「托清衡道君的福，現下還在休息。」

「魘畢竟是邪物，」花向晚意有所指，「長寂也是為冥惑好，秦少主可不要誤會記恨。」

「自然。」秦雲衣語氣淡淡，只道：「入席吧。」

一行人走進大殿，花向晚的位子被安排魔主下方右側的桌邊，和秦風烈並排。魔主的位子在雲紗之後，但奇怪的是，這次雲紗後有兩張桌子。

宮女上前引路，朝著謝長寂恭敬道：「上君，魔主說，上君為問心劍主，自雲萊遠道而來，理應坐尊位，請上君隨奴婢往這邊走。」

「等等。」聽到這話，花向晚抬手攔下宮女：「他是我的少君，他坐上位，我呢？」

「這是魔主安排的。」宮女不敢多說，只能拿碧血神君的名頭壓花向晚。

花向晚眉頭一挑，謝長寂轉頭看她：「我同妳坐一起就可以了。」

花向晚想了想，便明白今晚大概會出什麼事，她抬手阻止：「不用，你去陪他喝酒就是。」

謝長寂動作一頓，花向晚察覺他似是不喜，主動伸手挽住他：「走，我同你過去，妳不用帶路了，」花向晚回頭看宮女一眼，「我帶他上去。」

說著，花向晚挽著謝長寂，拖著他往高處走，一面走一面設了隔音結界，低聲道：「今晚他們肯定要針對我做什麼，想分開你和我。」

謝長寂轉眸看他，花向晚眨眨眼：「你不能總在我旁邊，我都沒有立威機會了。」

聽到這話，謝長寂遲疑片刻，終於垂下眼眸，輕聲道：「不要出事。」

「放心吧。」

看謝長寂鬆口，花向晚高興起來，她送他進了雲紗裡，左右看旁邊無人，便低頭在他臉上親了一下，高興道：「好好拖著魔主，我走了。」

說著，她放下雲紗，回了自己位子。

謝長寂坐在原地，過了片刻，所有人入席，就聽宮人高呼「魔主到——」的聲音，隨後他便感覺周邊靈力變動，他轉眸看去，就見位子上流沙旋轉著組成了一個人形。

青年身著黑色深衣華服，戴黃金面具，手中一把摺扇，含笑朝著謝長寂看了過來。

「清衡上君。」碧血神君朝著謝長寂點了點頭，算作招呼。

謝長寂看著他，打量片刻後，應了一聲：「魔主。」

「開席吧。」碧血神君說著，轉過頭去，看向眾人，高興道：「今日設宴，是恭賀我西境又出一位渡劫修士，陰陽宗冥惑冥宗主，不僅步入渡劫，且初登渡劫境界，便能擊殺溫容溫宮主，實乃英才，來，諸位，」碧血神君舉杯，「讓我等為冥宗主共飲一杯。」

眾人聽著這話，都不出聲。

碧血神君慣來脾氣古怪，為此慶賀，並不奇怪。只是西境雖然相比雲萊更不在意修道手段，但吸取自己宗門之人的修為，然後又以召喚魆魔寄生作為代價擊殺敵人，這種手段，對於大宗而言，終究登不上檯面，如此嘉獎，眾人心中都有自己的想法。

碧血神君看著眾人，笑起來：「怎麼，本座敬的這杯酒，大家不喝嗎？」

「魔主，」道宗宗主道真開口，他抬眼看向雲紗後的人，神色冷淡，「冥惑同門相殘，以一宗修為供養自己，步入渡劫，之後又召喚魆魔，殺害溫宮主，此事，魔主竟覺無妨嗎？」

「弱肉強食，物競天擇，」碧血神君有些疑惑，「有何不妥？」

這話出來，道真臉色微變，周邊眾人對視一眼，便明白此事怕是再無轉圜的餘地。

碧血神君看了周遭一圈，見眾人不動，便放下杯子：「這麼一說，本座倒想了起來，今晚其實尚有要事，要和眾位相商。如今溫宮主不在，溫氏如今也沒有什麼合適的繼承人，清樂宮宮主之位，不能這麼空懸著，按著咱們西境選魔主的規矩，誰打贏了，誰能當這個魔主，那冥惑贏了溫容，按理來說，他當清樂宮宮主，算理所應當。」

「魔主說得是。」秦風烈聽著，贊成道：「冥惑之前就是宗主，管理一宗和管理一宮，不過就是人數、資源多少的區別，冥惑也算是有經驗，不如……」

「只是——」碧血神君打斷秦風烈，轉頭看向花向晚：「溫宮主臨死之前告知本座，希望花少主擔任代理宮主一職，不知花少主，意下如何？」

聽到這話，眾人神色各異，宮商、角羽都緊張起來。

秦風烈笑了一聲，警告地看向花向晚：「溫宮主臨去時神志不清，花少主金丹半碎，怕是擔不起此人。」

「但，溫宮主所托，」花向晚忽略過秦風烈的眼神，看著雲紗後的魔主，恭敬道：「晚輩不敢辭。」

「花少主，」秦雲衣開口，面上帶笑，語氣中滿是關切，「妳要不要再考慮考慮？」

「此事我已與母親說過，」花向晚轉頭看向秦雲衣，「母親說了，日後，清樂、合歡便是一宮，阿晚代理清樂宮宮主之位，會從溫氏族人中挑出一位繼承人，等到新的溫少主修煉至化神，自會將宮主之位歸還。」

「花少主想好了？」秦雲衣語氣微冷。

花向晚笑起來：「是，在下說得還不夠清楚嗎？」

「既然想好了，那便這麼決定吧。」碧血神君在雲紗之後，事情定下來，隨後笑著朝花向晚舉杯：「那本座，先在這裡祝阿晚，萬事順利。」

「多謝魔主。」花向晚舉起杯子，笑著和碧血神君共飲而下。

「好了，」碧血神君擊掌，高興道：「今日畢竟是宮宴，咱們西境好久沒這麼熱鬧，大家高興一些。今夜宴罷，便各自散了吧。等下次再見，也不知道本座還在不在了。來，為我等最後一宴，乾杯。」

說著，眾人不好再推拒，紛紛舉杯。

樂聲響起，歌女入殿，大殿頓時熱鬧起來。

花向晚坐在高處，零零散散有人上來同她和秦雲衣敬酒。

謝長寂和碧血神君兩個人坐在雲紗之後，兩人沉默了一會兒，碧血神君轉頭看向謝長寂：「清衡上君遠道而來，我敬上君一杯吧？」

謝長寂聞言，轉過頭去，想了想，便點頭舉杯，同他禮貌舉杯，隨後一飲而盡。

碧血神君給他斟酒，漫不經心道：「本座著實沒有想過，有一日能同上君坐在一起喝酒。畢竟聽說問心劍主一生常駐死生之界，不會下山。也不知阿晚是哪裡來的魅力，能讓上君為她千里奔赴西境？」

「她很好。」謝長寂只說了這麼一句。

碧血神君喝了口酒：「看來清衡上君對這門婚事很滿意。」

「嗯。」

「那，」碧血神君有些疑惑，「阿晚之前的事，上君聽過嗎？」

謝長寂聞言，動作微頓。

這時，有個侍女上前給花向晚換酒。

侍女腳下一滑，連人帶酒摔在花向晚身上。

侍女連連道歉，花向晚正要說什麼，手中便被塞了個東西。

她動作一頓，過了片刻後，便站起身，同侍女離開。

看著花向晚離開的背影，碧血神君輕笑：「上君應該知道，今晚不會太平。」

「我不知道。」謝長寂冷淡地喝酒。

碧血神君似乎覺得這個話題很意思，繼續說著：「阿晚接了清樂宮這個爛攤子，秦風烈不會放過她，你在，他們不好下手。你說他們會用什麼理由騙她出去？」

謝長寂沒應聲，碧血神君思考著：「普通理由肯定不能讓她離殿，畢竟你是她最大的保障。唯一會讓她毫不猶豫就走、又不想讓你知道的，只有一件事。」

碧血神君看向謝長寂，笑道：「上君想知道嗎？」

第十章 魅靈

「沈逸塵。」謝長寂平靜地開口。

碧血神君一愣，隨後笑起來：「原來上君知道啊。」

「知道。」

「那上君真是心寬，」碧血神君漫不經心，「阿晚為另一人這麼費盡心機，上君也不在意？」

「她於他有愧，心願不了，難以放下。」

「只是有愧？」碧血神君語氣中帶著幾分嘲弄，謝長寂抬眸看他，碧血神君慢悠悠：「說起來，看見沈逸塵和阿晚，我就忍不住想起神女山上那隻鮫人，你見過吧？」

碧血神君說著，給謝長寂倒酒，謝長寂盯著他，碧血神君彷彿沒看到他的神色，慢悠悠地說著：「若我沒記錯，那隻鮫人好像是叫玉生，和神女山那個神女也算是青梅竹馬了，結果神女喜歡上另一個男人，當初我把血令分成五分，其中一份給他，問他有什麼願望，他竟說想給神女生一個孩子，真是好笑。」

「他和沈逸塵什麼關係？」

「你不覺得他們很像嗎？」碧血神君抬眼，看著謝長寂，「畢竟，這麼多年，劈了魚尾上岸的鮫人可不多。」

同樣是為了一個女人，同樣相逢在性別未知之時，同樣劈開魚尾上岸。

而那個女人，同樣愛上另一個人，同樣為了另一個人不顧生死。

姜蓉愛上楊塑。

花向晚愛上謝長寂。

但是最後，姜蓉說的卻是——楊塑不是玉生。

神女山那位神女，從頭到尾，喜歡的都是那條連性別都沒有的鮫人。

「楊塑只是玉生的替身，姜蓉喜歡玉生，可玉生是鮫人，還是一隻性別都沒有的鮫人。」碧血神君自斟自酌：「他們若是相愛，玉生必須剖尾上岸，這對鮫人是極為殘忍的酷刑，他們行走在岸上的雙腿，每時每刻承受巨大的痛苦。而且玉生連性別都沒有，姜蓉甚至無法確定，自己到底是愛，還是其他的感情。於是遇到和玉生相似的楊塑，她便如同飛蛾撲火，移情在楊塑身上，因為她不敢愛玉生，可她可以放肆愛楊塑，因為她不在乎傷害楊塑。」

「沈逸塵從一開始，就在西境。」謝長寂強調：「他們不同。」

若花向晚一開始就喜歡沈逸塵，那就沒有之後謝長寂什麼事。

姜蓉害怕玉生為她上岸受苦，可花向晚卻沒有這個顧慮。

然而碧血神君聽到這話，卻是有些好笑：「誰告訴你沈逸塵一開始就在西境的？」

謝長寂動作一頓，碧血神君低下頭，玩弄著手中酒杯：「他是受傷後被人打撈上岸，在拍賣行裡被阿晚買下來的。那時阿晚還是個孩子，把他救下來，放在合歡宮的河水裡養著，就像玉生一樣。」

「聽說沈逸塵那時受了傷，阿晚養了好幾年，一開始他是用幻化出來的身體照顧阿晚，後來照顧久了，他就不願意走了。可阿晚覺得，沈逸塵畢竟是鮫人皇族，不可能在河裡養一輩子，於是她把沈逸塵送回了定離海，送沈逸塵回去那天，阿晚在海邊站了一夜，等天明才離開。但她一轉身，就聽見沈逸塵叫她。」

「阿晚十六歲的時候，沈逸塵才真正剖了魚尾，跟著她上岸。」

那天清晨，定離海浪拍打在沙灘，晨光照在寬闊的海面，青年顫抖著身體，一步一步從海水中走出來。

少女愣愣地看著提步走向她的青年，驚得一句話都說不出來。

「他們沒在一起。」謝長寂提醒。

碧血神君點了點頭，似乎是給他面子，言語間帶著幾分餘地：「的確，他們和玉生、姜蓉還是有些不同。」

「不過，不管怎麼說，」碧血神君話鋒一轉，卻是提醒，「沈逸塵，是這個世界上唯一獨屬於花向晚的人，他沒有立場，沒有隔閡，從頭到尾，從身到心，都獨屬於阿晚。」

謝長寂抬眼，就看碧血神君垂下眼眸，同謝長寂輕輕碰杯：「與上君不同。」

謝長寂、碧血神君說著話時，花向晚拿著一塊鮫人鱗片，跟著宮女走到偏殿。

「到底是哪位大人要見我，搞得這麼神祕？」花向晚見周邊越來越荒涼，走了半天還不到頭，忍不住道：「這麼躲躲藏藏，是見不得人？」

「花少主稍等，」宮女輕聲安撫，「這就到了。」

說著，兩人走到偏殿，進了屋中，宮女恭敬道：「大人在這裡等少主，奴婢先行告退。」

不等花向晚出聲，宮女便關上大門，轉身退了出去。

偏殿荒涼，燈都沒點，周邊蛛網密布，仔細打量，便發現這應該是一座神殿。

陰陽合歡神坐在正前方，年久失修的神像看上去有些破敗，蛛網攀爬在上方，月光透過瓦片落下來，將這尊男女交合的神像映照得格外詭異。

花向晚稍作感知，便察覺了周邊的結界法陣。

秦風烈親自布置結界隔絕外界察覺不算，還有一個個吸收靈氣法陣盤繞在地上，在她進入的瞬間，就將她乾坤袋中的靈氣珠吸食個乾淨。

吸食別人修為不容易，但若是靈氣珠之類的外物，倒是不難。

如果她真的是金丹半碎的廢物，光是這兩個法陣加起來，便足夠讓一個普通修士殺她。

只是明顯鳴鸞宮派來的不是普通修士，他藏在暗處，花向晚站了一會兒，就聽見窸窣之聲，小紙人悄無聲息從暗處爬來，花向晚聽著聲音，漫不經心道：「出來吧。」

「妳不怕麼？」冥惑的聲音從四面八方傳來。

花向晚輕笑：「我怕什麼？」

話音剛落，一張紙片猛地變大，變成一個黑衣修士，朝著她一躍而下猛地劈了過來！

花向晚旋身一躲，黑衣修士緊追而來，周邊紙片化作人形，一個個朝著花向晚撲來，花向晚游刃有餘躲在鋼刀之間，感應著冥惑的位置。

對於法修而言，近身意味著死亡，像花向晚這樣從劍修轉成法修的修士畢竟是少數，所以法修施法之時，基本上能隔多遠就有多遠。

只是冥惑此番不能讓謝長寂發現，所以他必然在秦風烈設下的結界之內。

花向晚感應著冥惑的位置，並沒有動手，只一味躲避著紙片化成的黑衣修士，笑道：「秦雲衣派你過來，你就不怕被謝長寂殺了？」

「無所謂。」冥惑淡道：「主人開心就好。」

說話那一瞬間，藤蔓猛地從地面升騰而起，冥惑似乎厭煩了和她你追我跑，藤蔓和黑衣修士一起圍攻，藤蔓動作極快，花向晚徑直拔劍，朝著藤蔓一劍劈下，隨後便被黑衣修士圍在劍陣之中。

一個個金字從四面八方飛來，配合著藤蔓和修士，無孔不入襲向她。

花向晚微微勾唇，看向暗處一個方向，低喃：「找到了。」

說罷，手上長劍猛地一轉，劍氣橫掃而過，將黑衣修士瞬間切作兩半，砍出一條路來，隨即不等冥惑反應，朝著暗處一劍狠劈而下，砍在一個修士肩上。

劍一入對方身體，花向晚便覺不對，只見修士化作一灘黑泥，順著她的長劍如蛇一般盤旋急上，猛地襲向她！

花向晚左手一個法陣猛地轟去，身後一道法光襲來，花向晚提著還帶著黑泥的長劍旋身一劈，和身後法光狠狠衝撞在一起！

渡劫期的靈氣鋪天蓋地，花向晚靈力暴漲，長劍破開法光，朝著來處便是狠狠一劍！

那一劍猛地撞在秦風烈的結界之上，結界蕩漾起波紋，冥惑似是有些震驚：「妳居然還有靈力？」

「你以為，」花向晚提著劍，再次搜尋著暗處的人，「我的金丹，會壞一輩子嗎？」

周邊隱約又有靈氣波動，可這次花向晚沒有輕舉妄動。

不對，她不該判斷失誤，冥惑剛才一定站在那裡。

為什麼她砍到的不是他？

花向晚思索著，盯著周邊。

「那也無所謂了，」短暫震驚後，冥惑又恢復了一貫的陰沉，冷聲道：「反正都是死！」

說罷，法光從四面八方密密麻麻而來，彷如一場急雨突降，而天不僅僅高懸於頂，周邊四面都有一片天！

這樣法光過於密集，花向晚根本無法躲避，只能一手用劍斬下法光，一手開啟法陣抵擋。

然而對方彷彿不會疲憊一般，法光綿綿不斷，沒了一會兒，花向晚便察覺體力不支。

不對，正常的修士不可能有這樣的攻擊頻率，哪怕冥惑是渡劫期。

花向晚快速冷靜，想到一種可能，她瞬間收起法陣，僅憑劍意阻攔法光，然而收起法陣同時，她明顯察覺，這些攻擊這她的法光，明顯小了下去。

這些法光的力量同她有關，而看著這些法光的軌跡……是鏡子！

花向晚猛地反應過來，她看到的並不是真實的神殿，是鏡陣！周邊是如同鏡子一般的鏡陣，她所有用出的靈力會被鏡陣吸收，反噬在她身上，而冥惑根本不在這個空間，而是在鏡陣之外。

這個陣法做得極為巧妙，她一時竟沒有察覺出來。

但既然知道了是鏡陣，破解方法也不難，解決鏡陣最簡單的辦法，就是針對一面鏡陣，使出超過這一面鏡子所能吞噬的靈力上限，直接碎了它。

鏡陣所能承載的靈力上限，便是操縱陣法之人的靈力上限。

花向晚不多想，靈力瞬間暴漲，將所有靈力聚於長劍之上，朝著一個方向高高躍起，猛地劈了下去！

她所修之道，乃至強之道，心無他物，只求至剛至強，無不可摧，無不可勝。

如汪洋一般的靈力傾貫而下，驚得冥惑立刻冷了臉色，調動周邊所有靈氣，一路朝著身體中灌了進去！

「吞噬他人修為爬上來的渡劫，」花向晚的劍意一寸一寸往下壓，她感覺周邊靈力變動，冥惑開始吸食周邊靈氣，她也毫不猶豫同樣吸食，「也配同我爭！」

她的筋脈遠比常人寬廣，所能容納靈氣超出正常修士範圍，金丹運轉起來，冥惑頓時感覺到彷彿狂風過境，將周邊靈氣捲向她。

好強。

冥惑冷汗下來，明確的感知到，面前這人的劍氣，有著壓人的氣勢。

謝長寂的劍氣壓制著他體內「魃」的存在，疼得他整個人都在抽搐，花向晚的劍意又壓在他面前，他前後夾擊，腹背受敵，哪怕高出花向晚一個大境界，隱約感覺到了頹勢。

可他不能輸。

冥惑咬緊牙關，想到秦雲衣，想到死去的溫容。

他連溫容都殺了，怎麼可以輸給一個花向晚？

他得贏，必須贏。

不管任何代價，任何手段，他必須贏！

執念纏繞在他周身，他身上黑氣浮現，片刻後，一股邪氣沖天而起，冥惑手中法陣猛地亮起來，法光大亮，整個神殿瞬如白晝，朝著花向晚吞噬而去！

花向晚目光一凜，面對這麼強大的執念，她心知不能抵擋，也不再堅持，手中法印一翻，識海之中，被鎖魂燈死死封鎖著的魃靈受到召喚，尖叫出聲！

頃刻間，花向晚身上的黑氣比冥惑還要濃密，如同一隻巨獸，朝著冥惑猛地撲去，將冥惑包裹在黑氣之中！

「妳！」

冥惑睜大眼睛，然而話都來不及說完，便被黑氣吞噬。

隨後就看花向晚一劍狠狠破開鏡陣，朝著他直劈而下！

清光快速從他肩頭斬下，血濺到花向晚臉上，冥惑愣愣地看著面前這個握劍的女子，就看女子微微抬頭，一雙琥珀色的眼中帶著對宿命的了悟與行至終點的平靜。

「任何事都有代價，」花向晚平淡地開口，手中長劍朝著他的脖頸猛地斬了過去，「包括強大。」

音落，人頭落地。

而這時，外面傳來了腳步聲，花向晚微微閉眼，感覺到血液內的躁動，她壓制著自己，閉上眼睛：「回來。」

識海內的魘靈努力想突破鎖魂燈和問心劍的封印，它不想聽從花向晚的話。

它好不容易得了機會，瘋了一般想要掙脫，然而鎖魂燈只給了一點點空隙，讓它身體的一部分能夠溢出。

它拼命掙扎推擠，已經衝出去的黑氣順著窗戶門縫瘋狂流動攀爬而出。

花向晚感覺到它的躁動，猛地睜開眼睛，怒喝：「回來！」

問心劍猛地刺向識海中的魘靈，同時強大的靈氣從她身上爆開衝向黑氣而去，瞬間將黑氣包裹，外面的黑氣煙消雲散，而她識海中的魃靈在被問心劍斬下一角後，終於安靜下來。

鎖魂燈再次合轉，問心劍始終環繞在魃靈周邊。

花向晚聽著外面的人聲，隱約聽見天上雷聲轟隆，垂眸看向倒在腳下的屍體，彎腰將人頭提起，轉身走了出去。

黑氣沖天而起那一瞬間，整個大殿的人驚訝抬頭。

秦雲衣坐在高處，不由自主捏緊了裙擺。

只有雲紗後的謝長寂和碧血神君，始終保持著平靜。

「我與沈逸塵，沒有不同。」謝長寂看著碧血神君，神色平靜。

碧血神君微微一笑：「若沒有不同，那——你為何要除了冥惑身體中的魃呢？魃乃魃靈身體的一部分，魃的作用，就是用於供養魃靈。魃的寄生者越強大，魃靈最後得到的力量回饋就越強。」

謝長寂不說話，碧血神君豎起一根食指，眼中全是了然：「所以，千般理由，都必定包含一條——」

「你不允許魃靈成長。」

「那又如何？」

「僅憑這一點，」碧血神君神色篤定，「你與沈逸塵便已不同。」

說著，外面騷亂起來，謝長寂看著他，冷靜開口：「那晚是你。」

冥惑被花向晚種下魘的那一夜，同他交手那個青年，與面前的人身骨完全一致。

碧血神君並不否認，他微微一笑：「是我。」

「另一半魘靈在你這裡。」謝長寂了然開口。

碧血神君挑眉：「為何這麼說？」

「冥惑召喚魘靈，祈求供奉魘魔，只有身帶魘靈的人才能感覺到召喚。」

謝長寂解釋，碧血神君想了想：「倒有幾分道理。但上君誤會了，魘靈的確不在我這裡，那夜，我只是想去看看阿晚罷了。」

「所以——當初奪舍沈修文之人，也是你。」謝長寂肯定出聲，並不聽他狡辯。

碧血神君面露疑惑，只道：「沈修文？」

「你奪舍沈修文，在阿晚逃婚當夜，在我面前往她身體中打入一道魘靈的氣息，以遮掩她盜取魘靈後留下的氣息，讓我一直沒有懷疑魘靈在她身上。」

謝長寂分析著，碧血神君撐著下巴，轉動著酒杯。

「所以——你和晚晚，到底達成了什麼交易？」謝長寂盯著他，詢問道。

碧血神君笑起來：「你問我，怎麼不去問她呢？」

謝長寂不言，碧血神君靠近他，聲音很低：「還是說，她和你之間，其實根本沒有信任可言？」

謝長寂抬眼，目光極冷。

碧血神君笑起來：「我真的很好奇，如果她註定什麼都回饋不了你，永遠不會愛你，你真的一點都不介意嗎？」

說話間，尖叫聲由外而內傳入，一個人頭被人從大殿外猛地拋了進來，滾落在地。

看見人頭，秦雲衣瞬間起身，死死盯著大門。

「魔主，」花向晚的聲音傳來，眾人就看紅衣女子手提染血長劍，面上似如梅花點綴，一步一個血印，提步朝著大殿走來，「冥惑在偏殿試圖刺殺屬下，屬下將他殺了，不礙事吧？」

聽到這話，碧血神君和謝長寂轉頭看去。

女子紅裙黑靴，笑容張揚放肆，化神期大圓滿的威壓肆無忌憚散在整個大殿，隱約有突破的跡象。

天上雲層發出悶響，天劫將至的預感壓在在場每一位高階修士身上。

眾人震驚詫異地看著花向晚，一時之間，竟有種時光倒流的錯覺，彷彿當年十八歲便抵達化神的天之驕子又一次站在面前。

「冥惑不滿在下代理清樂宮，便在偏殿設伏刺殺在下，還說受鳴鸞宮指使。」說者，花向晚抬眼看向高處秦風烈：「秦宮主，可有此事？」

「妳……」眾人根本不關注冥惑的事，冥惑受誰指使，大家心知肚明，倒是花向晚的修為，讓眾人震驚不已。劍宗宗主葉臻站起身來，震驚地看著花向晚，「妳的金丹……」

「托清衡上君的福，」花向晚笑著看向高處的謝長寂，「在下筋脈修復，金丹亦已經復原。」

這話一出，眾人瞬間了悟。

當初花向晚去天劍宗，大家只覺得這是死馬當活馬醫，誰曾想，竟然真的醫活了！

可如果金丹修復，也就意味著謝長寂與她真的結契，天劍宗和合歡宮這門親事，竟然是真的！

謝長寂修問心劍，竟然真的和花向晚結契了？什麼目的？什麼理由？難道是大能修行遇到了瓶頸，需要花向晚幫忙渡過？

大家心中一時有無數訊息交雜，花向晚沒有管眾人，提劍上前，走到高臺，抬眼看向眾人：「這些年合歡宮承蒙大家照顧，阿晚在此先做感謝，不過有些話，我今日得說一聲——」

「溫宮主將溫氏族人及清樂宮托孤於阿晚，阿晚便會承擔此職，自今日起，我花向晚，便是清樂宮代理宮主，合歡宮、清樂宮合併一宮，同進同退。若在座有任何異議，可當面問我，」說著，花向晚抬眼，將劍往地面一甩，劍入地三寸，劍氣朝著周邊直襲而去，眾人臉色微變，隨即就聽花向晚警告出聲，「或是我的劍。」

沒有人敢說話，宮商、角羽最先反應過來，兩人對視一眼，隨後趕緊從桌後繞出，恭敬地跪在地上，高聲道：「屬下見過宮主。」

花向晚朝著兩人微微點頭，轉身看向高處的碧血神君，只問：「魔主意下如何？」

「好。」碧血神君語氣帶著幾分寵溺：「阿晚做事，怎樣都好。」

「多謝魔主。」花向晚恭敬行禮，隨後將劍從地面拔出，收回劍鞘，抬眼看向高處謝長寂：「少君，我天劫將至，還不走麼？」

謝長寂聞言，從容起身，路過桌案時，他步子微頓，轉頭看向碧血神君。

「有一件事，我忘了說。」

「哦？」

「我不喜歡別人評論我和晚晚的事。」

話音剛落，問心劍驟然出鞘，劍光快如閃電，不過頃刻之間，便切入碧血神君脖頸，碧血神君沒有流下一滴血，笑容如初。

「下一次，就是你的本體。」

說完，劍意瞬間爆開面前人的身體，紙片如雪花散開，謝長寂平靜收劍，從雲紗後走出，提步而下。

秦雲衣看著地上的人頭，竭力控制著自己，秦風烈冷冷地看著謝長寂走到花向晚面前，花向晚主動伸手挽住他，在眾人注視下，抱著他的手臂一路往外走去。

她面上帶著幾分小小得意，走出大殿外，冷風傳來，她側過臉來，仰頭看他，頗為驕傲：

「我厲不厲害？」

謝長寂聽著她的詢問，唇邊忍不住帶著幾分笑，他輕輕應了一聲，想了想，又多加了一句：「厲害。」

「嘖，敷衍我。」花向晚有些不滿。

謝長寂抬頭看了看天，只道：「我提前帶妳回去，天劫快到了。」

「不行，單獨留靈南、靈北他們在這裡太危險了。」花向晚立刻否認，「我剛殺了冥惑，秦雲衣萬一瘋了拿他們洩憤，我不能先走。」

她活著，合歡宮便不能再多死一個人。

謝長寂點了點頭，只道：「好。」

兩人趕回合歡宮住的院落，招呼所有人從傳送陣迅速離開。

看著最後一個弟子離開後，花向晚才和謝長寂一起踏入傳送陣中。

沒了片刻，兩人便回到合歡宮。

狐眠、玉姑等人立刻衝了上來，玉姑抬頭看了看天，急道：「這是妳的天劫？」

「是。」花向晚點頭，隨後趕緊吩咐：「狐眠師姐，妳趕緊聯繫清樂宮宮商、角羽，把溫氏族人帶回合歡宮，同時清樂宮的靈脈寶庫祕境都搬到合歡宮，讓所有弟子抓緊修煉。」

「明白。」魔宮發生的事情，眾人早就在靈北傳音彙報中清楚。

「玉姑同夢姑、雲姑一起抓緊戒備，我渡天劫期間，是鳴鸞宮最後的機會，他們不會放棄，必定奮力一搏，你們同眾弟子小心。」

「我知道，妳別說了，」玉姑忙道：「快上雲浮塔，不然來不及了。」

花向晚點點頭，但還是不忘安排著大小事務，一面說一面領著眾人往雲浮塔上去。

雲浮塔乃合歡宮歷來渡劫之所，然而自從兩百年前花染顏隕落之後，這裡便再也沒有修士上來過。

雲姑讓人將所有渡劫用的法器準備好，又繪下法陣，等一切準備好後，眾人離去，塔中只剩下謝長寂。

花向晚身著法衣，赤足站在法陣之中，轉頭看他：「你不走？」

「我替妳護法。」謝長寂神色平靜。

花向晚笑起來：「你在這裡，我倒是放心了。」

謝長寂不說話，花向晚想了想，還是走到他面前，她伸手握住他的手，垂下眼眸，有些難堪：「謝長寂，我……拜託你一件事吧。」

謝長寂應聲：「好。」

「我還沒說呢。」

花向晚笑起來，謝長寂抬起眼眸，目光清明，明顯她說什麼都是「好」。

花向晚遲疑著，說得有些艱難：「你能不能答應我，我渡劫成功之前，無論如何，替我護住合歡宮？」

謝長寂沒有立刻回聲，花向晚心中帶著幾分不安，她抬眼：「謝長寂？」

他注視著她，她的忐忑落在他眼裡。

兩百年前她不會問這種問題，也不會害怕。

因為她沒有被選擇過，也沒有放棄過。

酸澀湧上他心頭，他有些難受：「下次不要問我這種問題。」

「知道了，我知道你會幫忙的，」花向晚察覺他的情緒波動，伸手抱住他，主動蹭了蹭，「我就是想求個安心嘛。」

謝長寂不言，他伸手抱住花向晚，低低出聲：「對不起。」

花向晚動作一頓，片刻後，她輕咳出聲：「算了我不同你說，我去準備了。」

說著，她放開他，轉身走到法陣中間。

他看著面前的女子，她一直在笑，她撒嬌，她討好，她好像很喜歡他，可又有種異常的冷靜橫於她眼底。

她和他像隔著琉璃，她美好於雲端，他捉摸不透，也看不分明。

可越是如此，越感知到面前的人這種特別的美麗，吸引人一路追隨、沉淪。

他注視著她，碧血神君的話反覆出現在他腦海裡。

——「楊塑只是玉生的替身，姜蓉喜歡玉生，可玉生是鮫人，還是一隻性別都沒有的鮫人。」

——「他沒有立場，沒有隔閡，從頭到尾，從身到心，都獨屬於阿晚，與上君不同。」

——「如果她註定什麼都回饋不了你，永遠不會愛你，你真的一點都不介意嗎？」

他看著面前的女子緩慢閉上眼睛，不安讓他忍不住微微縮起指尖，忍不住出聲：「晚晚。」

花向晚正準備入定，聽到這話，疑惑睜眼：「嗯？」

「當年，」謝長寂艱難地開口，眼中帶著幾分不安，「妳是真的喜歡過謝長寂，對嗎？」

花向晚沒想到他會問這個問題，她愣了片刻，等反應過來他在問什麼，她笑起來。

「嗯。」她沒有否認，語氣溫和：「當年，晚晚喜歡謝長寂。」

聽到這話，謝長寂內心的躁動被人撫平。他目光平和，看著面前的人，只道：「入定吧。」

花向晚沒有多問，她閉上眼睛，調整金丹運轉，開始從四周吸收靈氣。

謝長寂看著靈氣源源不斷灌入花向晚身體，抬手一揮，問心劍飛出浮雲塔外，一劍化四劍，結成劍陣，守護在塔頂上方。

而後本體回到劍鞘，他席地而坐，將問心劍橫放於膝頭，面對著前方女子。

當年晚晚喜歡過謝長寂。

那就足夠了。

劫雷在合歡宮上方環繞時，鳴鸞宮內，秦雲衣站在空蕩蕩的大殿中，一言不發。

她前方石臺上睡著一個青年，對方靜靜躺在高臺上，殘缺的身體被拼合起來，旁人細細檢測著他的屍體，一個女子跪在秦雲衣身側，聲音打著哆嗦：「奴婢當時守在外面，先是看見一道黑氣衝出來，隨後又看到另一股更濃的黑氣衝出來，奴婢修為低微，不敢停留，跑遠之後沒多久，就看見花向晚提著……提著……」

提著冥惑的人頭走了出來。

後面的話她沒敢說，她悄悄看了站在旁邊神色平靜的秦雲衣一眼。

秦雲衣聽著她的話，冷淡地開口：「妳說有兩股黑氣？」

「是。」

說著，給高臺上屍體驗屍的修士也有了結果，他轉過頭來，朝著秦雲衣恭敬道：「少主，冥宗主身體沒有中毒痕跡，的確亡於花向晚劍下。」

「這不可能，」秦雲衣微微皺眉，「她不可能這麼強。」

哪怕金丹完好，冥惑也是渡劫修士，兩人差了一個大境界。

最重要的是，冥惑身體中還有著「魘」，他連溫容都能殺，怎麼會殺不了花向晚？

「他身體中的『魘』呢？」秦雲衣冷著聲詢問。

驗屍修士搖頭：「冥宗主身體中並無魘魔痕跡。」

這話讓秦雲衣一愣，隨後皺起眉頭：「是問心劍意斬殺的？」

「應當不是，」驗屍修士如實回答，「若是問心劍意，宗主體內應該破壞得更嚴重，而且……清理得有些太乾淨了，更像是……『魃』自己離開的。」

不是謝長寂問心劍意斬殺了「魃」，「魃」自己離開，那只有一個可能——魃靈出現了。

魃本就是魃靈身體分出的一部分，在外汲取力量，用以供奉魃靈，如果魃靈本體出現，自然會回歸本體。

可魃靈……

電光火石間，秦雲衣猛地冒出一個念頭。

魃靈在花向晚那裡！

這個念頭出現的瞬間，疑惑迎刃而解。

為什麼花向晚能殺冥惑，因為冥惑本來就是花向晚的祭品！

可如果魃靈在花向晚那裡，這也就意味著，花向晚根本不是今日金丹恢復才有的野心。

從一開始——她去雲萊時，就已經開始謀劃了。

奪魃靈，婚宴挑撥她和溫容，殺溫少清嫁禍冥惑，甚至巫蠱宗滅宗，都是她一人的手筆。

就是為了今日，順利接管清樂宮。

她有魃靈，又步入渡劫，滅了陰陽宗和巫蠱宗這兩個鳴鸞宮的左膀右臂之後，加上謝長寂和清樂宮的資源，合歡宮便有了和鳴鸞宮抗爭的實力。

甚至於，一旦她步入渡劫，或許，便有了遠超鳴鸞宮的實力。

畢竟——

當年她一次次輸在花向晚劍下的場景如噩夢般席捲而來，秦雲衣捏著拳頭的手微微顫抖。

她不願意去想那個「畢竟」，只換了個念頭。

若魘靈在花向晚這裡，謝長寂知道嗎？

他不可能不知道。

秦雲衣下了判斷。

花向晚金丹修復，兩人明顯是雙修結契，花向晚不可能在自己結契道侶面前隱藏好魘靈。

而且花向晚為冥惑種下魘靈，謝長寂身為她枕邊人，怎麼可能不知道？

那謝長寂知道，卻放任不管——秦雲衣閉上眼睛，忍不住笑出聲來。

好一個問心劍主，好一個道門魁首！

好得很，冥惑，你竟然是死在這樣兩個人手中。

好得很！

「少主。」

秦雲裳的聲音從大殿外傳來，聽到聲音，秦雲衣緩慢睜開眼睛，轉頭看向這個吊兒郎當的妹妹。

她們同父異母，雖為姐妹，秦雲衣卻從不允許秦雲裳叫她「姐姐」。

秦雲裳同所有人一樣，在鳴鸞宮中叫她「少主」。

看見秦雲衣看過來，秦雲裳行禮：「宮主讓您到大殿商議。」

「好。」

秦雲衣轉過身，朝著大殿外走去，秦雲裳的目光不由自主落在秦雲衣頭上那支玉蘭玉簪上，那支玉蘭簪明顯不是鳴鸞宮宮匠的手藝，粗劣許多，插在秦雲衣髮間，配合著素色長衫，彷彿是為某人服喪。

察覺她的目光，秦雲衣笑著看過來：「看什麼？」

「屬下走神。」秦雲裳根本不敢說自己在看什麼，立刻低頭，然而話音剛落，還是感覺無形的一耳光狠狠抽打在臉上。

「不要有下次。」秦雲衣淡聲警告，隨後提步走了出去。

秦雲裳站在原地，靜默片刻後，她站起身來，面上又掛上平日的笑容，她平靜地擦了嘴角鮮血，冷著眸色，轉身走了出去。

姐妹一起來到大殿，鳴鸞宮正殿之中，秦風烈坐在高處，左右使及三位長老也早已等大殿，秦雲衣、秦雲裳兩人走進來，朝著高處的秦風烈行禮：「父親。」

「花向晚要渡劫，」秦風烈沒有繞彎子，徑直開口，「這怕是我們最後的機會。」

「那父親在猶豫什麼？」秦雲衣看出秦風烈的遲疑，冷靜詢問。

秦風烈思索著，好久後，才艱難承認：「我沒把握對付謝長寂。」

說著，眾人有些詫異。

秦風烈乃如今西境僅次於魔主之下的第一高手，如果秦風烈說沒把握，那西境便無人有把握。

秦雲衣勾起唇，沒有半點退縮之意：「父親都沒有和他交過手，怎麼知道不是謝長寂的對手？」

「花向晚婚宴時我試過他，」秦風烈如實回答，頗為憂慮，「他雖然只有兩百多歲，但的確修為不凡。而且，他的問心劍最後一劍已悟，若他沒有這最後一劍，我還有五成把握，可當年他一劍便滅了攻打天劍宗一個宗門，此等實力……」

秦風烈沒有說下去，在場眾人聽著，頗為憂心。

「其實……修到渡劫，大家都不容易，」思索一會兒後，右使趙南緩慢出聲，「鳴鸞宮畢竟有五位渡劫修士，謝長寂怕也不敢貿然和我們動手。倒不如退一步，花向晚當魔主，我們輔佐她，便如今日魔主與我等的關係，倒也不是不可。」

趙南出聲，眾人紛紛應和。

越是高階越是惜命，若非十足把握，誰都不想貿然出手。

秦風烈思考著，緩聲道：「我也有此考慮……」

「父親，」秦雲衣聽著這話，笑起來，「您這麼考慮，問過花向晚願意嗎？」

聽著這話，秦風烈動作一頓，他抬起頭，看著秦雲衣：「妳什麼意思？」

「兩百年前發生過什麼，」秦雲衣輕聲提醒，「您忘了嗎？」

這話一出，眾人臉色微變。

趙南想想，猶自找著理由：「花向晚未必知道……」

「魃靈在她那裡。」秦雲衣開門見山，「謝長寂也知道。」

「什麼！」秦風烈震驚出聲，所有人一臉驚駭。

秦雲裳站在秦雲衣身後，悄無聲息捏起拳頭，手裡出了些冷汗。

片刻後，秦風烈大喝：「雲裳！怎麼回事？」

「屬下不知。」秦雲裳聞言，立刻跪到在地：「屬下……屬下在雲萊到達靈虛幻境靈核時，魃靈已經被人取走了，但……但這不該是花向晚啊？」

她抬起頭，滿臉茫然焦急：「花向晚只是個廢人，而且謝長寂又和她成了夫妻，謝長寂身為天劍宗弟子，問心劍主，怎麼可能放任魃靈？」

「廢人？」秦雲衣笑起來，看向眾人：「修復金丹便直入渡劫，從兩宮九宗手下搶走魃靈，甚至可能殺了溫少清、滅了巫蠱宗、成為清樂宮新任宮主的『廢人』？」

秦雲衣特意咬重了「廢人」兩個字，語帶嘲諷：「是平穩日子過久了，都忘了以前了？她可是花向晚！你們怎麼步入渡劫，怎麼走到今日，她當真不知道嗎？你們以為她處心積慮走到今日，會放過你們？」

這話一出，所有人面色都有些難看。

打從碧血神君血洗登位以來，西境能有幾個渡劫？

鼎盛如合歡宮也不過花染顏、白竹悅兩位，能爬到化神期，便算是頂尖高手，如今鳴鸞宮就端坐著五位渡劫，這些渡劫怎麼來的，他們心中比誰都清楚。

如果花向晚知道當年的事，他們和花向晚之間，就是不死不休。

「可是謝長寂……」趙南還是有些擔憂。

「天劍宗。」秦雲衣知道他害怕什麼，打斷趙南，冷靜道：「魘靈之事，謝長寂能放過花向晚，天劍宗不能。渡劫期的雷劫，少則一日，多則數月，我今夜聯繫天劍宗，讓天劍宗阻止謝長寂，父親將花向晚身懷魘靈的消息放出去，帶人立刻出發，只要謝長寂收手，」秦雲衣聲音微冷，「我們能殺花染顏，也能殺花向晚。」

眾人沒有出聲，秦雲衣環視周遭，再提醒：「再則，謝長寂如今，最後一劍能不能用出來還是未知。問心劍求天道，為了一己私心，把魘靈的消息瞞下去，謝長寂，還是當年的謝長寂嗎？」

聽到這話，眾人心中稍定。

秦風烈想了想，深吸一口氣，抬手一拍扶手，做下決定：「好，雲衣，妳這就聯繫天劍宗。雲裳、趙南、陳順，還有其他人，今夜清點弟子，準備靈舟，半個時辰後出發。」

傳送陣需要兩邊都有陣法接收，合歡宮地界沒有接收陣法，他們用靈舟，最快在天明前可以抵達合歡宮。

等他們到達合歡宮時，天劍宗……大約也給了他們答覆。

秦風烈做下決定，站起身來，不容眾人反駁：「去準備吧。」

眾人得話，紛紛應聲：「是。」

說完，秦雲衣率先離開，秦風烈也隨即離開大殿，轉身前去做準備。

大殿中就剩下左右使和三位長老，與秦雲裳你看看我，我看看你。

過了一會兒後，秦雲裳遲疑著：「其實……花向晚未必知道。」

眾人抬眸看她，秦雲裳抿了抿唇：「她搶魅靈也好，當魔主也好，不就是，圖活下去嗎？冥惑死了，少主……有些不冷靜。」

眾人沒有說話，秦雲裳嘆了口氣：「罷了，雲裳去做事了，咱們鳴鸞宮五位渡劫，總不至於贏不了一個謝長寂。左右使，三位長老，好好保重，鳴鸞宮，」秦雲裳說的意味深長，「才能留得青山啊。」

這話說完，秦雲裳便握著滿手冷汗，點頭行禮，轉身走了出去。

在場眾人互相打量一番，一言不發，許久後，趙南嘆了口氣：「時也命也，走吧。」

眾人做下決定，各自開始準備。

秦雲衣回到房中，讓人用法寶聯繫天劍宗。

傳音過去之後，層層傳報，沒了一會兒，侍女恭敬道：「少主，天劍宗掌門到了。」

秦雲衣點頭，緩慢起身，走到外間，就看房間中站著一個虛影，正是天劍宗掌門蘇洛鳴。

蘇洛鳴看見秦雲衣，面上頗為疑惑：「鳴鸞宮，秦少主？」

「初次見面，」秦雲衣笑起來，微微頷首算作行禮，「久仰蘇掌門大名。」

「秦少主千里迢迢傳訊，不知有何要事？」

蘇洛鳴不明白秦雲衣的意思，但清楚知道，秦雲衣這麼想方設法找到他，絕對不可能是小事。

秦雲衣勾起嘴角，卻只問：「晚輩就是想詢問天劍宗有關魃靈一事。」

聽到這話，蘇洛鳴當即鄭重起來，但他很快反應過來，試探著詢問：「天劍宗已派清衡上君在西境查探此事，若秦少主想聯繫天劍宗，何不直接找清衡？」

「這就是我找蘇掌門的原因了。」秦雲衣說著，面上露出幾分疑惑：「魃靈在清衡道君妻子花向晚手中，此事，天劍宗知曉嗎？」

聽到這話，蘇洛鳴的眼神冷下來。

秦雲衣見蘇洛鳴的神色，便知道了答案，她接著詢問：「清衡上君為了花向晚，誅殺巫蠱宗副宗主，巫蠱宗與天劍宗怕是結成死仇，此事，天劍宗又知道嗎？」

「還有呢？」

「還有的，晚輩沒有證據，也不好猜測，」秦雲衣垂下眼眸，聲音平和，「只是素聞天劍宗問心劍求天道，秉公持正，但現下清衡上君在西境，似乎並非如此？他同花向晚殺清樂宮少宮主溫少清，嫁禍我宗，挑撥離間，利用魅靈為非作歹，害死陰陽宗宗主冥惑，又殺清樂宮宮主溫容。樁樁件件，怎麼看，似乎都不是問心劍一道應有的樣子，不知天劍宗對此，是否可有瞭解？」

「所以，秦少主找我，到底是想做什麼？」聽著秦雲衣的話，蘇洛鳴沒有立刻回應，手握拂塵，面色冷淡。

「就是想請蘇掌門幫個忙。」秦雲衣到也不介意，她抬手，神色恭敬。

「花向晚身懷魅靈，欲以魅靈獲取力量，橫掃西境，成為魔主。可魅靈此物，嗜殺陰邪，一旦破除封印，便會反控宿主，成為天下大禍。鳴鸞宮身為西境三宮之首，不能放任此邪物出世，現下花向晚正經天雷，衝擊渡劫，乃制止她最好的時機，鳴鸞宮願傾盡全力，還西境一片安寧。還請天劍宗帶回清衡上君，以免上君因一己私情，」秦雲衣抬眼，看向蘇洛鳴，一字一句，說得極為認真，「禍害蒼生。」

第十一章 問心劫

聽著這話，蘇洛鳴沉默不言，秦雲衣耐心地等著蘇洛鳴，過了許久，蘇洛鳴緩聲道：「多謝秦少主告知此事，本座會與宗內商量，如無他事，本座先行告辭。」

「恭送蘇掌門。」秦雲衣行禮。

面前光影消散，天劍宗內，蘇洛鳴睜開眼睛，昆虛子緊張地看向蘇洛鳴：「西境那邊什麼消息？」

「鳴鸞宮少主秦雲衣，她說魘靈在花向晚那裡。」蘇洛鳴面帶憂色，「但長寂未曾同我們說起此事。」

昆虛子一愣，隨後忙道：「當年魘靈就是花向晚和雲亭一起封印，魘靈在她那裡……」

「我擔心的不是花向晚。」蘇洛鳴轉眸看向昆虛子：「我擔心的是什麼你知道。」

昆虛子聞言抿唇，只道：「長寂……不可能出問題。」

「你說他不可能出問題，」蘇洛鳴審視著昆虛子，「是因為天命，還是你對他的瞭解？」

昆虛子沉默下來，蘇洛鳴嘆了口氣，他走出大殿，仰頭看著天上星軌運轉。

「當年他出生，便天降異象，雲亭得問心劍指示，占星卜卦，最終確認了他的位置，讓你千里迢迢去找到他。與歷代問心劍主不同，他並非劍體，而是虛空之體，生來無心無情，可與任何劍魂輕易交融，可你我清楚——」

蘇洛鳴轉頭看向昆虛子：「他不僅是問心劍最好的修習者，若有一念之差，也是魃靈最佳的容器。他能滅死生之界一界……」

也能滅修真界一界。

一念成佛，一念成魔。

天劍宗最強之劍，沒有劍鞘，哪怕是天劍宗自己，也會為之懼怕。

昆虛子聽著，心知蘇洛鳴說的沒錯，可他還是堅持開口：「可他是長寂。」

宗門自幼教導，秉中持正，心繫天道的謝長寂。

「而且，」昆虛子抬起頭，神色認真，「當年死生之界他選過了。」

他的師父，他的同門，他的妻子，面對封印魃靈拯救蒼生和自我之間的選擇，他早已選過。

蘇洛鳴聽著，垂下眼眸，想了片刻後，他嘆了口氣：「還是先問問他吧。」

說著，蘇洛鳴手上翻轉，金粉從天劍宗飛出，沒了一會兒，謝長寂便感覺到了師門召喚。

這時，花向晚還在汲取周遭靈氣，頭頂劫雲盤旋。

角羽護著溫氏族人來到合歡宮，宮商留在清樂宮，三位長老配合著角羽，同宮商一起修建兩宮的傳送法陣。

狐眠領著人開始布防，三宮忙忙碌碌，上下燈火通明。

感受到師門召喚，謝長寂在雲浮塔上慢慢睜開眼睛。

他看著前方法陣中的花向晚，她氣息平穩，靈力運轉流暢，確認沒有什麼問題後，他為她設下結界，隨後抬手在虛空一抹，面前便出現了蘇洛鳴和昆虛子的身影。

謝長寂看見長輩，神色平靜，頷首行禮：「掌門，師叔。」

「長寂，」昆虛子看見謝長寂，面上帶著幾分擔憂，「現下西境如何？你情況還好吧？」

「尚好。」謝長寂如實稟告：「晚晚正在衝擊渡劫。」

「此事我聽說了。」蘇洛鳴聽見謝長寂報了花向晚的情況，心神稍定，直接道：「方才秦雲衣找了我。」

謝長寂動作一頓，他抬眼看向蘇洛鳴，蘇洛鳴盯著他，微微皺眉：「她告知我，魘靈在花向晚這裡，可有此事？」

謝長寂沒說話，一聽蘇洛鳴的話，他便知道了蘇洛鳴和昆虛子的來意。

他下意識捏緊放在膝頭的問心劍，蘇洛鳴和昆虛子一看他的神色，便知道了答案。

「為何不告知師門？」蘇洛鳴盯著他，「你知道魘靈乃天劍宗頭等要事，你既然已經發現魘靈在花向晚這裡，為何不說？」

「我說了，」謝長寂看著蘇洛鳴，只問，「你們打算做什麼？」

聽到這話，蘇洛鳴一愣，他對謝長寂問出這個問題有些不可思議，片刻後，他緊皺眉頭，耐心道：「自然是將魘靈帶回天劍宗封印，或找什麼辦法消除。」

「如何消除？」謝長寂繼續追問。

蘇洛鳴和昆虛子明白了他的意思，昆虛子想了想，解釋道：「長寂，我們並不是要對花少主趕盡殺絕。花少主是你妻子，宗門不會做這種事，你可以把花少主帶回天劍宗，在死生之界看守，我們一起想辦法。」

「所以我不說。」謝長寂給了答案。

昆虛子和蘇洛鳴都不明白。蘇洛鳴克制著情緒，只問：「連帶她回來都不可以嗎？」

「她要報仇。」謝長寂冷靜地開口，「兩百年前，西境宗門聯手將合歡宮逼上絕路，讓她筋脈盡斷，金丹半碎，親友盡逝，她大仇未報，我不能帶她回來。」

「這就是她搶奪魘靈的理由？」蘇洛鳴很快反應過來：「為了一己之私，便想依靠邪魔之力？長寂，哪一個搶奪魘靈、供奉魘魔之人沒有自己的理由？可若她放出魘靈，她當真控制得了魘靈嗎？」

「所以我在這裡。」謝長寂肯定出聲，他靜靜地看著蘇洛鳴：「我守著她。」

「那守住了嗎？」蘇洛鳴盯著他，只問，「她用了魘靈沒有？」

謝長寂說不出話，看著謝長寂的神色，蘇洛鳴便明白結果，他盯著謝長寂，只問：「長寂，如果有一日，她放出魘靈，被魘靈操縱，成為一代邪魔，濫殺無辜，你怎麼辦？」

謝長寂垂眸，見他不言，蘇洛鳴深吸一口氣，又問：「那我換一個問題，若有一日，花向晚與天下人之間，你需得選一個，你又如何選？」

「天下人……」謝長寂聽著這話，輕輕拂過膝頭長劍，「與我何干？」

聽到這話，蘇洛鳴睜大了眼。

「我自幼奉承教導，以長輩之言為準則，禁欲，守身，克己，衛道。」謝長寂語氣平和：「所以，師父血祭問心劍時，我沒有阻攔；同門以死攔下邪魔時，我沒有勸阻；晚晚躍入魔海，我亦不曾相救。最後親友盡喪，獨留此身，我還得守死生之界，以護蒼生。」

謝長寂說著緩慢抬眼，平靜地看著眼前兩人，目光帶著詰問：「可我為什麼要做這些？」

「維繫正道，本就是你我之責！」蘇洛鳴急急開口，想要叱喝。

然而謝長寂面色不動，只問：「為何？」

「長寂，」昆虛子聽著這些，他盯著面前的青年，只問，「這就是你，在西境所悟嗎？」

「不，」謝長寂搖頭，只道，「這只是我，兩百年所惑。」

「所以當年，你選擇放棄救晚晚、選擇同師門一起赴死封印魘靈，並非你心中所選？」

昆虛子盯著謝長寂，謝長寂仔細回想。

他說不清那一刻的心境。

非他所選嗎？

若重來，他當真不作此選嗎？

他垂下眼眸：「我不知道，所以這一次——」

謝長寂語氣微頓：「我想選晚晚。」

「無論成神成魔、正道邪道，花向晚好好活著，便是我所求。」

「那萬一花向晚拋棄你呢？」聽到這話，蘇洛鳴氣不打一起出來，他提高了聲：「要是她利用你，她根本不在意你，她要是不如你所願呢？又或者她死了……」

「不可能。」謝長寂打斷他，他抬起眼眸，清明的眼中帶著幾許暗紅。

「她不會死，」謝長寂盯著蘇洛鳴，蘇洛鳴被他眼底暗紅震住，聽他強調，「她利用，不在意，都可以。她說了，」謝長寂語氣鄭重，「晚晚愛謝長寂。」

那就夠了。

她愛過他，他就可以抱著那一點點愛意，在她身邊永遠緬懷。

這是他的懲罰，也是他的劫難。

「長寂，」昆虛子觀察著他的狀態，冷靜出聲，「這當真是你所想？」

謝長寂不言。

昆虛子皺起眉頭，沉聲提醒：「長寂，你這不是破心轉道，是墮道。」

「或許吧。」謝長寂神色平淡：「但這都是我的道，不是麼？」

說話間，花向晚身上靈氣已滿，天上雷聲轟動，謝長寂抬眼，看向雲浮塔上塔頂雕刻著的陰陽合歡神壁畫。

陰陽合歡神，一體兩身，男女交合，互為陰陽，光暗相疊。

雷劫轟然而下，首先劈在雲浮塔法陣之上，問心劍意跟著法陣承受著雷劫，雲浮塔被閃電劈亮。

雲浮塔為雷劫所震，塔身巨顫，隨即外面傳來急促的腳步聲，天劍宗弟子歲文從門外衝來，急急出聲：「上君，鳴鸞宮帶人來了！他們來了五位渡劫期！」

聽到這話，謝長寂平靜起身，轉身向外。

蘇洛鳴猛地反應過來，急道：「長寂！」

「長寂有愧於師門，」謝長寂背對著蘇洛鳴和昆虛子，語氣冷靜，「今日自請離去，稍後會讓一百弟子安全撤離，如數歸宗。日後謝長寂於西境所作所為，與天劍宗無干。」

說完，謝長寂提步離去，昆虛子和蘇洛鳴看著面前景象消失，都震驚得說不出話來。

片刻後，蘇洛鳴猛地反應過來：「不對，長寂情況不對，問心劍命定之人，怎麼可能墮道？我要開天命陣，」蘇洛鳴心中稍定，提步往外走去，「我去找天機老人，開天命陣占卜因果。」

「我得去西境。」昆虛子冷靜開口，他思索著：「我要親自去看長寂情況。你通知歲文，」昆虛子抬眼，「不管之後什麼情況，如今長寂還是天劍宗弟子，那我們就得管他，讓歲文看情況，幫著長寂些。我先走了。」

安排好後，昆虛子抬手召劍，馭劍起身離開。

蘇洛鳴在原地愣了片刻，隨後有些痛苦地抓了抓頭髮：「這都什麼事兒啊！」

謝長寂切斷和天劍宗的聯繫，走出雲浮塔。

歲文聽見方才他和昆虛子、蘇洛鳴的話，有些忐忑：「上君……」

「你和長生帶著其他弟子在宮先行躲避。」謝長寂神色平淡，領著歲文往下走去：「等花少主渡劫成功，我會送你們離開。」

「上君……」歲文面露猶疑，過了片刻，才道：「為何……」

「去休息吧。」知道他要問什麼，謝長寂打斷他：「照顧其他弟子，讓他們不要驚慌。」

說著，謝長寂抬手一召，馭劍離開，直奔城門。

來到城樓前，就看合歡宮大陣已經開啟，不遠處鳴鸞宮靈舟懸在高空，一個個弟子從靈舟上馭劍而下。

秦風烈帶著秦雲衣、秦雲裳、趙南、陳順、左右使、三位長老，以及劍宗宗主葉臻、藥宗宗主薛然等人浮在半空，冷眼看著合歡宮眾人。

合歡宮這邊，頂著「花染顏」模樣的白竹悅領著玉、雲、夢三姑，宮商、角羽兩位清樂宮渡劫期修士，以及百獸宗宗主孟皓等人站在城樓上，頗為緊張地看著不遠處越來越多的鳴鸞宮修士。

謝長寂淡淡掃了一眼，發現暗處站著一個黑衣青年，他腳步一頓，盯了片刻後，微微皺眉：「薛子丹？」

薛子丹動作一顫，片刻後，他立刻舉手，趕忙道：「我是來幫忙的。」

「你的宗門在對面。」謝長寂提醒。

薛子丹揉了揉鼻子：「那我人在這裡啊。而且薛然吧……」

薛子丹聳了聳肩：「反正藥宗做事與我無關。」

謝長寂不說話，他轉過頭來，宮商、角羽連忙上前，恭敬道：「清衡上君。」

謝長寂點點頭，走到白竹悅身邊，跟著花向晚的叫法，恭敬開口：「母親。」

白竹悅被這麼一喚，還有些不習慣，她輕咳了一聲，點了點頭道：「長寂來了。」

「謝長寂。」看見謝長寂出現，秦風烈率先開口：「此番爭鬥，與你天劍宗無關，你速速讓去，本座可免你死罪。」

謝長寂不說話，他平靜地看著秦風烈，彷彿看一個死人：「你想我怎麼死？」

「謝長寂，」趙南笑出聲來，「你不要以為自己在雲萊是第一人，到西境也是。宮商、角羽雖然是渡劫，但不過是擅長療癒之術的法修，幫不了你太多，合歡宮這一群老弱病殘，你一個人想護住他們，這叫負隅頑抗。」

「老弱病殘？」聽到這話，狐眠笑起來：「趙右使，那不如讓我這個老弱病殘，來領教一二？」

說罷，狐眠足尖一點，躍上高空，手中畫筆甩出，筆尖一甩，墨汁飛射而出，在空中瞬間幻化成無數猛獸，朝著趙南猛地撲去。

秦雲裳一見狐眠出手，猛地拔劍躍出，一劍斬下一隻撲到趙南面前的墨獸，轉頭笑道：「這等小事不勞趙左使，我來吧。」

音落，秦雲裳劍氣如虹，朝著狐眠就逼了過去！

兩人一動手，靈南、靈北、三位長老等人也領著弟子躍出結界之外，大喝一聲「殺」之後，朝著前方鳴鸞宮弟子砍殺而去。

宮商、角羽手上一翻，一人持笛，一人抱琴，立刻盤腿而坐。

琴笛合奏，帶著靈力飄揚在戰場，不斷修復著戰場上合歡、清樂兩宮弟子的傷口。

不遠處薛然見狀，二話不說，手上一翻，便出現一個香爐，他往香爐中投入一粒丹藥，抬手一揮，裹挾著劇毒的狂風朝著合歡宮方向捲席而去。

與此同時，藏在暗處薛子丹嗅了嗅空氣中的味道，趕緊從乾坤袋中的掏出一個青銅鼎爐，抓了一把藥扔進去，隨後取了一把扇子，把這帶著解藥的風朝著戰場方向狠狠一搧。

他用了八品芭蕉扇，搧出的風比起薛然狂放不少，一時之間，吹得戰場鋪天蓋地，盡是飛灰。

所有人咳嗽起來，謝長寂轉頭朝著牆角看去，薛子丹察覺謝長寂的目光，不好意思地笑了笑：「那個……工欲善其事，必先利其器。」

謝長寂目光落在薛子丹旁邊那個大鼎上，相比薛然的小香爐，這鼎也好，扇子也好，的確大了不少。

薛子丹這一搧驚動了高處的趙南。

原本鳴鸞宮五位渡劫都正靜坐以觀，看見這狂風乍起，趙南忍不住，抬手一拂塵甩去，看見趙南動手，宮商的琴聲當即轉了音調，化作鏗鏘殺伐之音，一時琴聲作刀，朝著趙南疾馳而去。

趙南冷笑出聲，拂塵甩飛琴刀，旁邊陳順二話不說，手上長劍驟出，朝著宮商的方向狠狠劈下！

「受死！」陳順大喝，長劍破開合歡宮結界，宮商驚慌地睜大了眼，然而就是那一瞬間，宮商面前突兀地出現了一個看不見的空間，所有人眼睜睜看著陳順的劍一寸寸沒入空間，隨後消失不見。

陳順大駭，還未反應過來，眾人便覺靈力巨盪，隨後就看陳順的那一劍在半空出現，帶著驚濤駭浪一般的氣勢，劍尖對準了他，疾衝而去！

感覺到這排山倒海的劍意，陳順急急後掠，秦風烈目光一冷，一瞬之間，弟子手中長劍似乎受到什麼召喚，脫手而出！

上百把靈劍化作劍陣，迎著陳順的劍疾馳而去。

兩方相交，百劍對峙一劍，秦雲衣毫不猶豫，拔出長劍朝著合歡宮結界狠狠一劈，旁邊兩位渡劫長老和趙南也同時躍出，朝著謝長寂急襲而去。

謝長寂站在城牆上，神色平靜，他彷彿處在一個獨立空間，時光停轉，神色從容，廣袖無風自動，只有冰雪寒意，從他身上散開入風中。

周邊人再快、再急，都不干擾他半分。

五位渡劫一起圍攻而上，角羽忍不住驚呼出聲：「上君小心！」

就是那一刹——風作劍、土作劍、葉作劍、萬物皆為劍！

劍氣從謝長寂身上爆發而出，生靈化劍，朝著五位修士狂襲而去！

所有人睜大了眼，只覺劍意彷彿瀰漫空間，處處殺氣，寸寸含霜。

秦雲衣等人察覺不妙，急速推開，秦風烈猛地起身，身上靈氣暴漲，從眾人手中借劍，和謝長寂的萬物之劍轟在一起，在高處猛地炸開！

靈劍被震得四散，萬物之間碎開又歸於天際，塵囂落定，秦風烈站在高處，領著秦雲衣等人死死盯著謝長寂。

謝長寂握著問心劍，足尖一點，躍上半空。

他踏月而行，每一步下，月光都如水波散開。

廣袖白衣，飄然若仙。

「謝長寂，」秦雲衣急急出聲，「花向晚身懷魘靈，乃邪魔歪道，天劍宗如今是自甘墮落，要與邪魔為伍了嗎？」

「不。」謝長寂開口，趙南臉色大喜，正要出聲，就聽謝長寂道。

「我在此處，非天劍宗在此處。」

這話讓皺眉，秦風烈聽不明白：「你什麼意思？」

「我的意思是，自今日起，謝長寂，於天劍宗除名。謝長寂所作所為，與天劍宗無關。」

說著，他橫劍在前，一寸一寸拔出長劍。

問心劍於月光下清光婉轉，倒映著他平靜的雙眸。

「今日誅殺爾等者，乃，合歡宮，」謝長寂抬眼，看向前方，長劍出鞘瞬間，殺意暴漲，如踏海馭浪，疾馳往前，崩山一劍而下，「謝長寂！」

驚天一劍劈下，劍氣縱橫百里！

所有修士驚得一躍而起，疾退開去，唯有最前方的劍宗宗主葉臻根本避讓不及，只能豎起長劍，硬生生接下這雲萊最強者之劍！

兩人的劍意衝撞在一起，塵土飛揚，遮天蔽日。

片刻之後，塵囂落下，緩慢露出葉臻的身影，月光下，葉臻握劍站在原地，還保留著最初的模樣。

周邊一片安靜，片刻後，就看血珠從葉臻臉上浸出，隨後「啪嗒」一聲響，一人作兩半，朝著兩邊倒地而下。

這場景驚住眾人，一宗之主，化神期修士，竟在一劍之下，沒了！

看著這場景，眾人心生退意，秦雲衣見狀，立刻大喊起來：「父親，今日不殺，來日更殺不了了！」

如今只是一個謝長寂便如此棘手，若花向晚渡劫成功，今日殺不了，來日更是只能當牛做馬，反抗不得。

聽著秦雲衣的話，秦風烈立刻回神，大喝了一聲：「結陣！」

聽到召喚，趙南心神一凜，和陳順對視一眼，兩人心領神會對方的意思，和另外三位長老一起散開，秦風烈、秦雲衣及其他五人結成七人劍陣，將謝長寂團團圍住。

謝長寂面色不變，抬手緩緩撫過劍身，緩慢開口：「問心劍，第二式——」

「上！」七人長劍朝著謝長寂一起疾馳而去。

謝長寂目光微冷，足尖一點，往高處躍去，在周身橫出弧度：「水澤萬物，祭雨！」

劍光流動，劍意如急雨四散而去——

與此同時，雲浮塔上，天雷擊碎法器結界，終於轟然落到花向晚周身！

劇痛一瞬傳達到花向晚全身，與之而來的是一層又一層心魔幻境。

元嬰之下，每一次天劫，都是淬體修身，使得修士有著接近「仙」的身體。

元嬰到化神的天劫，是強化神識強度。

而化神到渡劫的天劫，則在於問心。

等到真正渡劫飛升，天劫之中，便會問道。

問心之劫，在於破除內心之障。

最初是劇痛襲來，試圖擾亂她的神智，然而對於身體的痛苦，她早已習慣忍受，甚至清心訣都不需要，閉眼正坐，心正，心靜，疼痛自然無法撼動其心境分毫。

沒了一會兒，入定進入幻境，周邊浮現濃重的黑霧，她在幻境之中，提步往前。

前方是珠簾低垂，珍珠在風中輕搖衝撞作響。

珠簾之後，女子輕拍著手，高興道：「阿晚，來，往娘這邊來。」

花向晚走到珠簾後，看見花染顏高興的笑容，她旁邊坐著一個男子，對方的眉目和花向晚極為相似，他看上去有些虛弱，蓋著錦被，溫柔地望著母子兩人。

看上去不足周歲的嬰孩趴在地上，咿咿呀呀叫喚著，努力往花染顏的方向攀爬過去。

「呀，她能聽懂我說話。」花染顏扭頭，看向男子，像個孩子一樣高興誇讚：「你看她多聰明。」

男子溫和一笑，只道：「她早就能聽懂了，妳每次都要重複。」

「我孩子，我多誇誇不成？」花染顏轉過頭，又繼續逗弄起向她爬過來的孩子。

花向晚在幻境後靜靜看著，打量著床上的男人。

這是她的父親，瀾庭仙君。

聽說他和花染顏是青梅竹馬，師兄師妹一起長大，但她出生後不到七歲，他就因舊傷難癒病故。

從那以後，她母親就自閉於雲浮塔，從小她就得爬上高塔，才能見花染顏一面。

她許久沒見過父母恩愛的模樣，此刻靜靜看著，感覺內心一片溫柔漾開。

可她清楚知道這是幻境，她要往前走，就得親手打破這一切，她駐足片刻，便平靜拔劍。

珠簾響動，室內一家人詫異地看來，也就是這一剎，劍氣轟然而過，美好碎裂一地，化作一片虛無。

花向晚提步往前，神色平淡。

幻境中不能停留，停留越久，天雷在身上所造成的傷害越多，如果超出身體承受極限，便是灰飛煙滅的結局。

她心中很清楚，周邊黑氣又散，她聽見一聲疾呼：「阿晚！」

這次幻境實感更多了幾分，她回過頭，就看沈逸塵焦急地跑了進來，他一把抓住她，急道：「阿晚！瑤光在外面……」

話音未落，花向晚的劍尖已經捅進他的身體，沈逸塵愣愣地看著花向晚，花向晚神色平靜：「逸塵，我們會再見的。」

說完，她拔劍而出，沈逸塵不敢置信地看著她，花向晚面前出現越來越多的人。

蕭聞風……琴吟雨……程望秀……

她一路砍殺過去，沒有半點遲疑，沒有半分停留。

等到最後，她一抬頭，發現自己站在白茫茫的雪地裡，風呼嘯而過，她疲憊地站在懸崖邊上，周邊是魑靈嘶吼之聲，是風雪呼嘯之聲，謝長寂半跪在她身前，他身後是問心劍一脈幾百弟子，他握著劍，手微微顫抖。

看著這場景，花向晚忍不住笑起來，她回頭看了那熟悉的邪魔之海一眼，漫不經心：「我連我師門都殺得，你們以為，我就捨不得他了嗎？」

「捨得呀。」彷彿許多人彙聚成一個人的人聲迴盪在幻境之中，對方大笑起來：「可捨得又如何呢？妳還不是怕？」

「我怕什麼？」

花向晚看著圍繞在自己面前的黑氣，黑氣只有一張臉和蛇一般的身體，那張臉不斷變換，對方環繞著她，觀察著她的神色：「妳怕被選擇。」

說著，對方從她腰部開始，纏繞著她往上，攀爬到她耳邊：「怕有了希望又失望，怕重蹈覆轍，又會錯了意，託付錯了情。」

黑氣離開她，來到謝長寂周邊，它圍著謝長寂打著轉，聲音帶笑：「妳知道他喜歡妳，可他永遠不能像妳期望的那樣喜歡妳。他總有一天會像過去一樣，選擇放棄妳。他喜歡妳，喜歡呀，當年也喜歡，可後來呢？」

人臉猛地出現在她面前，帶著冰冷笑意：「不也眼睜睜看妳躍下死生之界嗎？」

「喜歡有什麼用啊？該殺還得殺，像妳這種邪魔歪道，殺了也是應該。」

「你說得不錯。」花向晚聽著，輕笑起來：「我這種邪魔歪道，殺了，才是他謝長寂應該做的事。」

聽到這話，人臉疑惑歪頭：「嗯？」

「你算錯了一件事。」

花向晚看著面前的人，眼中浮現幾許柔光，她想起在溯光鏡的幻境中，合歡宮前，謝長寂守在前方不肯退卻半步的少年身影。

「我的確害怕過被選擇，也害怕有希望又失望。可這在我生命裡，太微不足道了。」花向晚說著，往後退去：「我有更重要的事，他曾經選擇過我，我沒有遺憾。所以，不必他選，我也並不害怕。」

因為，他愛不愛她，結局都已註定，一切與她無關。

她從容地張開雙臂，和上一次一樣，往邪魔之海倒去。

只是和上一次不同，這一次她內心一片堅定，平靜得像一潭死水，像從容走向自己早已註定的結局。

她一瞬間有些分不清，這到底是幻境，還是兩百年前。

就是這一瞬恍惚之間，她突然看到一襲白衣拋棄一切，從劍陣中衝向她，朝著她一躍而下！

白衣如鶴而墜，周邊血色蔓延，他朝著她伸出手，花向晚睜大了眼。

就在那一剎，周邊天旋地轉，一切轟塌而下。

黑氣大笑起來：「原來如此！原來如此！」

花向晚驚駭提劍，朝著追逐而來的青年一劍揮砍而去！然而劍鋒劈開謝長寂，卻毫無用處，周邊全是謝長寂的碎片。

天劍宗上，破心轉道；靈舟之內，謝長寂站在房門前，聽著她在屋中沐浴之聲，手中撚著一抹清心訣，遲疑許久，終於還是轉頭看向窗外明月，緩緩放下；神女山上，謝長寂埋在白雪之中茫然感悟，領域之內，他一片一片，將溫少清千刀萬剮；沉睡之中，他將所有嫉妒化作情欲之海；夢中冰原，他與她死死糾纏……

她看著他一步一步，從高山白雪，墮入人間紅塵，看著他從世人敬仰的仙尊，一路滾落塵埃。

巫蠱宗地宮，陰陽合歡神像下，劍血相交，他們抵死相纏。

她放出魘靈給冥惑種魘那一夜，他默不作聲守護。

魔宮宮宴，他聽碧血神君所有挑釁，最終也只問她一句：「當年，妳是真的喜歡過謝長寂，對嗎？」

她愣愣地看著這些畫面，一路往下沉降，黑氣笑起來。

「我可沒騙妳。」它伴隨著她一路往下：「這可都是真的，他比妳想像得付出得要多，可妳卻給不了他。」

「妳一開始，就知道自己要死，所以妳向死而生，所有過去和幻境都困不住妳。妳不怕死，不怕失去，不怕被選擇，不怕被拒絕，這是妳的一腔孤勇，可謝長寂呢？」黑氣的臉貼到她面前，化作謝長寂的長相：「所有人都會因為妳的死而活。可妳死了，謝長寂呢？」

「妳看他——」

周邊浮現雲浮塔內，謝長寂質問昆虛子和蘇洛鳴的話語。

「無論成神成魔、正道邪道，花向晚好好活著，便是我所求。」

「長寂有愧於師門，今日自請離去，日後謝長寂於西境所作所為，與天劍宗無干。」

聽到這話，花向晚睜大眼。

「他哪裡是破心轉道？」黑氣大笑起來，「他是墮道！」

「他為了妳，毀了前程，背棄宗門，妳若死了，他呢？」

「可妳若不死，這兩百年——」黑臉覆在她耳邊，「妳、秦雲裳、薛子丹、靈北……你們所做的一切，不都白費了嗎？」

「所以妳怕啊，」黑氣語氣帶著幾分憐憫，「妳不怕被拋棄，不怕被選擇，妳怕的是——」

「被愛。」

這話出現的那一瞬間，天雷轟然炸響，一瞬之間，花向晚看見赤眼白衣，手握問心長劍，腳下一地屍體的謝長寂。

他渾身殺孽纏身，雲萊西境兩地修士環繞在他身邊，天道威壓在上，他劍都砍殺成了血色。

而後天雷轟然而下，無數人飛撲向前，屍山血海之中，眾人喊殺出聲：「殺——謝長寂！」

「天道在上，誅殺邪魔——謝長寂！」

白衣青年聽著這話，神色不變，他在天雷中舉劍，微微歪頭，眼中帶著些迷惑和茫然，語不成句。

「晚晚，喜歡，謝長寂。」

「不……」看見這個場景，花向晚再也止不住，猛地撲向前方，疾馳向前，驚呼出聲：「住手！謝長寂！住手！」

她根本分不清虛實真假，她感覺周邊血腥氣如此真實，不遠處的人真真切切站在前方，她狂奔向前，嘶吼出聲：「謝長寂，停下！」

就是這一剎，雲浮塔上，與塔身一般粗壯的劫雷轟然而下。

秦雲衣被謝長寂一劍轟飛在地，察覺劫雷變化，眼中迸發出驚喜之色，高興道：「花向晚渡不過這場天劫了！」

聽到這話，謝長寂回頭掃了雲浮塔一眼，就看白竹悅已經領著人衝了過去。

這樣的劫雷，明顯是渡劫之人控制不住心境，沉淪幻境所致。

哪怕是他——或是世上任何一個修士，都難以抵擋。

他眉頭微皺，卻沒有後退半步，提劍朝著前方秦風烈俯衝而去，與此同時，所有人都看見，一個透明的魂體從他身上脫離開去，在接觸到月光的剎那，魂體化作實體，好似是兩個謝長寂。

一個往前攔住秦風烈等人，一個斜上向高處，迎向高處雷劫。

「是化神分神。」趙南立刻認出來，大呼出聲。

修士化神之後，識海中元嬰便會凝成可以脫離肉身的分神，可一旦分神離體，本體的修為便會下降許多。

這也意味著，這是攻擊謝長寂最好的機會！

秦風烈毫不猶豫，手中重劍凝聚靈力，朝著謝長寂狠狠劈下。

秦雲衣也爬起來，連忙一劍轟向合歡宮結界！

而這時，謝長寂的分神也到達塔頂，一劍橫劈而去，斬在天雷之上！

天雷受人干擾，立刻翻倍變粗砸落而下，謝長寂引雷到周身，以身扛住這天降之罰。

劇痛沖刷在這具分神之上，謝長寂本體也受影響，手上長劍微微一顫，秦風烈察覺他的虛弱，頓時高興起來：「怎麼，到現在還不出最後一劍？」

說著，重劍帶著磅礴靈力而下，謝長寂不敢硬接，足尖一點，往後落去，陳順見狀，和趙南聯手從他身後急襲！

六人組成劍陣將他團團圍住，劍光不帶半點喘息流竄在他周邊。

秦風烈的重劍剛烈勇猛，周邊飛劍靈巧敏捷，動靜相合，將他絞殺在中間。

謝長寂一面躲閃著劍陣圍獵，一面硬抗著天雷重擊。

秦雲衣一劍又一劍轟砍在合歡宮結界之上，雲姑、夢姑、玉姑三位長老拼命維繫著結界。

兩方對峙之間，秦雲衣大笑起來：「你們以為，就憑你們三個廢物化神，就能攔得住我？」

說著，秦雲衣抬手舉劍，高喝出聲：「弟子助我！」

音落，鳴鸞宮所有弟子祭劍而起，跟隨著秦雲衣狠狠一劍，猛地衝撞在結界之上！

兩百年來，鳴鸞宮占據靈脈資源，上上下下弟子極為出眾，舉宗之力一劍而下，合歡宮結界瞬間碎開。

狐眠睜大雙眼，再不戀戰，疾退往後抬手轟出法陣，試圖攔在眾人面前。

然而她法陣剛開，秦雲衣便是一劍劈下，大喝出聲：「償命來！」

這一劍劈在法陣之上，法陣瞬間碎裂，狐眠被劍氣沖飛過去，薛子丹趕緊上前，一把扶住她，急道：「妳沒事把？」

狐眠來不及說話，就看鳴鸞宮弟子鋪天蓋地而下。

鳴鸞宮弟子士氣大震，秦雲衣劍尖直指城門，大喝出聲：「殺！」

聽到這話，鳴鸞宮弟子高呼三聲：「殺！殺！殺！」

人群如浪而來，靈南緊張握著劍，和靈北領著弟子擋在宮門前。

謝長寂聽到聲音，一劍橫劈往下，欲封下這些弟子衝上前的路。

秦風烈看出他的意圖，也一劍劈去，和謝長寂的劍意撞在一起。

劍意在高處炸開，下方弟子如兩股浪潮彙聚在一起。

秦風烈一劍劈過，隨即第二劍緊接而上，重劍朝著謝長寂迎面斬下，這一次他的劍來得極快，彷彿拼盡全力。

「沒有最後一劍，你還想分神出體後贏我？」

重劍越來越快，頃刻百招急來。

謝長寂面色平靜，他冷靜地躲避著旁邊偷襲利劍，一劍一劍和秦風烈的劍震在一起。

「你就看著吧。」秦風烈笑起來，眼中滿是戰意：「當年合歡宮守不住，如今一樣守不住！」

謝長寂不說話，他的分身抵禦著天雷，為花向晚求一絲生機。

而幻境之中，花向晚在黑暗中無邊無際墜下。

她已經不清這裡是何處，澈底迷失。

周邊是無盡黑暗，她一路往下墜落。

她沒有勇氣往上，沒有能力思辨，她澈底迷失在幻境之中，卻不知為何，始終沒有走到盡頭。

「阿晚。」

有人輕呼出聲，她迷茫地看著高處。

是誰？

「晚晚。」

對方的聲音再次傳來，好似許多聲音混雜在一起。

一隻白玉雕刻一般的手從虛空中探出來，緩慢伸向她。

「花向晚。」

他在叫她。

是誰？是誰還想留住她？

她聽著他的聲音，茫然伸手，他們指尖相觸。

帶著白光的魂體從黑暗中慢慢顯現，束髮白綾和白衣在黑暗中泛著微光。

「晚晚，」謝長寂聲音傳來，花向晚愣愣地看著他，聽他出聲，「活下來。」

花向晚說不出話，她看著青年堅定又平靜的眼神，他溫柔又寬廣，像是月下深海，將她的意志一點點吞沒。

「我陪妳。」

活下來，我陪妳。

一瞬之間，風雪破開幻境，父母期待、親友相護，最後謝長寂的身影一道一道出現在她面前。

少年夜守門外，一路相伴相隨。

他永遠站在她身後，回頭是他，入目皆他。

「謝長寂……」

「活下來。」

他聲音清明：「活下來。」

選擇死是一種勇氣，選擇生更是一種勇敢。

她可以從容赴死，可若她活著……她可以活著。天生她，父母養她，親友護她，不是讓她來這世上赴死。

他陪著她，她為什麼，不能傾力活一次？

她看見合歡花飄散風中，看見自己師門已經故去的眾人，看見沈逸塵，看見長輩、靈南、靈北。

他們一路往前，笑意盈盈地看著她。

只有死一種辦法嗎？

她還活著，還活著，就當一路奮力往前，不放棄任何一點希望，誰若擋她她殺誰，誰若攔她她斬誰。

她的劍無堅不摧，她的道至剛至強。

她求強者之道，不以死相求，而是，活著，好好活著。

她一路獨行時尚且能走下去，如今有他陪著，為何不能走下去了呢？

她死死握住對方的手，在對方清明的眼中，從泥濘中被一點點拉起。

她看著面前的幻影，他幻化成無數面容，最後停留在謝長寂的樣貌上。

他還在等她。

他想她活。

她得活。

念頭出現，這時，高塔之上，雷劫越來越大。

雷霆似若天罰，如瀑而下瞬間，謝長寂終於支撐不住，分神在雷劫中猛地碎開，化作飛灰，而天雷終於再次降臨到花向晚身上，謝長寂一口嘔出鮮血，毫不猶豫轉身往後。

然而事已至此，秦風烈怎麼可能錯過此機會，大喝一聲「雲衣！」之後，秦雲衣帶著其他渡劫修士瞬間擋在謝長寂面前，而秦風烈緊追而上，一劍狠狠砍下！

謝長寂回頭擋住秦風烈重劍，周身靈力爆開，抵住身後幾人暗襲。

「掙扎什麼呢？你沒有最後一劍吧？又護得了誰？」秦風烈看著謝長寂，冷笑出聲：「反正是要死的人，她要死，你也得死。」

「她不會死。」謝長寂平靜開口。

他不能讓她死。

花向晚。

她得活著。

要好好活著。

他說過，要替她守住合歡宮，陪她報仇，他失去她兩百年，他要用餘生，去讓這兩百年的傷口痊癒。

他不會讓她受人屈辱，讓她卑躬屈膝，讓她痛失所愛，讓她無能為力。

謝長寂握緊問心劍，眼底暗紅色流湧。

「沒有問心劍最後一劍，又如何？」

謝長寂和秦風烈一劍重重相撞，秦風烈看見他眼底的紅色，面上驚駭，隨即就看他周身黑氣暴漲，鬼魅魍魎受其召喚，從四面八方朝著他一路湧來。

這動作驚到下方玉姑，她意識到謝長寂要做什麼，急忙出聲：「清衡，不可！」

話音剛落，秦雲衣一劍轟開一條出路，狐眠被狠狠撞飛，滾到地上。

「還管別人？」秦雲衣嘲諷出聲，抬手又一劍朝著眾弟子轟然而下：「管管自己吧！」

秦雲衣劍光轟向城門，狐眠翻身而起，同三位長老聯手張開結界，結界和秦雲衣衝撞在一起的剎那，強大的靈力震得四人一齊後退，就在結界碎裂開來之前，上百把飛劍從合歡宮門後突然疾馳而出！

這些光劍結成劍陣，密密麻麻衝向秦雲衣，秦雲衣足尖一點退後而去，隨即聽見震天喊聲響起。

「殺！」

眾人驚詫回頭，就看歲文長生帶著天劍宗弟子從宮門後衝了出來。

天劍宗弟子如浪潮一般湧來，一路穿過玉姑等人，衝到最前方。

上百名金丹弟子奔赴戰場，謝長寂聽著身後人聲，緩緩抬劍。

晨光中，青年白衣染血，目光帶著沉淪到底的決絕。

「若成神不能相護——」他手掌撫過劍身，鮮血從劍上滴落而下，眼睛隨著他的動作，從暗紅逐漸化為鮮紅，大地震顫，邪氣自周遭而來，湧入長劍之中。

「我可，立地成魔！」

說罷，邪氣一路湧入問心劍內，劍身魔氣纏繞，周邊地面震顫，鳥雀驚飛。

引邪氣，縱魔心，這一劍劈下，便可成魔。

至此沉淪地獄，永不回頭。

秦風烈見狀，毫不猶豫大喝出聲：「雲衣助我！」

聞言，秦雲衣等人一躍到秦風烈身後，眾人劍陣結成，所有劍的力量都到秦風烈重劍之上，秦風烈抬手，劍如天河傾下，朝著謝長寂狠狠劈去。

謝長寂面色不動，黑氣雲繞之間，看著那磅礴劍意迎面而來，他正要一劍劈下，就聽雲浮塔內，「轟」的一聲巨響！

強大靈力從雲浮塔往外震開，和秦風烈的劍意衝撞在一起。

狂風之間，謝長寂微微一愣，隨即感覺一雙柔軟的手從他身後而來。

她的手握在他的手上，兩人一起握著問心劍，天雷引到劍身，邪氣被天雷所驅。

「殺你，何須最後一劍？」

花向晚的聲音在謝長寂耳畔響起，兩人十指交錯相疊，共握一劍，天雷盡入劍身，於晨光之中，朝著秦風烈狠狠劈下。

秦風烈睜大雙眼，靈氣暴漲，然而兩位渡劫期合力一劍，絕非尋常劍意可擬。

他的靈氣和這一劍撞在一起，朝著方圓百里轟開！

白光升騰，眾人在白光之中，根本什麼都看不到，狂風捲席，威壓四溢，世間彷彿規則重塑，於白光之中化作一片虛無。

趙南、陳順等渡劫修士第一時間意識情況不對，瞬間逃開。

等白光消失，風止雲停時，除了秦風烈，鳴鸞宮渡劫修士都已逃得無影無蹤。

秦風烈雙目怒瞪，握劍站在原地。

眾人呆呆地看著這位昔日西境第一高手立在風中，片刻後，他雙膝一軟，跪倒在地，而後便重重砸在地面，只聽一聲悶響。

劍落，人去無聲。

——《劍尋千山【第二部】問心之劫》（上卷）完——

——敬請期待《劍尋千山【第二部】問心之劫》（下卷）——

高寶書版集團
gobooks.com.tw

YE 080
劍尋千山【第二部】問心之劫（上卷）
作　　者　墨書白
責任編輯　吳培禎
封面設計　單　宇
內頁排版　賴姵均
企　　劃　何嘉雯

發 行 人　朱凱蕾
出　　版　英屬維京群島商高寶國際有限公司台灣分公司
　　Global Group Holdings, Ltd.
地　　址　台北市內湖區洲子街88號3樓
網　　址　gobooks.com.tw
電　　話　(02) 27992788
電　　郵　readers@gobooks.com.tw（讀者服務部）
傳　　真　出版部(02) 27990909　行銷部 (02) 27993088
郵政劃撥　19394552
戶　　名　英屬維京群島商高寶國際有限公司台灣分公司
發　　行　英屬維京群島商高寶國際有限公司台灣分公司
法律顧問　永然聯合法律事務所
初　　版　2024年07月

本著作物《劍尋千山》，作者：墨書白，由北京晉江原創網絡科技有限公司授權出版。

國家圖書館出版品預行編目(CIP)資料

劍尋千山. 第二部, 問心之劫/墨書白著. -- 初版. -- 臺北市：英屬維京群島商高寶國際有限公司臺灣分公司, 2024.07
　冊；　公分. --

ISBN 978-626-402-037-4(上冊：平裝). --
ISBN 978-626-402-038-1(下冊：平裝). --
ISBN 978-626-402-039-8(全套：平裝)

857.7　　113010472

凡本著作任何圖片、文字及其他內容，
未經本公司同意授權者，
均不得擅自重製、仿製或以其他方法加以侵害，
如一經查獲，必定追究到底，絕不寬貸。
版權所有　翻印必究

GOBOOKS
& SITAK
GROUP©